AUGUSTO CURY

Me CHAMO MILAGRE

A fascinante história de uma menina superinteligente
educada por um psicótico superdivertido

Copyright © Augusto Cury, 2024
Copyright © Editora Planeta do Brasil, 2024
Todos os direitos reservados.

Preparação: Fernanda Guerriero Antunes
Revisão: Ligia Alves
Projeto gráfico: Fabio Oliveira
Diagramação: Futura
Capa: Rafael Brum
Imagem de capa: Yuganov Konstantin/Shutterstock

Dados Internacionais de Catalogação na Publicação (CIP)
Angélica Ilacqua CRB-8/7057

Cury, Augusto
  Me chamo Milagre / Augusto Cury. -- São Paulo: Planeta do Brasil, 2024.
  272 p.

ISBN 978-85-422-2894-6

1. Ficção brasileira I. Título

24-4998   CDD B869.1

Índice para catálogo sistemático:
1. Ficção brasileira

Ao escolher este livro, você está apoiando o manejo responsável das florestas do mundo e outras fontes controladas

2024
Todos os direitos desta edição reservados à
Editora Planeta do Brasil Ltda.
Rua Bela Cintra, 986, 4º andar – Consolação
São Paulo – SP – 01415-002
www.planetadelivros.com.br
faleconosco@editoraplaneta.com.br

Acreditamos nos livros

Este livro foi composto em Fairfeld e Refrigerator e impresso pela Gráfica Santa Marta para a Editora Planeta do Brasil em outubro de 2024.

Sumário

Mãe heroína e filho lutador: o início da história de Gladiador 5
Os fantasmas da mente do Gladiador 17
Gladiador sofre um grave acidente mental 33
A grande fuga: o sequestro de uma bebê superfeliz 49
O teatro do beco: um psicótico dando espetáculos
para os "normais" 65
O maior dos sustos: uma bebê superdivertida no
ninho de um psicótico 75
Pai fora da curva: peripécias de um "louco" para ganhar
dinheiro 85
Mila ganha uma avó surpreendente 97
Gladiador enfrentando seus perseguidores e policiais 107
O plano de fuga e a caçada infernal 119
O "gênio psicótico" superando os tubarões da política .. 125
Uma menina superinteligente e supercativante 143
O mundo desabou: a prisão de Gladiador e de Amélia .. 161

A dor de Mila e de Gladiador e suas inteligências
surpreendendo a todos 173
O juiz fica perplexo com a história de Mila e Gladiador ... 185
O suborno do diretor: virando o mundo para baixo para
visitar Mila 193
A felicidade sustentável não é uma primavera sem
invernos 205
A menina gênio: Mila cresce em sabedoria e polêmicas ... 215
Alguns mistérios da história de Mila são resolvidos 225
Uma vida sem propósito é um céu sem estrelas:
o grande projeto de Mila 233
Me chamo Milagre: o mais emocionante reencontro 243

Mãe heroína e filho lutador: o início da história de Gladiador

Havia um jovem muito especial, inteligente, bem-humorado, que gostava de zombar da vida e de dar risada até de suas loucuras. Mas ele foi marcado a ferro e fogo em sua história. O pai dele era alcoólatra e abandonou a sua mãe quando ela engravidou, cujo apelido era Bia. Bia tinha trinta e cinco anos, era morena, alta. Quatro meses depois, ficou sabendo que era um filho e ficou desesperada, mas não pensou em abortá-lo.

— Passarei fome, mas não te abortarei. Serei humilhada, mas não te abortarei. Serei usada como objeto e mendigarei o pão nas ruas da vida, mas não te abortarei, meu filho — dizia em lágrimas, acariciando a barriga com medo do futuro.

Não era muito de ler, mas certa vez viu um livro atirado ao chão que tratava da história de Roma. Ficou tão impactada que pensou em colocar o nome de seu filho de Spartacus, famoso gladiador nos áureos tempos do Império Romano. À medida que a gravidez avançava, o mundo desabava sobre ela.

Algumas pessoas que a conheciam e que a ouviam falar sozinha diziam:

— Por que Bia está falando consigo mesma? Será que está ficando louca?

E zombavam dela:

— Aborte esse bebê! Não seja tola!

Outras comentavam:

— Você é uma mulher da vida, sem nenhum valor social e sem dinheiro.

Mas ela retrucava:

— Sim, sou pobre, miserável, sem nada nem ninguém, mas eu vou lutar por esta criança. Quem sabe ela cure minha solidão, ou quem sabe se torne um grande personagem na vida.

— Não seja ingênua. Vocês vão morrer de fome! — outra colega dizia.

— Talvez morra de fome, mas não morrerei de solidão.

Certo dia, ela estava muito angustiada, pois não conseguia arrumar trabalho devido à gravidez. Estava com alguns comprimidos que um farmacêutico lhe dera e que eram abortivos. Ela ainda não morava nas ruas, mas num casebre, sem banheiro dentro da casa, onde cozinha e quarto eram no mesmo ambiente. Em lágrimas, Bia acariciou a barriga e em prantos disse:

— Spartacus, meu bebezinho, eu estou sofrendo muito, muito... Mamãe não tem ninguém, apenas Deus, mas parece que ele não ouve minha voz. Sou alcoólatra, pobre, doente, sem emprego e abandonada, mas eu vou te dar o direito à vida, a vida que você lutou para ter. — E atirou os comprimidos na pia da cozinha.

O bebê nasceu num hospital público, com três quilos e meio, e muito chorão, o que era positivo, pois mostrava sua boa saúde. Infelizmente, devido ao estresse durante a gravidez, ao sentimento de abandono e às alterações hormonais, Bia teve depressão pós-parto, uma dor emocional intensa que muitas mulheres têm quando seus bebês nascem. Produz ansiedade, inquietação, insônia, vontade de chorar, isolamento social, acompanhada de um sentimento enorme de incapacidade de cuidar do bebê.

— Filho, não sei se vou conseguir cuidar de você! — dizia Bia tão cansada e deprimida.

Pensou em colocá-lo num orfanato e sumir. Pelo menos ele teria onde comer e dormir, obteria cuidados médicos e quem sabe seria adotado por uma boa família, frequentaria uma escola e teria um futuro que ela não lhe poderia dar. Mas, ao ver o rostinho do bebê e seu sorriso cativante, seus fantasmas mentais se acalmavam. Bia resistiu bravamente. Era muito inteligente, mas não teve condições de frequentar a universidade, pois seus pais idosos – já falecidos – não tinham recursos financeiros. Quando percebeu que estava se entregando a pensamentos perturbadores, resolveu deixar de ser vítima e falou para si poderosamente:

— No jogo da vida, o medo do futuro é meu grande inimigo, mas decido não ser perdedora — dizia movimentando o filho nos braços, fazendo-o dormir.

E, para não perder esse jogo, diminuiu a ingestão de bebidas alcóolicas, pois no período em que se embriagava não conseguia cuidar nem de si mesma. Trabalhava fazendo faxina em casas, limpando empresas e até carregando caixas, mas não podia fazer muito esforço, pois ficava ofegante e lhe faltava o ar, o que a impedia de dar sequência a um único trabalho. Cardíaca, tinha uma grave obstrução da artéria coronária esquerda por causa de diabetes maltratada, pelo alcoolismo e por ter sido fumante na juventude. E, como não tinha plano de saúde, as filas do serviço público para tratamento médico a faziam desistir.

— Quem é o bebê mais lindo do mundo? Quem é o tesouro da mamãe? — ela dizia com orgulho, levantando-o com as mãos para o alto.

Ao longo dos meses, ela ia aos jardins das praças e observava as flores que os passantes apressados não notavam.

— Ninguém nota essas flores, meu filho, mas veja como são incríveis.

Ela levava seu bebê, desde os primeiros meses até os primeiros anos, a se aproximar das flores e folhas.

O bebê, abrindo um sorriso, expressava:

— Hummm.

Mas, em seguida, o peso dele a fazia sentir seu coração palpitar, então tinha que rapidamente o colocar ao chão. O bebê, apesar da pobreza da mãe, bebia do cálice da alegria e dia após dia se tornava observador e extrovertido. Começou a andar com onze meses e a falar com um ano. Era um tagarela.

— Você comeu farofa de papagaio, menino?

Spartacus balbuciava muitos sons, embora fosse difícil entender o que ele queria dizer.

A mãe tentou colocá-lo numa creche, mas não conseguiu, fosse por medo que lhe tomassem o filho, fosse porque raramente havia creches na periferia, e também por raramente haver vagas disponíveis. O bebê passava necessidades desde seu primeiro ano de vida. Ela o pegava no colo, acariciava, fazia-lhe cócegas, e ele dava grandes gargalhadas. Era uma forma de disfarçar a fome. Outras vezes, sua mãe o acariciava e vertendo lágrimas lhe dizia:

— Me desculpa, meu filho.

Quando ele tinha três anos, Bia foi despejada de sua casa na favela; estavam morando debaixo de um grande viaduto. Como não tinha dinheiro para os brinquedos, ela mesma era seu brinquedo: fingia que era uma leoa, colocava um pano esfarrapado sobre a cabeça e o menino tinha de se esconder. Bia, rugindo, ia procurá-lo. E, quando o encontrava escondido debaixo de folhas de papelão, bradava:

— Uau, estou com muita fome! Vou comer esta perninha!

Ricos e infelizes; pobres e felizes – esse paradoxo sempre perseguiu as sociedades humanas. O pobre menino dava gargalhadas e se arrepiava todo, pois sabia que ela iria fazer cócegas nas suas costas e pernas como se estivesse mordendo-as.

Depois de muitas risadas, ele saía correndo e gritando:
— Socorro, a leoa vai me morder! Socorro!

Assim, havia festas sem guloseimas debaixo dos viadutos. Mas o prazo de validade para acabar com as festas infelizmente estava diminuindo devido à doença cardíaca da mãe. Com aulas de Bia, o menino começou a aprender a ler. E, quando já tinha três anos e meio, iniciou a leitura de algumas páginas soltas de livros, jornais velhos e até folhetos de propagandas. Sua mãe ficava impressionada.

O tempo passava e Bia não conseguia mais fazer caminhadas, trabalhar e até carregar o pesado menino no colo sem se fatigar e sentir falta de ar.

— Por que você está cansada, mamãe? Vamos correr — dizia o filho cheio de energia.

— Dói meu peito, meu filho. Desculpe, não posso — comentava, enxugando os olhos.

O fantasma do medo do futuro voltara.

Com o filho no colo, tentava pedir moedas nos semáforos, mas os motoristas raramente eram generosos:

— Vai trabalhar! — uns diziam.

— Pare de usar seu bebê para chantagear os motoristas! — diziam outros, inclusive uma mulher muito bem-vestida.

Spartacus os enfrentava:

— Larguem de ser pães-duros.

As ofensas dos motoristas insensíveis eram como um soco no estômago. Mas uma mãe enfrenta o mundo, inclusive da humilhação, para proteger seu filho.

— Entregue seu filho para outra família, você é uma drogada — sugeriu um grupo de executivos que estavam sendo transportados num carro sedã preto.

O sinal estava fechado e Spartacus já estava com cinco anos.

— Minha mãe é minha família, seus bobos — enfrentou o menino.

Neste momento, Bia pôs as mãos na frente do carro e encarou os executivos. O motorista fechou o vidro para não ouvir os xingamentos.

— Não vou xingá-los — avisou e fez sinal para que baixasse os vidros.

Com sensibilidade, Bia comentou:

— Olhem aquela árvore. Diferentemente dos seres humanos, todos os dias ela está de braços abertos para receber os visitantes. Não lhes pede documentos e nem pergunta sobre seu caráter. Ela simplesmente se doa para eles repousarem na noite fria. E, pela manhã, os animais partem sem agradecer. Mas, generosa, a árvore continua de braços abertos. Podem partir.

Um executivo, dono de uma megaempresa, ficou perplexo. Arrependido, tirou uma nota de cem dólares, lhe deu e disse:

— Me desculpe, senhora. Você deve ser uma mãe incrível.

— Não, eu não quero.

— Por quê? — disse constrangido.

— Porque hoje eu sou a sua árvore. — E lhe deu as costas.

O homem teve insônia e, junto com seus amigos multimilionários, percebeu que eles eram egocêntricos.

— Por que você não pegou toda aquela grana? — falou um mendigo que viu tudo.

— Porque meu filho e eu estávamos diante de pessoas mais pobres emocionalmente do que nós.

Um empresário bilionário, autoritário, orgulhoso e frio passou num carro que custava um milhão de dólares. Havia dois carros fazendo sua segurança, um na frente e outro atrás. Ele disse para o motorista:

— Abaixe o vidro.

O motorista resistiu:

— Não é seguro, doutor. Essas mulheres são delinquentes.

Mas ele fez sinal, ordenando que o baixasse. Sem compaixão, disse em voz alta:

— Entregue seu filho num orfanato!

Spartacus estava de pé. Bia olhou para ele e depois para o ricaço e rebateu:

— Você o entregaria se fosse seu filho e o amasse? — Bia sabia que um orfanato seria uma boa alternativa quando ela não estivesse mais viva.

Ele não respondeu, mas o pequeno Spartacus, como se estivesse no Coliseu, dessa vez partiu para o ataque.

— Ele entregaria, mamãe, pois não o ama.

O ricaço ouviu e sentiu-se ofendido:

— Eu amo meu filho! — gritou. — Não quero que você vire um delinquente, garoto.

— O que é delinquente, mamãe? — Spartacus perguntou.

Sua mãe mais tarde lhe respondeu, mas, por ora, tinha de dar uma lição no homem que tinha traços de psicopatia e que vestia terno e gravata.

— Fique tranquilo, ele não se transformará num delinquente para te assaltar, mas certamente se transformará num ser humano melhor que você... — E lhe deu as costas para que não a visse chorar.

— Saia daqui, seu monstro! — falou alto o menino ao ver a mãe chorar, e foi até o carro e bateu no vidro várias vezes.

O carro era blindado, mas um segurança mostrou uma arma para o garoto, que tinha cinco anos.

A mãe se abaixou, abraçou seu filho e com olhos úmidos lhe disse:

— É por isso que você se chama Spartacus. Spartacus foi o melhor gladiador do Império Romano.

— O que é gladiador?

— Gladiadores eram guerreiros que lutavam na arena do Coliseu, na cidade de Roma, contra feras e outros lutadores.

— Eu sou um gladiador, mamãe? Gostei.

— Sim, nesta vida tão injusta, você terá de ser um gladiador para sobreviver.

A partir daquele momento, o menino passou a querer ser chamado cada vez mais de Gladiador pela mãe e pelos que o conheciam. E o apelido ficou.

O bilionário que ofendeu sua mãe ficou pensativo e chocado. Ninguém teria essa coragem de dizer que ele, com todo o seu megassucesso, era um ser humano de baixa qualidade. E mais uma vez aquela mãe financeiramente miserável, mas que amava seu filho, a Deus e a literatura, foi ferida. A proteção de Bia nos dias de desprezo e nas noites frias e famintas, em que só havia comida para seu filho, era comer palavras, ler livros.

Dias depois, o pequeno Gladiador, especialista em fazer perguntas, questionou a mãe sobre uma palavra que não saía da sua cabeça:

— O que é orfanato, mamãe?

— É um lugar que acolhe crianças sem pais ou que os pais as abandonaram. Mas não vou te deixar lá enquanto eu respirar. Eu prometo.

Certa vez, uma jovem de trinta anos que passeava por uma praça lhe deu um bom dinheiro. E, quando ia embora emocionada, a jovem acrescentou:

— Seu bebê é lindo e você é uma heroína.

— Muito obrigada, mas meu filho é meu gladiador, meu herói, por suportar uma mãe doente.

Um ano se passou. Spartacus estava com seis anos, mas não era capaz de entender por que sua mãe às vezes chorava às escondidas.

— Você está chorando, mamãe?

— Desculpa, filho. — E tentava esconder o rosto.

— Eu sou gladiador, eu posso te proteger.

— Muito obrigada. Vai ficar tudo bem.

Apesar de toda a miséria, Bia se ajoelhava junto com o filho no meio das praças e até no meio da noite, debaixo das pontes, e agradecia ao Autor da existência. Ela não era uma religiosa formal, que frequentava um templo. Mas era uma daquelas mulheres surpreendentes que o Mestre dos mestres proclamou há dois mil anos: "Prostitutas precederão religiosos no reino dos céus".

O menino certa vez questionou sua mãe:

— Vamos agradecer a quê, se não temos nada para comer ou cama para dormir?

Ela se levantou e lhe disse:

— Temos de agradecer o coração que bate, o oxigênio do ar, os pulmões que respiram, a mente que pensa, a coragem que temos para não desistir da vida quando tudo dá errado. São tantas coisas para agradecer — disse a mãe sem diplomas acadêmicos, mas formada na escola das tempestades da existência. — Feche seus olhos que você vai encontrar motivos para agradecer.

— Entendi! Eu preciso enxergar o invisível.

— Sim, meu pequeno gênio. Ver o invisível é enxergar com o coração.

Infelizmente, sua saúde foi piorando muito. Até que um dia, teve de fazer a escolha mais difícil de sua vida: separar-se do filho para tentar se tratar; caso contrário, ele veria seu fim na sua frente. Levou-o até a porta de um orfanato. Entrou na instituição, deixou o filho fora e explicou para a diretora a sua história. Comentou que estava muito doente, talvez não sobreviveria mais alguns dias. Depois, saiu e se encontrou com ele. Gladiador estava acompanhado da diretora e de um enfermeiro. O trânsito estava infernal. Ela, vertendo lágrimas, lhe disse:

— Filho, você é a coisa mais importante que eu tenho no mundo.

— Eu sei, mamãe.

— Mas me desculpe... eu não consigo cuidar de você...

— O que você está dizendo? — disse ele com lágrimas escorrendo pelo rosto.

— Você me vê cansada todos os dias. Preciso me tratar.

— Mas eu cuido de você.

— Eu sei, mas preciso agora de cuidados médicos, talvez ficar internada — disse tossindo muito, com o rosto avermelhado e muito triste. — A mamãe vai ter de se separar de você por alguns dias.

— Não vá embora! Não vá! Meu pai já me abandonou. Eu odeio meu pai! Agora você. Não! Não! — disse o menino aos prantos, suplicando por ela.

Mas ela lhe disse:

— Não tenha ódio de seu pai. O ódio coloca na mesma prisão a pessoa que odeia e a pessoa odiada.

— Que prisão? — disse ele enxugando com as mãos o seu rosto.

— A prisão em nossa mente.

— Mas você me prometeu que nunca iria me deixar.

Foi então que ela confessou claramente:

— Estou com um grave problema no coração, meu pequeno Gladiador. Não vê que não tenho forças para te carregar e quase nem para andar? Preciso me tratar e o tratamento é caro. — E, após tossir novamente, colocou a mão direita no peito esquerdo para tentar aliviar a dor torácica.

— Eu posso trabalhar para você se tratar — ele sugeriu e mostrou suas duas mãozinhas sujas de terra.

— Ah, meu filho, eu voltarei. Nunca esqueça que eu te amo até o impensável.

Deu-lhe um longo abraço e três beijos, um em cada face e o outro na testa. E o deixou na porta do orfanato, sob os cuidados da diretora e de dois auxiliares. Comovidos, os auxiliares seguravam o menino pelas mãos, enquanto o garoto se debatia. E, assim, Bia pegou um ônibus e partiu. Gladiador soltou-se das suas mãos e correu atrás do ônibus, como se estivesse correndo atrás da sua história, da sua origem, de tudo que mais amava. Sua mãe olhava para trás e deixava tudo que mais amava.

Para um filho, por mais justificável que seja a perda de sua mãe, nunca preencheria a cratera nos solos da sua emoção.

Infelizmente, Bia nunca mais voltou. Ele nem sequer recebeu notícias de seu falecimento. O pequeno Gladiador por anos olhava pela janela do orfanato esperando uma visita que nunca mais apareceu. A vida é um grande Coliseu e nele há batalhas nunca vencidas.

Os fantasmas da mente do Gladiador

O garoto que todos chamavam pelo apelido de Gladiador ficou seis anos no orfanato. A saudade da mãe e os mistérios em relação ao que aconteceu com ela não saíam da sua mente. Na parte da manhã, o menino frequentava a escola, mas sofria bullying diariamente. Inclusive dentro do orfanato, pois aos nove anos começou a apresentar Transtorno Obsessivo--compulsivo (TOC), ou seja, pensamentos fixos com rituais comportamentais. Ele lavava as mãos várias vezes, pois tinha medo de ser contaminado, batia com as mãos na testa de leve por três vezes, pois, se não o fizesse, cria que sua mãe nunca mais voltaria. Além disso, entortava o pescoço e fungava o nariz constantemente por achar que não estava respirando direito. Ele só acalmava seu TOC quando ia até a velha biblioteca do orfanato e passava horas lendo livros velhos.

O TOC de Gladiador escandalizava os jovens da sua escola, que estavam despreparados completamente pela educação clássica para ter empatia. E, por não saberem se colocar no lugar dos outros, eram cruéis, peritos em praticar bullying. Agrediam fisicamente e atacavam verbalmente o filho de Bia: eles o diminuíam, ofendiam, comparavam-no ferinamente e colocavam-lhe apelidos humilhantes, sem entender que a exclusão é uma das maiores dores emocionais que uma criança ou adolescente pode sofrer. Seus tiques e as suas vestes simples e repetitivas era alvos diários. A biblioteca se tornou seu esconderijo. Passou a ler um livro por semana, mais de cinquenta livros por ano. Era o único garoto que "morava na biblioteca". A bibliotecária, desconfiadíssima de que ele realmente lia os livros, perguntou:

— Você não tem nem dez anos. Como você lê tão rápido?

— Tenho fome de conhecimento. — E manifestava seu Transtorno Obsessivo-compulsivo. — Quando leio, acalmo minha mente. — E voltava para o livro.

— Mas me parece que você apenas folheia as páginas!

Perturbado com a desconfiança dela, disse-lhe:

— Então, pergunte o conteúdo de qualquer página deste livro que acabei de ler.

A bibliotecária deu risada. Ler muitos livros já era quase impossível para um garoto, mas relatar o conteúdo das páginas parecia uma piada impossível.

Uma professora de filosofia, de nome Amélia, que não conhecia o garoto e dava aulas para o ensino médio, estava sentada a uns cinco metros lendo sobre Platão. Abaixou os seus óculos e observou aquele embate surreal.

A bibliotecária, superdesconfiada, topou o desafio.

— O que diz na página cinquenta e sete do livro *A volta ao mundo em 80 dias*?

O menino respondeu e a secretária da biblioteca quase caiu da cadeira.

— Autor?

— Júlio Verne. Foi publicado no ano de 1873.

— Surpreendente! Você é um gênio. Quantos livros você lê por ano?

— Um por semana, mais de cinquenta por ano.

Neste exato momento, entraram na biblioteca quatro alunos mais velhos que ele: um deles, Carlos, era filho da poderosa diretora da escola; o outro, Marcos, era filho da rígida professora de matemática. Eles viram Gladiador conversando com a bibliotecária. O filho da diretora não perdeu tempo para feri-lo:

— O maluquinho está aqui?

— Mas ele nem sabe ler — afirmou o filho da professora de matemática.

Gladiador se estressou e começou a manifestar seus tiques.

— Esse menino é um gênio! — comentou fortemente a bibliotecária.

— Gênio? Olhe os comportamentos dele. Está mais para louco — zombou o filho da diretora.

A professora Amélia se levantou para repreendê-los, mas Gladiador saiu correndo.

O quarteto do terror, como eram conhecidos, saiu atrás dele bradando:

— Burro! Burro! Louco!

Na sua sala de aula, apesar de seus rituais compulsivos chamarem a atenção da classe, ele era admirado.

— Professor, este cálculo matemático está errado.

— Como assim? Então, venha à lousa me corrigir, seu linguarudo — disse o professor irritado.

Gladiador foi e de fato estava errado.

— Como você sabe disso? — indagou o professor.

— Eu tenho sede de conhecimento.

A classe o aplaudiu. O bullying era mais brando na sua classe, mas esmagador entre alunos de outras salas. O tempo foi passando e, como Gladiador não reagia – e nem as conversas que teve com dois professores mudaram as atitudes dos praticantes do bullying –, os comportamentos ferinos dos seus predadores foram aumentando. Quando ele adentrava no pátio da escola, o deboche imediatamente aumentava. E quem disparava o gatilho coletivo da agressão era sempre o filho da diretora:

— Doido! Louco! Doente mental!

Outros falavam:

— Lá vem o maluco batendo na cabeça.

— Cadê o palhaço da escola?!

Outros o torturavam. Centenas de alunos que estavam no pátio formavam uma roda e davam risada de Gladiador, aplaudindo os deboches como se ele fosse de fato um palhaço num circo.

O garoto algumas vezes abaixava a cabeça; noutras, chorava. Mas suas mágoas aumentaram tanto que ele passou a olhar fundo nos olhos dos seus agressores. Então, resolveu mudar o jogo. Lembrou-se das palavras de sua mãe: "Quem odeia aprisiona a pessoa odiada na própria mente". Tinha de ser livre. Foi na escola e durante o recreio – e para espanto de todos, quando formaram uma roda em torno dele – que tirou um nariz de palhaço e começou a fazer brincadeiras e a dançar na frente deles.

— Sou louco por amor a vocês! — dizia imitando Michael Jackson.

Os dias se passavam e muitos alunos admiravam seu bom humor, indicando que sua paz era inegociável. Todavia, esses comportamentos, ao invés de acalmar os alunos agressores, irritavam mais ainda o quarteto do terror: Marcos, Fernando, Júlio Cesar e Peter. Eles se autoproclamavam:

— Somos o quarteto do terror!

Como as práticas de chamarem Gladiador de louco e doente mental não estavam funcionando, eles começaram a ofender a sua estética. Como ele tinha uma cabeça grande e orelhas de abano, eles o ofendiam dizendo:

— *Monkey*. Orelhudo. Cabeçudo.

Certa vez, ele retrucou:

— Cuidado! O planeta é redondo. Um dia a noite chega.

Certo dia, procurou a diretora da escola e explicou o caso. Ela perguntou:

— Qual é seu nome?

— Spartacus. Mas pode me chamar de Gladiador. Minha mãe é que me deu esse apelido.

— E cadê sua mãe?

— Ela teve de se afastar de mim para cuidar de um grave problema de saúde. E nunca mais voltou.

— Morreu?

— Não sei. Dentro de mim, está viva.

A diretora não falou "sinto muito".

— E por que ela o chamava de Gladiador?

— Porque ela dizia que eu sou muito forte por dentro.

— Ahhh. E por que está aqui?

— Estou aqui porque uns meninos me agridem todos os dias — disse e manifestou seu TOC.

— Por que você tem esses tiques?

— Eu bato três vezes na cabeça e também faço gestos com o pescoço, pois, se eu não fizer, minha mãe nunca mais vai voltar.

— Bobagem. Aceite que foi abandonado e pronto.

— A senhora já foi abandonada?

— Não, nunca.

— Como pode me dar um medicamento que nunca tomou?

— Medicamento? — repetiu a diretora sem entender.

— Falei por metáfora.

— Ahhh. Você é o nosso rato da biblioteca.

— Lá me escondo dos meus agressores e dos meus fantasmas.

A diretora parou por um minuto. Nunca encontrou um menino tão inteligente. Mas depois foi superficial:

— Mas você deve controlar seus tiques na frente dos outros. Caso contrário, sempre vão zombar de você — disse a diretora ingenuamente, sem entender o poder cruel dos transtornos psíquicos.

Eram necessárias técnicas psicoterapêuticas adequadas e, às vezes, apoio de medicação para o paciente ter autocontrole.

— Eu não consigo. Eu não consigo! — falou enfaticamente com lágrimas nos olhos, revelando que tentou controlá-los milhares de vezes, mas falhou.

— Vá se tratar.

— Eu sou pobre, esqueceu?

— Quem são as pessoas que te perturbam?

— Um deles é seu filho.

— Meu filho? Impossível! Ele é um bom jovem. Isso é uma acusação séria, uma calúnia.

— O outro é o amigo dele, o Marcos.

— O filho da professora de matemática? Ela é uma mãe brilhante. Eles são ótimos.

— Ótimos para quem? A senhora precisa ensiná-los a serem generosos.

A diretora se irritou, indicando que não apenas sua escola, mas a grande maioria não tinha um preparo inteligente e urgente para prevenir a guerra emocional que ocorria no solos da mente de muitas vítimas.

— Quem é você para questionar minha educação? Que petulância, garoto.

Quando Gladiador ouviu essas palavras, olhou para baixo e fez um longo silêncio, expressando sua dor.

— Fale, menino atrevido! Por que se cala?

— Porque a senhora não sabe ouvir.

Virou-se, deu as costas e saiu da sala da diretoria. Sabia que ela os protegeria. Era indigna do cargo que ocupava.

— Não me dê as costas, seu garoto. Vou suspendê-lo.

A diretora chamou em sua sala seu filho e o amigo dele. E apenas recomendou:

— Afastem-se daquele menino.

— Esse tal Gladiador é que debocha de nós. Ele até coloca nariz de palhaço para zombar de nós.

O quarteto ficou mais raivoso ainda. Como sabiam que Gladiador era pobre, que morava num orfanato e deve ter sido abandonado pelos pais, subiram o tom. Tocaram numa ferida que descontrolou o jovem Gladiador:

— Está vendo como o mendigo se veste? — indagou Carlos.

Gladiador foi saindo.

— Vai se refugiar na biblioteca? Você sabe que meninos abandonados pela mãe não têm futuro. Cadê a mamãe? Nem a prostituta te aguentou.

Abaladíssimo, dessa vez ele os enfrentou:

— Não falem da minha mãe, seus monstros. — E partiu para cima deles.

Encontraram seu ponto fraco. Era tudo o que o grupo queria.

Como eram muitos, eles o derrubaram, chutaram e zombaram mais ainda dele.

— Pobretão. O que tá fazendo na nossa escola, maluco? Seu mendigo! Caia fora.

Ele chorava dizendo:

— Mamãe, mamãe. Cadê você?

— Coitado, o filhinho está chamando pela mamãe. Ela o deixou para ficar com outros homens.

O jovem não tinha ninguém para protegê-lo. Nem pais, nem amigos, nem professores. Não conseguiam cortar pela raiz a crueldade do quarteto do terror. Muitos professores não tinham a consciência dos danos emocionais gravíssimos que o bullying pode causar na formação da personalidade. Em alguns casos, uma humilhação pública tem o poder de influenciar mais a mente humana do que cem elogios; uma rejeição cruel pode asfixiar mais do que cem abraços. Não entediam que elas eram registradas de forma poderosa como janela traumática duplo P, duplo poder, poder de ser encontrada como agulha num palheiro e poder de ser lida e relida, tornando-se um cárcere mental.

Todos foram levados à diretoria. E o quarteto encontrou várias testemunhas a seu favor:

— Esse garoto agrediu primeiro o Marcos e o Carlos. Eles só se defenderam, diretora.

A diretora repreendeu Gladiador:

— Que vergonha esse seu comportamento. Mais três dias de suspensão.

Após ser expulso, Gladiador andava pelas ruas chutando pedras, paus, mas de repente viu a imagem que o atraiu e que estava sentada de costas no banco de uma praça. Ele se aproximou e levou um tremendo choque. Era sua mãe. Ele correu para abraçá-la, mas uma força maior o impedia. Ela virou para ele e lhe disse:

— Lembre-se, meu filho, de que o ódio aprisiona o odiado, vivendo ambos na mesma prisão.

Quando rompeu a barreira e ia abraçar sua mãe, era outra pessoa. Ela levou um susto. Ele pediu desculpas e começou a sair correndo chorando. A partir desse momento, começou a ver de vez em quando imagens irreais, que ainda não eram alucinações, pois ele tinha consciência crítica de que estavam apenas em sua cabeça. Mas, com o passar do tempo e sem tratamento, começou a dar crédito a elas. E assim deixou de ter apenas um simples TOC, um quadro ansioso, para infelizmente ter uma mente mais confusa. O gênio começava a ser assombrado por fantasmas mentais.

O jovem garoto cada vez mais ficava retraído, tímido, se recolhia dentro de si, mergulhado numa solidão, produzindo pensamentos perturbadores, sem questioná-los, o que era um risco para a saúde mental. A ansiedade é um excesso de presente; a depressão é um excesso de passado; a síndrome do pânico é um excesso de futuro; uma psicose é um excesso de fantasias e ideias desconexas com a realidade.

Todavia, na mente humana, ansiedade, depressão e outros transtornos psíquicos – independentemente de haver ou não fatores metabólicos desencadeantes – experimentam uma mescla de fenômenos estressantes, como doses de preocupações do presente, de ruminação do passado, de sofrimento pelo futuro e de crenças em ideias irreais. Gladiador não sabia que a "Mente" mente, não entendia que seu Eu, que representa a capacidade de escolha, deveria ser um questionador da própria mente, reciclando o lixo emocional. Ele não foi treinado minimamente em sua escola a duvidar de tudo que o controla, a criticar seus pensamentos angustiantes e a ser gestor da sua mente. O sistema educacional mundial estava doente, formando pessoas doentes para uma sociedade doente. Certa vez, um psiquiatra reconhecido mundialmente alertou num congresso mundial de educação:

— Quanto pior a qualidade da educação, mais importante será o papel da psiquiatria e da psicologia, pois existirão mais doentes emocionais.

A plateia ficou em silêncio. E ele a chocou dizendo:

— As estatísticas são dramáticas: 75% das pessoas têm glossofobia ou medo de falar em público; quase 100% das crianças entram na escola desinibidas, mas quatro anos depois 70% se tornam tímidas; apenas 3% das mulheres se veem belas devido à ditadura da beleza; metade da população mundial, ou mais de quatro bilhões de seres humanos, têm ou terá uma doença psiquiátrica ao longo da vida; numa conversa de dez minutos contamos três mentiras, pois não aprendemos a ser transparentes, os políticos mais...

A plateia deu risada. Mas eram números que nos deveriam fazer chorar. E ele finalizou dizendo:

— Você pode ter vários inimigos e desafetos ao longo da vida, mas ninguém pode te ferir e te asfixiar mais que a própria mente, se não se treinar a dar um choque de lucidez nela. A "Mente" mente.

Gladiador era um gênio aprisionado, mas, como era vítima do bullying sistêmico, estava cada vez mais desconcentrado e seu prazer de ler livros diminuiu. Entrava na biblioteca, folheava um livro e logo o fechava e saía com falta de ar o se expandindo. Certo dia, muito tenso, levou uma bolsa que não costumava levar na escola. Quando entrou no corredor principal e adentrou ao pátio, dois membros do quarteto do terror passaram a perna nele, derrubando-o ao chão. E as agressões sistemáticas começaram:

— Vejam, o maluco ganhou uma bolsa nova da "mamãe".
— E chutaram a bolsa.

Gladiador se levantou e foi pegá-la, mas duas vezes foi empurrado, uma delas caindo novamente ao chão. Fizeram uma roda e muitos da escola disseram:

— Dança, dança!

Esperavam que ele colocasse o nariz de palhaço e tirasse uma do quarteto.

Mas ele não o fez. Pegou a bolsa, foi até o quarteto e abriu-a lentamente.

— Tenho um presente para vocês.

O quarteto recuou um pouco, pois ficou preocupado. Gladiador tirou um lenço e muitos deram risada, mas o quarteto não gostou.

— Seu panaca filho de prostituta, não queremos lenço.

— Esse é o lenço em que sequei minhas lágrimas pensando na agressão de vocês. — Ele o atirou ao chão e completou:
— Então, vou lhes dar outro presente.

Rapidamente, tirou a arma e apontou para os quatro. Eles imediatamente começaram a chorar e disseram:

— Não atire! Não atire!

— Peguem o lenço e sequem suas lágrimas.

Carlos e Marcos começaram a urinar nas calças e com o lenço tentaram secar suas lágrimas. Muitos se deitaram ao chão, outros correram desesperadamente. Foi um tumulto dramático.

— Deitem-se — bradou, fazendo vários rituais obsessivo-compulsivos.

Por fim, todos os quatro estavam prostrados em terra suplicando:

— Não atire! Não atire, por favor. Nos desculpe! Nos desculpe!

Apesar de estarem deitados ao seu lado, ele olhou para os seus agressores e gritou para toda a escola ouvir:

— Aqui está o quarteto do terror! Me agridam agora, seus covardes. — E depois, voltando para eles, bradou: — Não levantem e nem corram.

Os professores se escondiam atrás da porta. Foram chamadas a polícia e uma ambulância. Temiam uma chacina.

Eles choravam e tremiam de medo. De repente, apareceu Amélia, professora que ensinava filosofia para alunos mais velhos e que havia tempos o observava na biblioteca. Num "momento relâmpago", ela se lembrou de um texto que leu sobre o treinamento que um conhecido psiquiatra e pesquisador da mente humana, Dr. Marco Polo, deu à polícia federal de seu país. Ele os treinou sobre as estratégias de gestão da emoção para desarmar um agressor. O psiquiatra disse:

— Jamais se deveria tentar desarmar um agressor criticando-o, muito menos se intimidando diante dele. Ao ser criticado, o agressor se sentiria ameaçado, tal como uma presa diante de um predador, e poderia atirar. E, se a vítima se intimidasse diante dele, o agressor se sentiria empoderado, tal como um predador diante da presa, e também poderia atirar. A melhor técnica seria surpreendê-lo com elogios, para depois iniciar um diálogo, rompendo as duas faces da síndrome predador-presa.

Era quase inacreditável que os professores nos mais diversos países desconhecessem as ferramentas de gestão da emoção para prevenir transtornos emocionais e desarmar um agressor.

A professora Amélia, com segurança, surpreendeu o jovem Gladiador:

— Como pode alguém tão inteligente como você precisar de uma arma para expressar suas ideias?

O aluno ficou positivamente perturbado. Em milésimos de segundos, abriram-se algumas janelas no córtex cerebral do garoto, amenizando um pouco a sua violência.

— O quê? Todos me chamam de burro nesta escola — disse confuso.

Observando sua angústia e os rituais obsessivo-compulsivos, ela disparou outra gentileza:

— Ouvi você dizer, na biblioteca, que lia um livro por semana. Um jovem cultíssimo. Você é maior do que esta arma.

O aluno ficou mais abalado ainda, mas comentou tremulando:

— Eu fui massacrado nesta escola e ninguém fez nada por mim!

Foi assim que se iniciou o diálogo, apesar do clima estressante.

— Eles chamaram minha mãe de prostituta! — disse limpando os olhos com a mão livre.

— Sua mãe deve ter sido uma heroína. Como eu gostaria de tê-la conhecido. E sua dor é maior do que suas palavras relatam — afirmou com segurança a professora Amélia.

— Mas você nem me conhece.

— Mas te observo. Você é maior do que sua arma. Mas não se curve ao seu sofrimento. Transforme sua dor em sua força. Dê-me sua arma.

— Eles não merecem viver.

— Você é que não merece ser um assassino. Eu aposto em você. Aposto que vai brilhar na vida. Não interrompa sua jornada. Por favor, me dê sua arma.

O aluno finalmente resolveu entregá-la. E, ao se aproximar da professora, confessou:

— Nunca quis matá-los. Essa arma é de brinquedo.

Para espanto da professora, ao verificar a arma, de fato ela não era real. Era um dos raros presentes usados que ele recebeu no orfanato. Mas, no escuro do medo, mesmo uma arma falsa se torna real para a mente humana. Mas o quarteto do terror não ouviu o diálogo. Torcia apenas para que a professora tivesse êxito e eles não morressem.

Em seguida, Gladiador pegou sua bolsa, se aproximou do quarteto, tirou dela quatro rosas brancas e deu para cada um deles. E lhes disse em lágrimas.

— Vocês fizeram sangrar meu coração, mas lhes devolvo a minha dor com uma flor.

Eles se levantaram e as pegaram timidamente. Ainda estavam abalados. Mas, para a infelicidade do jovem apelidado de Gladiador, apareceram dez policiais empunhando armas. Viram que o garoto da arma estava distraído e, de assalto, eles o derrubaram ao chão, dando-lhe choque elétrico. Desesperada, a professora tentava protegê-lo:

— Não façam isto. A arma é falsa.

Mas ninguém ouvia nada naquele tumulto. Naquele clima de violência em que a professora Amélia tentava proteger o jovem, ela foi derrubada ao solo, infelizmente bateu a cabeça e desmaiou. Teve trauma craniano e hemorragia cerebral. Ficou um mês na Unidade de Terapia Intensiva (UTI), perdeu parte da visão e passou a ter dificuldade para andar, que melhorou parcialmente com o tempo. A polícia algemou o garoto, que posteriormente foi julgado e condenado numa casa de reclusão de menores que cometeram graves crimes.

— Hoje a arma é de brinquedo, mas amanhã poderá ser real — disse o magistrado na sua sentença.

A justiça tem de ser cega, mas tem de ter também coração. Infelizmente, a justiça não teve coração com o jovem Gladiador.

Quando a professora saiu da UTI, ficou sabendo da condenação dele. Procurou o juiz da infância e adolescência que o condenou e intercedeu pelo garoto:

— A arma era falsa, meritíssimo.

— Sabemos, professora, que a arma era falsa. Mas isso não exclui o potencial periculoso ou criminoso do jovem. Ao contrário, depõe contra ele. Se tivesse uma arma real, ele poderia ter atirado.

— Não, meritíssimo — afirmou a professora Amélia, aproximando-se dele com dificuldade e olhando sua face com sua visão deficiente.

— Veja os danos que a senhora sofreu. E ainda o defende? Por que a senhora não crê que ele tem um potencial violento, se ele não era um dos seus alunos?

— Ele sofreu bullying sistematicamente — começou, e contou as agressões que ele recebeu. — Eu sei que foi errado e perigosíssimo o que ele fez, mas o que me convenceu a crer que ele é um jovem de excelente coração foi que ele pegou quatro flores de dentro de sua bolsa e deu uma para cada um dos seus mais cruéis agressores.

— Quatro flores? Mas isto não estava nos autos.

Com a intervenção da professora de filosofia, o magistrado aliviou a condenação de Gladiador. Na saída da casa de reeducação, ou presídio para menores, a professora esperava o aluno. Ele estava tenso, com muitos comportamentos obsessivo-compulsivos.

— Como está, Spartacus?

— Pode me chamar de Gladiador.

— Você está livre.

— Livre? Dos meus fantasmas mentais também? Não, ninguém é totalmente livre.

— Você é muito inteligente, eu acertei. Quer voltar para a mesma escola?

— Eu ia entregar as flores e dizer que nunca mais pisaria naquela escola. Não serei o palhaço deles. Poderei ser um palhaço no mundo, mas não daquela escola — disse o jovem Gladiador, como se fosse uma espécie de profecia. — Obrigado, professora. Não tenha compaixão por mim. Lembre-se: "Eu sou maior que a minha dor". — Abraçou-a carinhosamente e lhe disse: — Adeus.

A professora Amélia, ao voltar para a escola, foi aclamada como heroína. Não queria se aposentar, mas, sim, continuar ensinando os seus alunos. Todavia, foi afastada contra a sua vontade, devido à dificuldade de andar e à deficiência visual. Aposentou-se, mas não se tranquilizou. Professores e professoras como Amélia são os profissionais mais importantes do teatro social, mas têm muitas vezes salários mirrados e uma aposentadoria que não lhes dá dignidade. As sociedades digitais são doentes, valorizando o sucesso mágico propagado pelas redes sociais e promovendo o culto à celebridade, mas desprezando seus verdadeiros heróis, os educadores. Sozinha, sem filhos, sem marido, a professora Amélia atravessaria os vales da insegurança.

Depois dessa experiência, Gladiador fugiu do orfanato e abandonou definitivamente qualquer escola, cometendo, assim, um erro. Com doze anos, tornou-se um menino de rua, morando debaixo de pontes, em becos, dentro de carros velhos e abandonados. Praticava pequenos furtos, como roubar frutas, pegar comida em restaurantes, mas nunca mais usou uma arma. Às vezes, revirava o lixo para sobreviver e dependia de peripécias que fazia nos semáforos para ganhar alguns trocados. Ele dançava na frente das pessoas, colocava um nariz de palhaço e fazia micagens. As crianças saíam das cavernas das redes sociais e pediam aos pais que ajudassem o "maluco dos semáforos".

— Crianças, olhem nos olhos deste doido que eu as hipnotizarei e vocês deixarão o monstro dos celulares de lado — dizia e pegava um velho celular, fazendo mágica transformando-o numa cobra.

Alguns pais, impressionados com o garoto mágico, adoravam essa brincadeira, pois eles tinham perdido o controle dos filhos. Na era das redes sociais, o ser humano voltou a viver em cavernas. Cada tela, uma caverna.

Gladiador sofre um grave acidente mental

A vida maltratou o jovem Gladiador, mas ele não se curvou a sua dor. Era bem-humorado. Mas, como não tinha nenhuma proteção social e como a situação do país estava difícil – com inflação e polarização política –, ganhar a vida com suas palhaçadas nos semáforos e dormir ao relento estava cada vez mais complicado. Certa vez, viu um grande circo que iria se apresentar na cidade. Ofereceu-se para a montagem. Uma vez aceito, começou a limpar as jaulas de animais. Ficava incomodado com o fato de animais enjaulados terem de entreter seres humanos livres. Ele "conversava" com os leões e tigres para entender essa equação estranha:

— Quem é livre, os seres humanos ou vocês?

Por incrível que pareça, ele acalmava as feras e em alguns momentos as acariciava. Também recolhia lixo deixado pela plateia, como pipocas e restos de sanduíches, sendo estas muitas vezes suas únicas refeições. Como era muito engraçado, logo fez ponta como palhaço. Ele dançava, imitava cantores e brincava com a vida.

— Crianças e pais, preparem-se que vou turbinar suas emoções. Até assombrações morrerão de rir. — E olhava para algumas mulheres de idade sisudas que relaxavam ao ver suas caretas.

Ciúme é um vírus que faz parte da essência humana. Existe em todo lugar, inclusive entre palhaços. O palhaço principal tentava sabotá-lo ao vê-lo sobressair. Sua ascensão no circo começou com o Anão, Marquito. Ele era apresentador dos personagens e começou a observar o seu potencial e o promoveu. Certa vez, um leão estava muito inquieto na jaula. Rugia muito. Gladiador viu o estresse do animal e como ele se debatia nas grades. Num lampejo, o jovem começou a cantar e a dançar a música "We Are the World", imitando vários dos cantores originais, como Michael Jackson, Lionel Richie, Bob Dylan, Ray Charles, Paul Simon, Stevie Wonder. O leão se acalmou aos poucos e os outros animais que viviam encarcerados também diminuíam a angústia do confinamento.

— Rapaz, você é um palhaço nato. Quer fazer algumas pontas? — falou Marquito.

— Nasci para isso.

— Qual é seu nome?

— Spartacus.

— Spartacus? Por que esse nome estranho?

— Minha mãe gostava dos lutadores do Coliseu romano.

— Tem algum apelido?

— Gladiador.

— Spartacus não dá. Gladiador é um apelido ótimo.

— Esse apelido é porque gosta de lutar?

— Sim, luto contra os fantasmas da minha mente. — Os olhos lacrimejaram e ele se calou.

— Todos perdemos pessoas caras nesta vida. Se desejar, terá um quadro só seu. E pode começar amanhã. Mas esqueça seu nome. De agora em diante, será somente Gladiador.

— Mas que texto devo usar?

— Nenhum. Há um palhaço dentro de cada ser humano. Na grande maioria, dormindo ou encarcerado, em você, ele está borbulhando. Seja apenas você mesmo.

Assim, Marquito, o Anão, e Gladiador, o Doidão, ficaram amigos. O dia da estreia chegou.

— Respeitável público, com vocês o palhaço mais divertido e maluco deste país: Gladiadoooorrrr.

Gladiador dançava como Michael Jackson, imitava lutadores de artes marciais e era tão estabanado que conseguia dar um soco nele mesmo. Divertia muitíssimo as plateias. E também fazia mágicas. As crianças adoraram o novo palhaço.

Para provocar as pessoas tímidas e as crianças que tinham medo de palhaço, Gladiador dizia:

— Tem crianças tímidas que comeram um ovo e ele ficou entalado. São mudas. — De repente, Gladiador tirava um ovo da boca e dizia: — Estourem o ovo e se solteeeemmmm. Tem outras crianças que falam demais, são tagarelas. Parece que comeram farofa de papagaio. Alguns políticos falam tanto que parece que engoliram um bando de papagaios, falam pelos cotovelos.

Muitas gargalhadas.

De repente, o jovem Gladiador colocava um lenço sobre sua cabeça e em seguida retirava um papagaio.

E conquistou rapidamente os mais diversos públicos. Em duas semanas, lotava a arena debaixo da grande lona. Ele também mexia com a cabeça das mulheres:

— Queridas mulheres, nunca se olhem no espelho e digam: "Espelho, espelho meu, existe alguém com mais defeito do que eu?". Nem digam para seu marido: "Meu bem, meu culote está horrível". Pois os defeitos que antes não viam passam a ver. Perturbados, eles vão te dizer: *"Você está dando calote, mulher"*. Olhem nos olhos do caboclo que vocês escolheram para casar e afirmem: "Eu sou linda, encantadora, fascinante e inteligentíssima, e você faz um grande negócio de viver comigo.

E olhe lá, se não me quiser, tem quem queira. Eu me quero!".
As crianças não entendiam muito essa parte, mas ficavam eufóricas ao ver suas mães morrerem de rir.

Chamava as crianças ao palco, fazia mil peripécias. Realmente não precisava de texto, ele era o texto, ele era o palhaço em essência. Mas, com o passar dos meses, infelizmente, interrompia cada vez mais os shows para realizar seus rituais de bater três vezes na testa, esfregar as mãos no rosto e mexer o pescoço de forma a entortá-lo. Mas, para muitos, esses rituais faziam parte da sua performance e divertiam. Não entediam que Gladiador estava emocionalmente doente. Meses depois começou a ter alucinações, ou seja, criar imagens irreais de monstros gigantes – como serpentes, aranhas e tigres – no picadeiro e que ameaçavam devorá-lo. E lutava com tais monstros.

— Tome esta, sua aranha demoníaca — dizia, chutando as suas imaginações. — Tome este — dizia, dando socos em serpentes cuspideiras.

Gladiador começava a perder os parâmetros da realidade; aos poucos, perdia a noção do que era real ou imaginário. Deveria tomar medicamentos tranquilizantes para acalmar sua mente e realizar sessões de psicoterapia para criticar suas fantasias. Mas não tinha apoio de ninguém, muito menos do proprietário do circo, Cassius, que só se interessava pela bilheteria.

Certa vez, teve um grande surto psicótico que deixou todos em pânico. Depois de uma salva de palmas por uma performance muito engraçada, em que imitava o presidente da nação, olhou para o alto e viu o circo pegando fogo. Aos gritos, começou a dizer:

— Saiam! Saiam. O circo está pegando fogo, vai desabar. Salvem as crianças.

No começo, acharam que era uma piada, pois ninguém via nada. Mas na sua cabeça as chamas cada vez mais aumentavam. Ele foi uma criança rejeitada e passou a ter um amor espetacular por crianças. Fazê-las rir e protegê-las tocava a essência de sua alma. Mas ele foi tão convincente que algumas pessoas mais sugestionáveis começaram a acreditar em sua imaginação. Quando Gladiador pegou um extintor de incêndio e começou ejetá-lo na plateia, pois achava que a lona havia caído sobre as crianças, o pânico foi geral. Todos fugiram às pressas. Algumas pessoas se feriram, mas não gravemente. Foi a gota-d'água para Cassius, o dono do circo, que o despediu agressivamente. Passado o tumulto, chamou o Anão, Marquito, e Gladiador, e desferiu estas palavras:

— Você é muito bom, o melhor que já tivemos. Mas louco não trabalha mais no meu circo. Não irei à falência.

Ele ficou ansioso, piscava os olhos sem parar, esfregava as mãos no rosto e chorando dizia:

— Mas eu salvei muitas crianças do incêndio.

— Salvou na sua cabeça. Você está mentalmente doente. Não percebe? Até as crianças já começam a desconfiar que você luta com monstros imaginários. Ninguém vai assistir a um show cujo palhaço é um psicótico que fala sozinho e luta contra feras que só estão na sua cabeça.

— Só estão na minha mente? Você também concorda, Marquito? — disse manifestando seus tiques.

Marquito fez sinal com a cabeça que sim.

— E para onde eu vou?

— Rua ou internado em algum hospital psiquiátrico ou manicômio.

— Mas não tenho... dinheiro para... pagar... um tratamento — disse quase sem voz.

— Se vira. — E lhe deu as costas.

Gladiador foi despedido, o circo perdeu seu encanto, as plateias sumiram.

— Você aqui, Marquito? — disse o jovem Gladiador, quando seu amigo o encontrou debaixo de uma ponte dormindo sob embalagens de papelão.

— O circo perdeu a graça, Gladiador, depois que você se foi. Não há como sobreviver mais lá. Você fazia a diferença, amigo.

Marquito também saiu do circo. Gostava de Gladiador e via nele um grande potencial para fazerem negócios juntos. Fizeram uma dupla. Marquito o explorava, mas no começo de forma leve.

Eles davam shows em praça pública, em alguns eventos escolares e até empresariais. Marquito ficava com 60% e Gladiador com 40% das gorjetas. Depois passou de 80% contra 20% de Gladiador.

— Só vou ganhar isto, Marquito?

— Você gasta demais. Preciso poupar para seu futuro.

Mas era para o futuro do próprio Marquito.

A Mente do jovem Gladiador estava cada vez mais perturbada. Uma tempestade mental ocorria dentro de si. Pensamentos descoordenados, ideias falsas, fantasias desconexas com a realidade. Com medo de perder seu negócio, Marquito resolveu levá-lo para fazer um tratamento.

— Vou levá-lo a um psiquiatra.

— Não quero. Não quero. Vão me internar.

— Se não se tratar, vamos perder nosso negócio.

Pressionado, aceitou a proposta de Marquito. O psiquiatra, após algumas anotações, perguntou:

— Qual é seu maior conflito?

— Guerras.

— Guerras?

— Sim, estou em guerra todos os dias — afirmou Gladiador.

— Como assim? — indagou o psiquiatra.

— Guerras com monstros que me perturbam, com a polícia que me persegue, com os donos das redes sociais que querem me controlar e até com os canais de TV que falam todos os dias de mim.

— O senhor tem noção de que o que pensa é irreal?

Subitamente, Gladiador começou a falar sozinho e fazer seus rituais. O surto psicótico dele foi tão intenso naquele momento que aparentemente não compreendeu o raciocínio do psiquiatra. Este repetiu a pergunta:

— Tem consciência de que o senhor constrói pensamentos irreais, que chamamos de delírios, e imagens irreais, que chamamos de alucinações?

— O que é real e irreal, doutor? — Mesmo doente, revelou sua genialidade. — Você, como psiquiatra, sabe dizer quais pensamentos falou ontem no jantar?

— Não, não me recordo — respondeu o psiquiatra, um tanto confuso pela pergunta.

— Se não tem certeza do que pensou ontem, doutor, como pode dizer que o que pensa sobre você hoje é real? Você é real ou uma imaginação? — Em seguida, olhou para Marquito e, resistente ao tratamento, disse: — Vamos embora, Marquito. Um maluco cuidando de outro maluco não vai dar certo.

O psiquiatra ficou perplexo com seu raciocínio. Nunca encontrou um paciente assim. Após Gladiador sair, o psiquiatra chamou Marquito e lhe comunicou a péssima notícia:

— Seu amigo é de fato muito inteligente, mas os movimentos repetitivos indicam que ele tem Transtorno Obsessivo-compulsivo. Mas, infelizmente, o mais grave é que ele está desenvolvendo uma esquizofrenia hebefrênica.

— O que significa isso, doutor?

— Significa uma psicose na adolescência. Ele poderá cada vez mais ter surtos psicóticos e viver aprisionado no mundo dele, desconectado da realidade.

— Mas essa doença tem cura?

— Nós não usamos a palavra cura na psiquiatria. Ele pode se estabilizar, se conectar mais com o mundo concreto e melhorar a sua sociabilidade se aderir seriamente ao tratamento. Mas ele tem um raciocínio tão rápido e tão questionador que pode deixar alguns psiquiatras e psicólogos perturbados. Terá de tomar medicação pelo resto da vida. Caso contrário, viverá como um zumbi.

— Cruz-credo, doutor. Mas ele não gosta de tomar medicamentos. Diz que esses remédios vão domar seu cérebro.

— Esse é um problema. Ele é resistente ao tratamento. E não posso ajudar, a não ser interná-lo contra a sua vontade.

— Interne! — disse Marquito. — Eu assino qualquer documento.

E, assim, alguns enfermeiros foram acionados e lhe deram um sossega-leão quando estava sentado na calçada esperando Marquito. Foi uma loucura. Gladiador era forte e resistiu, mas por fim a agulha entrou no tecido muscular e começou a invadir seu cérebro.

— Marquito, não me deixem levar. Amigo, querem aprisionar minha mente! — E foi apagando.

Ficou três dias no hospital. Cativou muita gente, dançando no meio dos pacientes. Cantava, envolvia os médicos, mesmo dopado. Às vezes tinha vertigem e caía. Mas aos poucos conquistou a confiança dos profissionais, conseguiu furtar roupas dos enfermeiros e escapou pela porta da frente. Um guarda o barrou.

— Quem é o senhor?

— Não me conhece? Sou diretor deste hospital de malucos, um grande especialista em reconhecer quem está ficando louco. — Aproximou-se da face do guarda e lhe assustou: — Se você é inteligente, levante a mão direita.

O guarda levantou.

— Se é louco, levante a mão esquerda.

O guarda titubeou, mas levantou a direita novamente. Gladiador repetiu várias vezes essas perguntas rapidamente, mas trocando inteligente para mão esquerda e louco para a direita, que fez o guarda se atrapalhar. Depois disso, Gladiador deu o bote:

— Só quem está ficando louco abaixa e levanta as mãos sem parar. Cuidado, se não melhorar, terei de te internar.

— Me desculpa, doutor, vou treinar em casa. E bom fim de semana.

E assim Gladiador escapou, dando risada e dançando na rua como se fosse Charlie Chaplin zombando do mundo. Essa foi sua primeira internação.

As crises de Gladiador aumentaram, mas ele tinha um toque de malandragem também. Certa vez, achou que era o governador do seu estado.

— Eu sou o governador deste grandioso estado. Confiem em mim, eleitores, e eu os levarei ao céu do capitalismo. Entreguem o dinheiro de suas bolsas e suas carteiras que eu o multiplicarei. Sou um político super-honesto. — E saiu pegando as bolsas das mulheres e batendo carteiras num grupo de idosos que passeava pelas ruas.

Foi um escândalo. A polícia entrou em cena e o algemou, mas como já o conhecia, para não ser preso, Marquito prometeu que o levaria para outro psiquiatra.

— Solte-o, por favor, ele já tem consulta agendada com o psiquiatra mais famoso desta cidade.

Gladiador estava insone havia dias. Marquito estava ao lado dele na consulta, senão ele não ficaria no consultório.

— O sono é um dos pilares centrais da saúde emocional, senhor Gladiador. A falta dele desencadeia uma série de transtornos psiquiátricos.

— Tô enrolado, então. Brigo a noite toda. Mas me diga uma coisa, o senhor dorme bem? — perguntou Gladiador ao psiquiatra.

Este, pego de surpresa, respondeu:

— Bem, eu...

— Shiii, não dorme direito também. — E Gladiador, sempre inquieto e genial, desferiu mais uma pergunta antes de o psiquiatra pensar: — Tem fantasmas que o assombram, como sofrer pelo futuro?

— Bem, eu...

— Tem.

— Mas você é o paciente, e não eu — irritou-se o psiquiatra, ao mesmo tempo que ficou impressionado, pois parecia que caíra na armadilha de Gladiador.

— Estressado cuidando de estressado — disse o jovem paciente de súbito.

— Mas, segundo seu amigo, o senhor não é só estressado. Vê coisas, fala sozinho, crê que as pessoas o estão perseguindo. E ainda por cima acha-se o presidente do país.

— Presidente ainda não. Governador — falou, zombando dos próprios delírios. De repente, começou a conversar sozinho dizendo para si: — Não, não fui eu! Foi você, largue do meu pé. — Depois, voltou-se para o médico e recomeçou a conversa: — Mas como faço para dormir se minha mente é um turbilhão? Não consigo parar de pensar — indagou Gladiador.

— Medicamento!

— Medicamentos vão domar meu cérebro.

— Mas eles são importantes — afirmou o médico.

— Não dá, não. — E foi saindo do consultório continuando a falar sozinho, com seus tiques.

Estando com Marquito no consultório, o médico prescreveu um poderoso medicamento antipsicótico, que também era indutor de sono.

— Ele não vai tomar, doutor. O garoto é difícil — disse Marquito.

— Tenho uma estratégia. Coloque o medicamento no café sem que ele perceba. Faça isso por alguns dias e quem sabe, mais calmo e mais integrado à realidade, ele aceitará espontaneamente a medicação.

— Fechado, doutor. Vou usar essa excelente estratégia.

Chegando em casa, Gladiador olhou para a TV e ouviu um jornalista dizer: "Gladiador, não tome remédios. Você será o próximo presidente do país."

— Tá vendo, Marquito? Acabaram de profetizar meu futuro.

— Eu ficarei doido ainda ao te ouvir. Vou fazer um café para nós.

Ele trouxe a xícara com o tranquilizante, veio até a sala e, para tornar tudo natural, colocou o café de Gladiador ao lado dele e o seu ao seu lado.

Mas Gladiador, esperto que era, veio com essa:

— Você ouviu o barulho?
— Que barulho?
— Ocorreu um acidente na porta de casa.

Marquito olhou para a porta e, numa distração, Gladiador trocou as xícaras de café. Cinco minutos depois, Marquito começou a dizer:

— Estou vendo o mundo rodar.

Dormiu por trinta horas direto.

Não havia como ganhar de Gladiador. Todo ser humano produz lixos mentais, como sofrer pelo futuro, ruminar mágoas, se autopunir, achar que os outros lhe estão puxando o tapete, mas uma coisa é ter pensamentos tolos, outra coisa é dar créditos a eles. Sofre mais quem lhes dá mais crédito, caso de Gladiador. A sua mente estava perdendo autonomia, autoliderança. Mas, apesar de ter surtos psicóticos, de vez em quando estava lúcido e se tornava o mesmo de sempre, um ser humano engraçado, bem-humorado e com tiradas incríveis. Nestes momentos, ele entrava nos consultórios de psiquiatria e queria consultar os profissionais que o atendiam. Certa vez, abalou os alicerces de um psiquiatra mais jovem.

O psiquiatra lhe perguntou:

— Qual seu problema?

— Eu não tenho problemas. Eu sou o problema, doutor. — E deu gargalhadas.

— Não estou aqui para brincadeiras. O que se passa na sua mente?

— Eu sou "colti" — disse errado, querendo dizer *coach*, treinador.

— O quê?

— "Colti". Aquele que treina os outros para fazer sucesso rápido na grana e no amor.

— Quer dizer *coach*?

— É isso aí!

— Mas um psicótico pode ser *coach*?

— O quê? Tem mais maluco que eu treinando os outros! — disse, fazendo os seus rituais compulsivos e, ao mesmo tempo, dando novas gargalhadas. De repente, começou a falar sozinho: — Não, não tenho tempo! Já disse não.

— Com quem você falava?

— Com um empresário querendo treinamento.

— Mas não tem ninguém aqui. Só eu e você.

— É o que você pensa, doutor. Ele está na minha cabeça.

O psiquiatra coçou a cabeça e também relaxou, deu risada.

— Mas o senhor já fez alguém ficar rico? — disse, desafiando Gladiador. Quando fez essa pergunta, foi fisgado.

Gladiador já havia frequentado dois cursos de *coach* com grandes plateias. Como tinha uma genialidade, ele guardava muito bem algumas técnicas e procurava usá-las para dar alguns golpes em pessoas ingênuas, mas apenas para ter seu sustento diário.

— Um psicólogo que me atendia estava em crise, reclamava todo dia que não tinha sucesso. Eu o treinei a se soltar nas redes sociais e ele começou a vender cursos na internet. O sujeito ganha uns vinte mil dólares por mês. Um psiquiatra de oitenta anos que, capengando e sem clientes, começou a ficar ricaço e seis meses depois se casou com uma jovem de trinta. Só que logo enfartou, pois não aguentou a dose do sucesso. Já fiz vereador virar prefeito, prefeito virar deputado. Sou uma fera...

Ao ouvir isso, o psiquiatra disse:

— Duvido.

— Se duvida, não acontece. Vai continuar neste consultório de segunda. — E passou seus olhos pelo consultório.

O psiquiatra engoliu saliva. Estava começando a vida, seu consultório não era pomposo.

— Está brincando. Isso é blefe.

— Blefe? Mentira! Nunca falei tão sério, doutorzinho. Pergunte para a mulher que está sorrindo para mim.

— Mulher? Que mulher? — Olhou para trás e viu o quadro da sua esposa. — É a mulher da minha vida. Ela está sorrindo para mim, me achava incrível, mas infelizmente ela pediu o divórcio há um mês.

— E por que se separaram? — disse, fazendo seus rituais.
— Ela achava que eu trabalhava demais e ganhava de menos.
— Tá aí, meu amigo. Azarou na grana, capotou no amor.
— Pois é — confirmou o psiquiatra.

Gladiador o bombardeou de perguntas:
— Seu carro não é velho?
— É.
— Sua casa não é financiada?
— É.
— Tem cem mil dólares no banco?
— Está brincando?! Estou pendurado no cartão.
— Quantos anos de formado?
— Catorze anos.
— Catorze anos e ainda está na lama, doutor? Vai ficar mais cinquenta anos nessa dureza se não sair das falsas crenças.
— Onde aprendeu essas palavras?
— Sou mestre de "colti".
— Estou surtando em te ouvir — disse o psiquiatra para o psicótico. — Ou você é um louco ou um...
— Sou os dois, louco e gênio.
— Mas eu ia dizer enganador.
— Sou os três. Mas relaxe, meu filho, liberte sua mente apequenada.

O psiquiatra teve coceira na garganta para fazer a pergunta fatal:
— Como eu faço para melhorar de vida?
— Abrace seus pacientes na sala de espera. Elogie os doentes quando eles melhoram. Por que os psiquiatras têm de ser fechados, carrancudos? Elogie dez vezes mais sua esposa e seus filhos do que os critica.

O psiquiatra era um especialista em criticar a esposa e os filhos.

— Se eles não te admirarem, como vão te amar, homem? Vai por mim, sei encantar plateias. A seriedade não pode aprisionar o bom humor.

— Caramba, nunca pensei nisso... Isso é inteligente. Só isso basta.

— Não. Repita fortemente: o sucesso me pertence! Eu liberto o gigante que está em mim.

— Mas isso não é coisa de maluco? — indagou o psiquiatra.

— Exatamente. Sim, o mundo é dos malucos. Normais não fazem nada acontecer... — insistiu Gladiador.

— O sucesso me pertence! Eu liberto o gigante que está em mim — falou timidamente.

— Mais alto, três vezes. Grite! — gritou o Gladiador.

O psiquiatra gritou, olhou para os lados e, depois, para o alto. Não estava acreditando que estava ouvindo um psicótico a mudar de vida. Mas, por fim, proclamou:

— O sucesso me pertence! Eu liberto o gigante que está em mim!

— Está se sentindo melhor? — perguntou Gladiador.

— Estou, cara! Correndo adrenalina no meu sangue! Tirou um negócio que estava me travando. — E apontou para sua cabeça.

Não sabia que qualquer pessoa que grita quebrando paradigmas sente a mesma adrenalina, mesmo um paciente depressivo. O mesmo fenômeno biopsíquico que guerreiros usavam no passado para entrar em guerra.

Neste momento, a secretária entrou espantada e questionou o psiquiatra:

— Algum problema, doutor? Todo mundo está na sala preocupado.

— Não, não. Está tudo certo. Apenas um exercício mental.

A secretária saiu e Gladiador cobrou imediatamente a sessão.

— Destravei você. Preço para psiquiatras: um salário mínimo.

— Salário mínimo? Mas é muito por dez minutos. Não foi de graça?

— De graça só trabalho para família.

Ele resistiu, mas pagou em dinheiro. E Gladiador foi embora, feliz da vida. Lá fora, Marquito o indagou:

— Como foi a consulta?

— Cobrei barato.

— Como assim?

— Eu consultei o psiquiatra.

Gladiador mostrou a grana que ganhou.

— Meus parabéns. Eu cuido da nossa grana.

Marquito ficou impressionado. Foi nesse momento que acendeu a luz de que precisava profissionalizar as atividades com Gladiador. Pensou em criar um teatro em algum tipo de beco, algo barato, mas que atraísse os milionários frustrados, os políticos cambaleantes, os empresários desesperançados. Assim, poderia explorar o potencial de Gladiador e conseguir ficar rico à custa dele.

Logo que saíram, apareceu o psiquiatra na sala de espera cumprimentando cada paciente que o aguardava. Estava radiante. Ninguém entendeu seu comportamento inesperado. Era estranho, mas belo, um psiquiatra com um semblante sempre fechado aparecer sorrindo na sala de espera recebendo com alegria seus pacientes abatidos. A loucura de Gladiador humanizou o jovem psiquiatra.

A grande fuga: o sequestro de uma bebê superfeliz

Era o início da noite de sábado. Lua cheia era um presente para os becos escuros, frios e úmidos da grande cidade. Mas as nuvens brincando no céu resolveram esconder a lua parcialmente. Parecia uma noite comum, mas eis que ocorreu uma fonte de mistérios em algumas vielas. Surgiu um casal estranho, que andava rapidamente, corações palpitando, pulmões suplicando pelo ar rapidamente. Suor escorria pelos rostos encapuzados. Sim, Mary Jones e seu companheiro, Bobi, tentavam encobrir a cabeça para não ser encontrados. Quem os perseguia? E o que escondiam? O mistério continuava.

    O casal olhava de um lado para o outro continuamente sem perder o passo rápido. A mulher segurava algo, parecia que tinha um tesouro inestimável. Ao mesmo tempo, como líder do pequeno grupo, ela pressionava o homem com força:

— Mais rápido! Mais rápido, seu capenga. Vão nos pegar.

— Estou indo. Mas não aguento mais. Já faz três horas que não paramos de fugir — dizia o homem fatigado.

— O que são três horas perto de trinta anos ou mais na prisão?

De repente, a mulher tropeçou no namorado e quase caiu. E o tesouro que estava coberto com uma fina toalha foi descoberto. Por incrível que parecesse, o tesouro começou a se mover. Estava vivo e começou a dar risada e dizer:

— Dadá, gugú, dadá, gugú.

Era uma menina, uma bebê de dez meses, uma criança iluminada, especialista em sorrir e tagarelar. Raramente se viu uma menina tão bem-humorada. Ao ver o sorriso da criança depois do solavanco que recebeu e quase cair, a misteriosa mulher disse:

— Essa bebê é incrível. Ela está se divertindo mesmo com a perseguição que estamos sofrendo!

Capturando o rosto da mulher, a bebê queria conversar com ela.

— Babá, gugú, dodá, mamá.

— Ai, meu Deus, não sei se dou risada ou choro por causa dessa menina.

Bobi tinha quarenta anos. Alto, musculoso, cabelos lisos e despenteados. Não era tão inteligente quanto a mulher. Mary Jones, alta, esbelta, morena, trinta e cinco anos, falava cinco línguas. Líder autoritária, pilotava de carro a aviões, e era campeã em lutas. Conhecida como a rainha do crime internacional, seu nome Mary Jones foi dado por sua mãe – que pouco conheceu –, inspirada numa menina que nasceu no século XVIII que tinha uma admirável determinação de ter uma Bíblia impressa. Ela decorava textos do livro de uma vizinha. Sua determinação inspirou sociedades que passaram a distribuir o Livro dos Livros em todo o mundo. A Mary Jones dos séculos passados traficava sonhos; a que carregava uma criança e fugia da polícia internacional traficava drogas, seres humanos e armas. Mas a bebê que ela carregava em seu colo estava se tornando seu livro vivo que pouco a pouco, na caçada infernal, a transformava. Mas infelizmente o tempo era escasso como ouro.

Mary Jones olhava fascinada para os olhos e lábios da bebê. Bobi, o namorado, vendo a grande líder se distrair, resolveu pegar a criança e recomeçar imediatamente a fuga.

O batalhão, sob orientação de satélites, os identificou:

— Para a praça central! Corram!

Mas o casal era esperto: roubavam um carro e dois quilômetros à frente o abandonavam; roubavam outro e, logo que eram descobertos, o deixavam e continuavam a implacável fuga. E a bebê dava gargalhadas a cada arrancada ou a cada curva fechada.

— Essa criança não chora. Parece que não tem medo de nada — disse a mulher admirada.

— Ela é você em miniatura! — disse seu companheiro.

Vários carros estavam na cola deles, inclusive com apoio de helicópteros. Vendo que a perseguição de carro não adiantava, desceram escadas rapidamente. Tropeçaram em dois adolescentes e infelizmente a bebê escapou de suas mãos, mas antes de cair no chão foi agarrada por uma atleta olímpica de salto em altura, que deu um salto-mortal para evitar o acidente. A bebê gostou do susto. Sorriu para a triatleta.

— Que bebê fascinante é esta? — ela exclamou admirada.

— Sim, lindíssima — falou Mary Jones, mais uma vez perplexa, pois a bebê, ao invés de chorar, deu gargalhada. E a pegou.

— Não se apegue a esse bebê, Mary Jones. Você vai perder seu reinado no crime! — disse o companheiro.

Mary Jones, muito inteligente, disfarçou e colocou o seu celular, que era provavelmente rastreado, na bolsa da atleta. O casal continuou a fuga descendo as escadas rapidamente. Pegaram um metrô para qualquer lugar. Enquanto isso, num quartel-general, vários monitores ligados os vigiavam e diversas pessoas diante dos aparelhos ligados a satélites davam a direção do casal para o grande número de perseguidores os prenderem. Era uma avalanche de informações. Por que tanto aparato policial? Por causa do casal, de Mary Jones especificamente ou da bebê? Não se sabia. Mais de cem policiais, incluindo Interpol, FBI, mercenários, ouviam as informações em tempo real.

— Entraram numa caminhonete Chevrolet preta. Viraram a esquerda. Agora dobraram à direita, seguiram em frente. Curva rápida à esquerda. Acelerem, vamos, acelerem... Vocês estão lentos demais, eles seguem a menos de cem metros. Entraram num beco rapidamente. É surpreendente como essa Mary Jones dirige bem. São profissionais. Saíram do carro. Entraram novamente no metrô. Perdemos a conexão temporária — assim eram dadas as ordens.

Saíram do metrô e entraram num beco fétido e escuro de Los Angeles, com várias pessoas morando nas ruas, acendendo fogueira, envoltas em cobertores rasgados, sem proteção social. Novamente começaram a correr. Mas agora o casal parecia que perderia a batalha. A cerca de sessenta metros, um dos perseguidores os localizou. Um deles bradou:

— Vejam. Lá estão eles.

Um outro sacou sua arma e, correndo, gritou a plenos pulmões:

— Parem, senão atiramos.

O homem ofegante disse:

— Vamos nos entregar. Vão atirar.

Mas a mulher supercorajosa afirmou:

— Eles estão blefando. Não atirarão.

— Não? — duvidou.

— Não enquanto eu estiver segurando esta carga valiosíssima.

Neste momento, ela olhou para a menina novamente. E a bebezinha queria mais farra. E fez um biquinho, como se quisesse beijá-la e festejar a vida.

— A alegria desta bebê é contagiante. Não vou entregá-la — disse a mulher sem insegurança.

Se a misteriosa bebê sobrevivesse a essa perseguição dramática, ainda teria desafios gigantescos, como milhões de outras crianças, para ter uma mente livre e uma emoção saudável.

O futuro sempre é uma caixa de surpresa. E talvez o pior desafio dessa notável bebê seria viver na era do apontamento de falhas, e não na da celebração de acertos. Os riscos poderiam ser mais graves do que as armas físicas apontadas para ela.

Um dos perseguidores atirou no casal, mas acertou de raspão a mulher. E imediatamente foi censurado pelo chefe da missão:

— Seu louco. Está fora da missão. Poderia ter atingido a menina.

Um agente, que não fazia parte da Interpol e do FBI, também o censurou:

— Há uma recompensa multimilionária para quem entregar a bebê viva, e não morta.

Infelizmente, segundo a Organização das Nações Unidas, mais de um milhão de crianças e adolescentes são dados como desaparecidos a cada ano. Um número espantoso com que todos os pais deveriam se preocupar.

Mary Jones e a bebê estavam sendo procuradas através de uma poderosa inteligência artificial e de um aparato gigantesco, que envolviam pessoas mal-encaradas de fora do sistema policial. O estampido do revólver fez a mulher ir às lágrimas, pois cria que a bala que raspou em seu braço atingira a bebê.

— Ela foi atingida. A bebê foi alvejada!

De fato, a bebê foi atingida, mas a bala passou de raspão sobre sua coxa esquerda. A mulher entrou numa casa rapidamente, saiu de uma sala para outra, cheia de gente estranha. Em seguida, desembrulhou a manta e viu um pequeno sangramento, ficando mais aliviada.

— O sangramento é pequeno. Deixe sangrar e vamos continuar — disse o companheiro de forma fria.

Ela deu um soco nele e o derrubou.

— Seu brutamontes de coração de pedra!

Ele se levantou e bateu em retirada, deixando-a só. Mary Jones procurou um curativo num quarto e pressionou sobre a ferida, que logo foi estancada.

— Menina, os homens são babacas! — disse sobre seu companheiro.

E a bebê fez uma cara de choro, mas olhou para a mulher e percebeu que estava sendo cuidada. Então, expressou:

— Mamá, mamá.

Essas palavras empoderaram a mulher a continuar sua fuga.

Num comportamento inesperado pela rainha do crime, ela disse para a bebê:

— Você vai sobreviver, filha. E eu também. Eu prometo que a protegerei.

Houve uma mudança de chave na mente de Mary Jones. Ao terminar essas palavras, três perseguidores arrombaram a porta e deram de cara com ela. Apontando as armas, gritaram:

— Não se mexa ou morrerá!

Um dos chefes dos grupos que a perseguiam afirmou:

— É o fim. Entregue a bebê e pouparemos sua vida.

Mary Jones, a misteriosa mulher, andou lentamente, passo a passo, na direção de um dos policiais que abriu o braço para pegá-la. Quando ele ia pegá-la, a mulher olhou para a bebê, que sorriu para ela. Ao depositá-la no braço dele, ela jogou a bebê para o alto, deu um salto-mortal com os dois pés e derrubou dois policiais. Pegou a bebê quando caía com uma mão e com a outra socou o chefe da missão e o derrubou. Todos fora de combate em menos de quinze segundos. Ela era especialista em artes marciais.

A bebê gostou. Caiu na gargalhada mais uma vez. A mulher subiu uma escada, chegando no teto da casa de três andares. Deu um salto para outro telhado. Desceu pela escada rapidamente e saiu novamente para a parte de trás do beco. Lá encontrou seu namorado.

— Seu babaca imprestável — ela disse.

— Como escapou?

— Estou com você há seis meses e não me conhece? Não lideraria uma centena de homens da sua laia se eu fosse frágil. — Depois parou, respirou, olhou para a bebê e disse o absurdo aos ouvidos do namorado: — Não sei se pegamos o resgate ou se ficarei com ela.

— Ficou louca. Essa bebê vale uma fortuna.

— Sempre fui louca. Mas cuidado com suas palavras antes. De ser meu namorado, sou sua líder — disse Mary Jones, com um braço segurando a criança e com o outro pegando seu companheiro pelo colarinho. Depois de o soltar, ordenou: — Vamos sair deste beco e passar por aquela grande avenida.

— E apontou para uma avenida supermovimentada da grande metrópole, a cem metros dali.

— O quê? Até abrir o sinal, seremos baleados — afirmou o homem, suando frio e temeroso.

— Passaremos com o sinal fechado!

Com a bebê no colo, partiu em disparada. E, assim, o casal saiu de uma rua escura e entrou na calçada da avenida bem iluminada. Os carros circulavam em alta velocidade. Mas ela encorajou o namorado a atravessar.

— Vamos, não seja frágil!

— Mas o sinal está fechado. Seremos atropelados — falou seu companheiro, que tinha medo de acidentes e cicatrizes quando fugia da polícia. Tinha pavor de atravessar ruas movimentadas.

— Não tem outra solução. Ou enfrentamos esses monstros de latas ou os carrascos que nos perseguem, ou seremos atropelados ou torturados numa prisão federal. Isso se nos deixarem vivos. O que prefere?

E a bebê de dez meses queria diversão. Dava gargalhadas e depois falava uma salada de palavras incompreensíveis, mas que indicavam que ela estava de alguma forma pensando.

— Gugú, dadá, pupu, má, kaká, tatá.

Depois apontava os dedos dizendo que queria mais aventuras. Mary Jones ficava fascinada. A alegria da bebê trazia um pouco de alívio ao seu drama. E assim se meteram na grande avenida com três faixas de cada lado. Foi uma loucura driblar os carros. Um helicóptero os seguia por cima, com um feixe de luz neles.

— Serão atropelados — disseram na torre de comando.

Eles desviaram de um carro, de outro, mas os riscos eram grandes. Alguns carros, brecando subitamente, sofreram colisão traseira. Quase que por milagre, passaram a primeira faixa. Na segunda faixa, um Tesla brecou a um metro deles; depois, uma Mercedes, mais próxima, freou a dez centímetros. Quase os acidentaram.

— Loucos! Loucos! Querem se matar! — xingavam os motoristas.

E a carga valiosíssima se divertia como num parque. Deu gargalhadas altas. E subitamente, quando estavam terminando de cruzar a segunda faixa da avenida, o último carro, um velho Cadillac de um idoso médico, um colecionador, colidiu com a mulher e a jogou a muitos metros para o ar. A bebê saiu dos braços dela, virou pirueta no ar, mas, quando ia se chocar no solo, a mulher, num instinto inimaginável, antes também de cair ao solo, a agarrou e a protegeu contra seu peito, colidindo fortemente com o asfalto de costas. Foi novamente um milagre a mulher ter protegido a criança; quanto à mulher, estava inerte, não se movia e nem respirava.

Dessa vez a bebê, admiravelmente bela e sorridente, aos poucos percebeu a cena da mulher desmaiada e começou a chorar. E muito. Sentiu que a "mãe" que a protegia não estivesse viva. A bebê engatinhou sobre sua barriga e parou em cima do rosto dela. Verteu lágrimas que caíam sobre a face da mulher e inundaram seus olhos. Quando tudo parecia perdido, as gotas de lágrimas, ao caírem sobre os olhos da mulher, produziram um efeito surreal, fascinante.

— Aaaahhhhh.

Ela deu um grande suspiro, voltou a respirar e pouco a pouco abriu os olhos. A bebê sorriu, expressou "dadá, gugú, dadá mamá", e fez um biquinho com os lábios, beijando-a na testa. As duas permaneceram assim, cabeça com cabeça.

Mary Jones, a famosa criminosa internacional, triatleta, surgiu das cinzas. Ambição descomunal é a moeda que financia o crime. O amor é a moeda que financia o prazer em se doar, o altruísmo. Pela primeira vez, ao ser acariciada pela bebê, percebeu que milhões de dólares não tinham valor perto do amor dessa bebê. Mary Jones sentiu-se mãe naquele momento e desaguou em lágrimas. Recobrou as forças e a abraçou carinhosamente. Ela já tinha aumentado muito o pedido de resgate da bebê para seu pai quando estava no quarto do sequestro. Agora a criança valia mais que todo o tesouro do mundo. Entendeu algo surpreendente que saiu como poesia da sua boca, chocando o homem que estava ao seu lado:

— Se as mulheres governassem o mundo, a humanidade encontraria mais coragem para transformá-la numa família, e não numa praça de disputas raciais, religiosas e comerciais.

— Essas palavras não saíram da sua boca? Achei, Mary Jones, que você gostasse muito mais de armas do que de crianças.

— Não sei o que essa bebê fez comigo, mas não sou mais a mesma — disse expressando dor.

Havia uns dez curiosos que começaram a se aproximar. Alguns filmavam a cena e postavam. Ambicionavam ter milhões de visualizações. Estávamos na era da coisificação do ser. Os criminosos queriam discrição, mas, na era da intoxicação digital, discrição era um artigo de luxo. Os influenciadores digitais ambicionavam ser superexpostos. Uns querendo se esconder, outros querendo se mostrar. Todos eram traficantes: uns do crime; outros de imagens. Todos estavam doentes.

Segurando seu companheiro, ela se levantou com muito esforço, mas arrastava uma perna. O sinal continuava fechado, mas em trinta segundos se abriria, e certamente seriam presos ou mortos.

— É o fim — ele disse.

— Ainda não — disse Mary Jones olhando para a bebê com fé.

O motorista de setenta anos era um médico pediatra muito capacitado, cujo nome era Dr. Aziz. Por fim, ele desceu do seu velho Cadillac e comentou desesperado:

— Vocês não têm juízo! Estão querendo se matar e me matar? — Mas neste momento ele olhou bem para a mulher segurando a criança e, assustado, pediu desculpas: — Sou pediatra! Oh, meu Deus, atropelei um bebê.

— É minha menina — disse a Mary Jones.

E a bebê, como sempre incrivelmente feliz, abriu um sorriso para o idoso. Este perguntou:

— Como ela conseguiu sobreviver? Eu vi o "pacote" voando pelo ar.

— Não sei como, mas a agarrei antes de cair ao solo.

— Sobrenatural — disse o médico. E completou: — Sou pediatra, deixe-me examiná-la. — Depois de uma breve análise, observou uma mancha escura na barriga da bebê, mas que não era fruto de lesão, e sim de nascença. Em seguida, ele disse: — Felizmente, parece que nada aconteceu de grave. Mas você e ela precisam...

— Sim, de pronto-socorro urgente. Vamos em seu carro — interrompeu a mulher, observando que o sinal estava para se abrir.

Enquanto isso, os cinco homens que estavam perseguindo contavam ansiosamente os últimos segundos faltantes para o sinal se abrir.

— Vamos. Meu carro está ligado e meu hospital não está longe daqui — disse Dr. Aziz.

O sinal se abriu e os cinco homens correndo gritaram:

— Parem! Parem!

Um deles conseguiu bater no porta-malas do carro com sua arma. O som dos carros, sirenes e músicas dos restaurantes locais impediram o idoso de entender a cena.

— Mais malucos — disse o médico. Depois, olhando para o retrovisor, inquieto completou: — Do que fugiam?

— De sequestradores — disse ela mentindo.

Dr. Aziz acelerou seu Cadillac, deixando os perseguidores para trás. Mas mais um mistério apareceu. Um dos perseguidores vestia uma camisa com nomes poderosos: "Interpol" e "FBI". A Interpol era a polícia internacional responsável por procurar criminosos perigosos fora de seus países.

— Parece que são policiais federais.

Olhando para o seu companheiro, Mary Jones fingiu chorar e comentou para Dr. Aziz.

— Os sequestradores estão cada vez mais sofisticados, usam até trajes policiais. E corra, o bebê está sangrando. — Mas ela mentiu novamente. — Somos australianos, mas vivemos no Brasil por alguns anos, depois mudamos para a Califórnia.

— Ahhh.

O rádio estava sintonizado em um programa de música dos anos setenta.

— Pois é — disse ele.

— Fala português? — perguntou o médico californiano, pois falava um pouco.

Ela disse, com raiva sobre a suspeita dele:

— Claro que falamos! O português é uma língua complexa. Você fala?

— Sim, um pouco — disfarçou ele.

Mistérios e mais mistérios cercavam a perseguição deles. Um helicóptero os seguia. Duzentos metros antes de chegar ao hospital, ela entregou a bebê para o homem e deu uma ordem ao motorista idoso:

— Pare o carro!

— Mas o hospital está logo ali na frente.

Ela apontou uma arma para ele.

— Desça agora e me dê a chave do carro.

— Mas como? E a bebê? — disse o médico. — Ela precisa ser analisada melhor, e você está sangrando na boca.

— Cuidarei de mim, cuidarei dela — afirmou, assumindo a direção do carro enquanto seu companheiro estava no banco de trás.

E partiram, entrando em ruas estreitas. De repente, interromperam a programação do rádio com o noticiário do sequestro.

— Uma bebê sequestrada é procurada por mais de cem policiais. Três helicópteros também fazem parte da busca.

Ao ver mais um helicóptero os sobrevoando, a mulher mais uma vez dirigiu perigosamente para escapar. Mas havia mais de dez carros da polícia naquele pequeno beco, e por fim a cercaram. Foi então que a Mary Jones teve de tomar a mais difícil decisão de sua vida:

— É melhor deixar a bebê em um lugar seguro, roubar uma aeronave e cair fora deste país. Não teremos chance.

O namorado olhou para o tornozelo dela, viu que estava muito inchado e concordou:

— Decisão certa. Você pode morrer antes de ser presa.

Saíram do carro, entraram por uma viela, desceram uma ladeira, entraram por algumas pequenas e pobres casas. E Mary Jones corria com muita dor e esforço. Por fim, entraram numa estreita e fétida rua escura até que viram um porão. Neste momento, ela confessou:

— Não conseguirei.

Foi então que desceram as escadas do velho porão e em lágrimas depositou num velho colchão a mais linda e bem-humorada bebê. Ela viu um lápis e uma folha suja. O namorado, desesperado, a interrompeu:

— Vamos, não temos tempo para nada.

Mas Mary Jones não o atendeu e escreveu:

"A quem mora neste porão. Cuide desta bebê fantástica, maravilhosa, superalegre. Escapou de armas e de acidentes. Ela se chama Milagre. Em breve, voltarei para pegá-la. Não sei quem mora aqui, mas é sua missão de vida ser pai ou mãe por breve período. Se fizer qualquer mal a ela, eu o matarei. Se comunicar à polícia ou outras autoridades a presença dela, também o matarei. Aliás, você precisa trocar a fralda dela e alimentá-la urgentemente."

E se despediu da criança chorando.

— Adeus, bebezinha linda. Você... você... fez eu me sentir, pela primeira vez, a mãe e a mulher mais feliz do mundo por algumas horas.

A rainha do crime abaixou e a beijou algumas vezes. Milagre não era o nome verdadeiro da bebê, mas Anne. Todavia, Mary Jones lhe deu esse apelido não apenas para disfarçar sua identidade, mas pela resiliência da bebê, sua capacidade de sobrevivência fenomenal e sua inteligência que despertava na teia da vida.

Aonde pode chegar a inteligência dessa bebê se fosse bem-educada?, pensava. Muito longe, mas os desafios que ela enfrentaria com o estranho personagem que morava naquele porão eram tão inimagináveis que seria uma incógnita seu desenvolvimento.

Neste momento quase mágico, a bebê abriu-lhe um largo sorriso. Como estava muito cansada e com fome, bocejou e em seguida dormiu. A mulher viu um elefante de plástico do tamanho da bebê, aparentemente sem valor. Era o objeto ideal para esconder em seus braços e mostrar para seus perseguidores que ainda estava com a valiosíssima carga. Cobriu-o com o mesmo lençol azul-claro que envolvia a menina Milagre.

E assim partiram. Roubaram outro carro, e mais outros, e foram diretamente para o aeroporto de Los Angeles. A conexão do sistema de monitoramento que tentava vigiá-los voltou e uma pessoa da base disse:

— Estou vendo-os. E ainda estão com a criança.

Como eram criminosos espertos, ao chegarem ao aeroporto supermovimentado, furaram o bloqueio de carro e entraram diretamente na pista onde pequenos aviões decolam. Alguns funcionários gritaram:

— Cuidado, um pequeno jato está taxiando para decolar!

Era tudo o que eles queriam ouvir. Era um jato superveloz em que cabiam oito pessoas mais dois pilotos.

— Vamos lá — disse a mulher decidida.

Ao chegarem perto da aeronave, entraram na frente do jato e acenaram para os dois pilotos abrirem a porta do bimotor. Depois de muita insistência, eles abriram e o copiloto disse:

— O que está acontecendo?

— Uma turbina está pegando fogo.

— Como? Não vimos nada no painel! E testes foram feitos.

Enquanto isso, o piloto se comunicava na torre para entender o que se passava. Mary Jones puxou sua arma e atirou perto do copiloto, ordenando-o a descer a escada de acesso. O copiloto, temendo ser morto, abaixou a escada e eles o renderam; depois, renderam o piloto e os expulsaram da aeronave. Enquanto isso, cinco carros de polícia chegaram e os cercaram.

— Você sabe pilotar essa aeronave? — indagou Bobi.

— Fui treinada no Afeganistão.

Sim, Mary Jones havia mais de dez anos era uma oficial supertreinada que servira seu país. Depois de perder seus amigos no Oriente Médio, ficar seis meses em um cativeiro fétido, ser ferida com uma granada e ter seus pais mortos em um acidente de carro, sua cabeça mudou. Agora só servia a ela mesma. Acelerou as turbinas e foi para cima dos carros de polícia, que tiveram que rapidamente desviar para não haver um acidente gravíssimo.

No trajeto, saíram da pista dos pequenos aviões e cruzaram a pista das grandes aeronaves, onde um Airbus A380, um mega-avião, estava pousando. Infelizmente, apesar de Mary Jones desviar rapidamente, sua asa direita colidiu levemente com a cauda do jato, comprometendo a estabilidade do seu avião. Mas mesmo assim conseguiu decolar. E, para não serem pegos, desligaram toda comunicação. Próximo do Caribe, o avião começou a dar pane, uma das turbinas soltando fumaça, consequência da avaria que sofreram.

— Passe-me um paraquedas, pegue um para si e pule.

— O quê? Vou morrer.

— Vai mofar na prisão ou vai querer ser explodido neste avião? Preciso de você vivo e livre.

Ele pulou. Enquanto isso, ela vestiu seu paraquedas e jogou o elefante de plástico com o lençol, pois, se fosse pega, diria que a criança havia morrido no oceano. Pulou perto das praias da Costa Rica. Nadou até a praia e se embrenhou nas fascinantes florestas desse país caribenho. Mas um mês depois, com o uso de cães e um grande aparato policial, ela foi encontrada numa velha cabana, toda descabelada e magra. Durante toda a fuga não esquecia o rosto da criança. Passou por longos interrogatórios. Disse que a criança não estava mais viva, mas no fundo do oceano. Foi levada a julgamentos por três crimes seríssimos: tráfico de drogas, tráfico de armas e tráfico de crianças. Por fim, a rainha do crime pegou prisão perpétua. Mas ela nunca desistiu de fugir. E tinha motivos emocionais fortes para isso.

Deixara a mais incrível criancinha de dez meses, supercomunicativa, no ambiente mais inadequado, onde morava um sujeito muito estranho que lutava com seus fantasmas mentais. Alguns morriam de medo dele, outros morriam de rir. Seria um encontro mágico e imprevisível...

O teatro do beco: um psicótico dando espetáculos para os "normais"

No início da tarde do sábado, um sujeito corpulento, de vinte e oito anos, medindo um metro e oitenta e seis, vestindo um casaco preto, todo amassado e remendado, com um chapéu também preto sobre a cabeça, estava dando um show no chamado Teatro do Beco, um palco improvisado localizado num grande porão de difícil acesso, com um público muito variado: empresários, políticos, profissionais liberais, mulheres bem-vestidas, homens de terno e gravata e pessoas mal-encaradas, incluindo traficantes. O Teatro do Beco, localizado na periferia da grande cidade, ficava cada vez mais famoso devido ao seu personagem principal, "Gladiador, o matador de monstros". Quando ele se apresentava, soltava palavras com voz empoderada para todos terem medo dele. De fato, Gladiador causava arrepios.

— EU TENHO A FORÇA DA MENTE. E dos músculos também — gritava, batendo diversas vezes no peito contando vantagens. E completava com orgulho: — Já enviei cento e dez monstros para o reino das trevas.

Falar que já enviou para o reino das trevas tais monstros era sua forma de dizer que os matou, mas esses monstros só existiam em sua mente. Todavia, no Teatro do Beco lutava com eles como se fossem reais. Era parte do show dirigido por Marquito.

— Como você matou esses monstros, homem de ferro? — indagou um sujeito engravatado, dando risada.

— O homem de ferro é uma invenção da Marvel. Eu sou real, seu engravatado! — Foi até a mesa dele deu um murro que a espatifou.

A plateia foi ao delírio.

— Enfim temos um louco para nos divertir — alguns executivos estressados disseram, acompanhados de algumas belas mulheres bem-vestidas.

De repente, um anão apareceu lentamente. Era Marquito, o dono do show, o controlador de Gladiador.

— E aí, Gladiador? Com quem você já lutou hoje? — provocou Marquito, o Anão, dono do teatro.

— Cinco monstros! Duas aranhas gigantes, um superleão e duas serpentes do tamanho desta sala — disse teatralmente, como se fosse verdade.

— Cinco, tudo isso? — disseram alguns, dando risada.

— Mas mandei esses demônios para o reino das trevas. Bom, mas dois escaparam.

Depois dessas palavras, Gladiador começou a ter tiques e manias. Esfregava as mãos no nariz sem parar, batia na cabeça três vezes, fazia caretas e começava a conversar sozinho em voz alta. Todos davam gargalhadas de suas reações. De repente, começou a alucinar e ver imagens irreais.

— Venham, suas feras diabólicas! Venham, que arrancarei suas cabeças. — E dava saltos-mortais no ar.

Gladiador, um homem aprisionado na sua mente divertindo homens e mulheres que criam que eram livres. No fundo, todos eram prisioneiros.

— Não é possível que esse sujeito seja tão forte! — bradaram três caras que praticavam musculação e que nunca estiveram naquele ambiente. Eles estavam sentados numa mesa no lado esquerdo do salão e se levantaram para desafiá-lo numa luta.

Um deles, voltando-se para a plateia, disse:

— Este psicótico não consegue matar sequer barata.

A plateia foi ao delírio:

— Luta! Luta! Luta!

Marquito tentou impedir a luta, pois violência física não fazia parte do show, apenas violência emocional, o que não era menos pior.

— Não, não, não. Aqui o Gladiador só combate os monstros da sua mente. Não haverá luta corpórea com ninguém.

Mas um deles empurrou Gladiador e o derrubou. A plateia inflamou a luta. Um dos provocadores disse-lhe:

— Você é um esquizofrênico, um maluco, uma escória social. Não vale a pena lutar com você.

Algumas mulheres não gostaram do desprezo do grandalhão, outros o aplaudiram.

O segundo jovem musculoso foi mais longe em desprezar Gladiador. Mostrando que tinha uma tendência nazista de excluir minorias, abriu os braços para a plateia e comentou cruelmente:

—Adolf Hitler incentivou limpar a raça alemã dos doentes mentais. Não matou todos os psicóticos, apenas uns sessenta mil. Mas hoje nós teremos compaixão com este louco. Deixaremos ele vivo... — E deu gargalhadas.

Hitler, um dos maiores carrascos da história da humanidade, não apenas foi responsável por eliminar cerca de mais seis milhões de Judeus, bem como ciganos, eslavos, políticos opositores, homossexuais, mas também alemães que tinham doenças psiquiátricas ou neurológicas graves. E alguns psiquiatras e magistrados alemães, seduzidos pelas ideias nazistas da superioridade da raça ariana, concordaram com essa crueldade inimaginável. A esquizofrenia é uma doença mental grave que atinge uma em cada cem pessoas, o que indica que haja mais de oitenta milhões de seres humanos na população mundial. Tanto os inumanos nazistas como milhões de pessoas na sociedade atual não entendem que uma doença mental jamais diminui a complexidade e a dignidade de um ser humano. Haja vista que a inteligência artificial, por mais avançada que esteja, será sempre escrava de estímulos programados, jamais experimentará ansiedade, solidão, fobias, ideias paranoicas de um paciente psiquiátrico. A mente de um doente mental é mais complexa que toda IA junta.

Nos tempos de Gladiador, na era da intoxicação digital, a humanidade estava se tornando uma fábrica de doenças mentais. Estatísticas demonstravam um número dramático: 50% da população mundial tinha ou teria um transtorno psiquiátrico ao longo da vida e talvez nem 1% se trataria, fosse porque o tratamento era caro, fosse por faltarem profissionais experientes ou porque as pessoas negavam suas doenças.

O terceiro sujeito praticante de halterofilismo foi sarcástico e disse:

— Compaixão ao doente mental, eis aqui uns trocados.
— E jogou algumas notas aos pés de Gladiador.

Gladiador se recusou a pegar as notas. Deu-lhe as costas. Enfurecido, o sujeito deu-lhe um pontapé nas costas e o atirou ao chão. Os outros dois o chutaram também. Ele sabia que tinha de aguentar, pois fazia parte do show as pessoas o maltratarem, embora não fisicamente. Momentos depois, não se aguentou, se levantou e, usando técnicas de artes marciais que havia aprendido às escondidas com um especialista, socou o primeiro, deu uma gravata no outro e um pontapé no terceiro. Em trinta segundos, estavam os três fora de combate. Em seguida, os três saíram humilhados do Teatro do Beco.

A plateia foi ao delírio, mas Marquito veio até ele furioso. Chamou-o de lado:

— O que você fez, seu louco? Quer acabar com seu emprego? Quer destruir o nosso show? A polícia vai fechar este beco.

Com a boca sangrando, Gladiador disse com inteligência:

— Um soco ou pontapé fere o corpo, mas a humilhação fere a alma. Estou cansado de ser ferido. — E verteu algumas lágrimas.

Admirado, Marquito comentou, mas em voz baixa:

— Que palavras são essas? Voltou a se tratar? Está tomando remédios?

— Às vezes — disse sem querer estender a conversa.

— Mas esses medicamentos trancam seus fantasmas em sua mente. Por causa dos shows, liberte-se deles. Caso contrário, estará fora.

— Quer me colocar numa coleira?

Marquito ficou desconcertado.

— Não. Quero te dar emprego, seu ingrato.

Gladiador evitava se tratar, era resistente, mas passou a se tratar irregularmente os últimos dois anos pela insistência de uma professora idosa que passou a morar ao seu lado. Mas ele se medicava uma semana sim, na outra não. Os tranquilizantes desaceleravam sua mente e abrandavam seus delírios e alucinações, o que era ruim para dar seu show. Como nos estádios, ninguém se preocupa com os seres humanos por detrás do espetáculo, mas com os personagens que dão o show. Ninguém se preocupava com a dor de Gladiador, queriam se divertir. O Coliseu, palco de disputas violentas construído pelo imperador Vespasiano e seu filho Tito no século I, não deixou de existir, apenas mudou de formato no século XXI.

A plateia bradava:

— Gladiador, Gladiador.

Queriam que o show continuasse e Marquito encerrasse a conversa.

De repente, Gladiador se levantou e mudou sua face. Começou a ficar muito estressado e novamente iniciou seus rituais e manias. Os rituais aumentavam toda vez que ficava assustadíssimo com uma imagem fantasmagórica.

A plateia gritava:

— Louco! Louco! Louco. — E batiam com as mãos na mesa e os pés no chão.

Mas ele não dava bola. Estava focado, apavorado, desesperado. Foi na direção do anão Marquito. E viu uma enorme serpente de seis metros de comprimento, cuja boca dava para engolir um homem. Ela estava enrolada para dar um bote no Marquito. Ele pulou em cima dela, ela enrolou sobre ele e ambos começaram a rolar no palco do bar. Todo mundo, parecendo assistir ao show, gritava:

— Mata! Mata.

A cobra deu um bote no braço de Gladiador. Ele deu um grito enorme. Depois, ele se soltou e ela deu um bote em sua cabeça, mas ele se soltou dando um murro em sua fosseta. Em seguida, deu um salto-mortal, segurou com duas poderosas mãos cada lado da mandíbula daquela cobra gigantesca e com muito esforço rasgou sua cabeça. Ambos caíram no chão: ele desmaiado; ela morta. Um minuto depois se levantou e abriu os braços para o alto, mostrando ar de vitória. Todos se levantaram para aplaudi-lo. Marquito, empolgado, subiu na mesa e declarou:

— Senhoras e senhores, o vencedor desta magnífica luta: GLADIADORRRR. O psicótico dos psicóticos, o louco dos loucos. Internado dez vezes sem solução.

— Dez, não. Vinte — corrigiu Gladiador.

A plateia caía na gargalhada. Não se sabia se ele tinha noção da realidade ou se fazia cena.

Marquito passou o chapéu pedindo dinheiro. Era um negócio lucrativo.

— Vamos, depositem seu dinheiro, a performance como esta nem nos estádios de futebol.

Depois de ter arrecadado um bom dinheiro, Marquito perguntou para Gladiador em voz alta.

— Que bicho sua mente criou hoje?

— Eu não criei! — falou fortemente, pois acreditava que havia mesmo entrado em combate com a megacobra. — Essa serpente iria te engolir como uma salsicha.

Todos gargalharam e disseram a uma voz:

— Salsicha! Salsicha!

E Gladiador, para mostrar que falava a verdade, apontou para o animal.

— Veja ela morta bem aqui na sua frente.

Mas a cobra havia desaparecido, a alucinação havia passado.

— Ué, aonde ela foi? — Olhou para suas feridas, e elas também desapareceram.

Marquito disse:

— Evaporou. Esses monstros híbridos são violentos. Quando morrem, evaporam e tudo que causaram desaparece. Você nem tem marcas.

Mais risadas dos espectadores. E depois voltou para a plateia que lotava o teatro improvisado:

— Não confundam psicótico com psicopata. Psicopata machuca, fere, mata, e não tem sentimentos. Enquanto psicótico vê coisas, crê no irreal, mas pode ter muito sentimento.

— Eu não invento coisas! — gritou, colocando as mãos na cabeça. — Elas saem da minha cabeça e da de todos vocês. Quem não é um pouco louco aqui? — provocou a plateia.

Ninguém levantou as mãos.

— Hipócritas.

Marquito disse baixinho:

— Cale a boca, não moleste a plateia.

Mas Gladiador era imparável e continuou:

— Vocês não mentem? Não fabricam pensamentos perturbadores? Não têm medo do futuro?

Todos se calaram.

— Uns mais outros menos, mas no fundo todos somos malucos.

A plateia gostou, foi relaxante admitir que não eram normais.

E, para finalizar o show, Gladiador arrasou dando uma aula de matemática:

— Vamos lá, normais, pensem todos vocês um número e o guardem na cabeça. Agora dobrem o primeiro número em que pensaram, depois somem o ano que essa senhorita nasceu. — E apontou para uma mulher morena.

Ela disse "1998". Alguns menos rápidos em cálculos matemáticos de cabeça começaram a usar a calculadora.

— Agora dividam por dois e tirem o número em que tinham pensado primeiro. Agora tirem 909, agora tirem mais 9 do número resultante. Façam a raiz quadrada do que sobrou. E, por favor, guardem esse número na mente. — Em seguida, pediu a uma bela moça: — Cite um número qualquer em voz alta.

Ela disse:

— Você está de brincadeira? Aonde quer chegar? Você talvez nem saiba fazer cálculos simples — disse ela com preconceito. Mas, mesmo assim, ela citou um número qualquer: "250".

Então, Gladiador completou:

— Todos vocês multipliquem o número que deu e que está na sua mente por 250.

E multiplicaram. Gladiador completou:

— O resultado é... é... 2.247.

Todos disseram:

— Errado.

— Espere, eu não errei. Vocês se esqueceram de tirar os três sujeitos que eliminei no combate e que saíram do show. O número que vocês têm é 2.250, menos três, o que dá 2.247.

O cálculo estava correto. Todos se levantaram e aplaudiram de pé Gladiador. E se perguntavam:

— Como é possível um psicótico fazer esses cálculos de cabeça?

Outros comentavam entre si:

— O louco e o gênio vivem na mesma mente.

E assim a fama de Gladiador ganhava cada vez mais intensidade, engordando a conta bancária de Marquito, pois ele dava migalhas para seu "amigo", com medo de que ele fosse embora.

E Marquito, para finalizar, abriu as mãos e atirou um grilo em Gladiador. Este deu um pulo de susto.

— Socorro!

Ficou arrepiado de medo. Ele era um super-herói para enfrentar fantasmas da sua imaginação, mas era uma criança para enfrentar estímulos estressantes reais.

Todos caíram na gargalhada. A seguir, Marquito deu disfarçadamente um mísero trocado para Gladiador, uma bebida barata, um pacote de bolacha e o despediu.

— Amanhã, Gladiador, todos te esperamos.

— Gladiador, Gladiador, Gladiador! — gritaram em coro.

— EU TENHO O PODER DA MENTE!

Quando estava à porta, uma jovem de vinte anos teve compaixão dele e bradou de onde estava sentada na plateia:

— Gladiador, por que você não se trata seriamente?

Ele parou, olhou bem nos olhos dela e, bem-humorado, contou-lhe uma piada:

— Os neuróticos imaginam castelos no ar, os psicóticos moram dentro deles e os psiquiatras cobram aluguel. Não vou trabalhar de graça para ninguém... — Deu risada de si mesmo e saiu falando sozinho.

Era um *showman* surpreendente. Fazia piada dos seus erros e das próprias loucuras quando não estava em surto psicótico. Não poucos que participavam de seus espetáculos precisavam também de tratamento. E, por incrível que parecesse, algumas pessoas após ouvi-lo voltavam para agradecê-lo, pois ele falava de forma tão divertida do tratamento psiquiátrico e psicoterapêutico que acabava diminuindo a resistência das pessoas de buscar ajuda.

Os anos se passaram e Marquito não queria mais que Gladiador se tratasse. Não queria perder o personagem estranho que falava sozinho. Marquito e milhões de pessoas achavam que falar sozinho era coisa de doido. Não sabia que os portadores de psicose falam consigo porque constroem um rico ecossistema social perturbador em suas mentes, e que falar sozinho, longe de ser um problema, era uma estratégia intelectual para procurar ter o autocontrole e diminuir os efeitos de seus fantasmas mentais. Mas os falsos normais rejeitavam falar consigo mesmos, recusavam-se a fazer uma mesa-redonda com seus pensamentos perturbadores, discutindo e confrontando com eles. Por isso se autoabandonavam.

Gostamos de ser previsíveis, mas a mente humana é marcadamente imprevisível e criativa, tão criativa que quando não temos problemas nós os criamos. Gladiador, como todo ser humano, independentemente de raça, cor, sexo, idade, tinha no centro da sua mente o princípio da imprevisibilidade na construção de pensamentos e emoções. Os seres humanos não sabem qual pensamento ou emoção produzirão daqui a um minuto, a uma hora, a um dia, a um mês. Se a humanidade vivesse num mundo completamente previsível, sua emoção viveria no presídio do tédio, da mesmice, da depressão. Viver é um contrato de risco, risos e lágrimas, sucessos e fracassos; faz parte do teatro mental e do teatro social. O princípio da imprevisibilidade faz parte do teatro mental e social saudável, mas ser e viver de forma imprevisível excessivamente asfixia a tranquilidade, caso de Gladiador. Desde a sua infância, ele viveu muitas crises, diversos abandonos, incontáveis rejeições, internações, prisões, perdas, mas conseguiu ficar de pé. Mas agora a vida lhe traria uma surpresa inimaginável que o deixaria perplexo, atônito, de joelhos, fascinado...

O maior dos sustos: uma bebê superdivertida no ninho de um psicótico

Uma pequena bebê de dez meses dormia silenciosamente num porão frio, desbotado, sem lâmpadas. Algumas baratas e ratos subiam sobre sua manta e observavam seu lindo rostinho. Parecia um anjo na Terra. A única fresta de luz que vinha de uma janela quebrada iluminava sua face. De repente, dois ratinhos subiram na manta próximo a sua cabeça, mostrando-lhe os dentes. A bebezinha acordou, não tinha medo e, por incrível que parecesse, sorriu para os animais. Os ratos, parecendo que entenderam a mensagem, começaram a sorrir também. Deixaram sua agitação e ficaram atentos à carinha da bebê. Ela queria falar com esses animais de que muita gente tem pavor.

— Dadá, gugú, dadá gugú, mo, fo, ca, dadá.

Ela não conseguia formar palavras para expressar seus pensamentos, mas estes pareciam complexos. Os ratinhos viraram de cabeça para baixo, parecendo se divertir. A cena era incrível. A criança era uma encantadora de animais. E queria bater um papo, mas os ratos apenas se divertiam.

De repente, o clima mudou e ficou amedrontador. A porta rangeu e apareceu outro animal misterioso, gigantesco e que parecia muito irado.

— Eu acabo com todos vocês! — gritou.

Era um homem aparentemente violento e incontrolável. E dava socos no ar, pontapés, fazendo pose como se fosse um mestre de *kung fu*.

— Toma este pontapé. E que tal este soco?

Toda noite esse personagem estranho fazia um inferno naquele porão, fazendo os vizinhos de cima mudarem sempre. Era uma figura fantasmagórica. Os ratos, tremendo de medo, desmaiaram em frente à cabeça do bebê, que estava com os olhos arregalados. A bebezinha, pela primeira vez, fez um bico e ficou quietinha diante daquele exterminador de animais.

Como estava escuro, não dava direito para ver sua face. O brutamontes tirou o chapéu, colocou o casaco velho e comprido de qualquer jeito no chão, ajeitou o cabelo comprido e desgrenhado. E, como sempre fazia, falou as mesmas palavras:

— Ninguém pode cruzar meu caminho. Senão, eu mando para o reino das trevas. Saiam desta casa, fantasmas! Chegou o matador de monstros.

Tomou um gole da bebida barata e soltou uma espécie de grunhido de um animal feroz.

— UUUHHH. — Era a sua forma de dar uma boa espreguiçada no corpo.

A bebê, ao invés de morrer de medo, sorriu baixinho e cobriu os olhos com as mãos. Como estava muito cansado, deitou-se na cama ao lado da bebê, sem percebê-la. Os ratos caíram fora devagar, passo a passo. A bebê, apesar de ser uma encantadora de gente e de animais, sentiu que era a hora de calar o bico. Estava paralisada, pois nunca havia visto uma cena daquela antes. Aquele homem gigantesco colocou uma faca ao seu lado, pois precisava ficar preparado caso surgisse qualquer fera no pedaço.

Gladiador começou a roncar. A bebezinha continuou quieta. De repente, ela se sentou com esforço e começou a engatinhar sobre o corpo do gigante. Um perigo. Mas ele não acordou. Até que ela desceu do corpo, foi até o seu ouvido e disse:

— Dadá, gugú, dadá, gugú, cacá.

O homem corpulento deu um pulo da cama e soltou muitos grunhidos:

— UUUHHH. UUUHHH.

E começou a gritar sem parar e a fazer seus rituais: bater na cabeça três vezes, entortar o pescoço para o lado direito e fungar o nariz sem parar. E depois, ao focalizar bem a criancinha, não se aguentou de medo e gritou:

— Socorro! Socorro! Sai daqui, fera terrível na forma de bebê! Socorro! — Dava socos no ar e dizia: — Esse fantasma é dos bravos.

Quando soltou seu som estranho e seus gritos de socorro, a bebezinha quase morreu de dar gargalhadas.

O sujeito estranho deu um pulo para cá, um pulo para lá, ficando desesperado. Em seguida, acendeu a luz e gritou:

— Um monstro bebê! Um monstro bebê. Mostre tua face antes de tentar me devorar.

Era Gladiador. Enfrentava como um leão seus monstros imaginários, mas tremia de medo das coisas reais.

De repente, a bebê olhou para ele, ele olhou para a bebê, e fizeram um minuto de silêncio. Subitamente, a bebezinha não se aguentou de ver a cara de Gladiador e começou a dar gargalhadas novamente. O sujeito deu um pulo para trás e, mostrando seu lado religioso, que pouco funcionava, soltou esta:

— Sai daqui, seu monstro, que esta mente não te pertence.

Então, Gladiador resolveu enfrentar a "fera": começou a torcer sua boca e fingir que ia para cima da bebê com suas mãos abertas para assustá-la. E gritava:

— OOOHHH, UUUHHH, AAAHH.

Mas nada. A bebê também resolveu enfrentá-lo, começou a engatinhar na direção dele tagarelando:

— Dadá, gugú, tuto, dadá, gugú.

— Não se aproxime, sua fera doida!

E a bebê caiu na risada de novo. Quanto mais ele falava, mais aquele ambiente virava um circo. E circo era sua especialidade. Quando era um palhaço famoso, brincava com tudo e com todos; agora, depois de tantas batalhas, inclusive com sua doença mental, seu bom humor já não era mais o mesmo. Sem recursos, isolou-se de todo mundo, foi morar num velho e sujo porão. Agora uma bebezinha superdivertida, supertagarela, super-risonha, invadiu seu ninho e começou a bagunçá-lo...

De repente, ao recuar passo a passo da bebê, tropeçou numa cadeira, se apoiou na velha mesa e viu um papel ao seu lado com uma mensagem que o deixou arrepiado. Aquilo não estava ali antes de sair. Curioso, como era alfabetizado e muito inteligente, começou a ler em voz alta. À medida que lia, quase caía ao solo:

"A quem mora neste porão. Cuide desta bebê fantástica, maravilhosa, superalegre. Escapou de armas e de acidentes. Ela se chama Milagre. Em breve, voltarei para pegá-la. Não sei quem mora aqui, mas é sua missão de vida ser pai ou mãe por breve período. Se fizer qualquer mal a ela, eu o matarei. Se comunicar à polícia ou outras autoridades a presença dela, também o matarei. Aliás, você precisa trocar a fralda dela e alimentá-la urgentemente."

Após ler a mensagem, Gladiador piscava os olhos e observava a carinha daquela incrível criança sorrindo para ele falando coisas estranhas, mas agora com um sabor mais doce. Ele se sentou na cadeira e depois se levantou. Começou seus tiques, depois se sentou rapidamente a tal ponto que a cadeira se quebrou e ele caiu ao solo, batendo a cabeça desmaiado. A bebê foi até ele, subiu sobre seu corpo e, como fez com a mulher que a sequestrou, chorou. Lágrimas caíram dela em seus olhos. Ele começou abrir os olhos e viu a bebê sobre ele, falando sem parar:

— Dadá, gugú, butu, dadá gugú.

Gladiador ficou radiante e deu um tapa na sua cara para ver se não estava sonhando. Pouco a pouco, ela acariciou a face daquele que todos chamavam de louco. Num momento de rara emoção, o psicótico abraçou a bebê. Foi um dos abraços mais lindos já registrados, dois abandonados se encontraram... O palhaço que estava dentro de Gladiador se aflorou e ele fez cócegas na barriguinha dela. Em seguida, Gladiador saiu da alegria para o choro. Viajou no tempo e recordou-se de quando foi deixado com quatro anos de idade.

E recordou as palavras inesquecíveis de sua mãe quando ela se despediu dele: "Filho, eu vou me tratar. Se eu melhorar, voltarei, eu prometo. Mas, se não voltar, não tenha medo da vida. Tenha medo, sim, de se autoabandonar".

E Gladiador infelizmente teve medo da vida e se autoabandonou. Vinte e três anos se passaram, e agora o menino de cinco anos era um homem marcado a ferro e fogo pelos invernos da vida. E agora poderia viver primaveras fascinantes ao lado daquela bebê, mas ao mesmo tempo invernos rigorosos, pois tinha o risco de morrer se não cuidasse dela. Devido a sua psicose esquizofrênica, embora fosse inteligente em momentos lúcidos, tinha dificuldades de entender a realidade e de cuidar de si mesmo. Como poderia cuidar da bebê? Como e com que iria nutri-la? Como cuidar da sua saúde? Como trocar fraldas? E nos períodos em que estivesse dando shows no Teatro do Beco, quem cuidaria dela? Sua mente, que era acelerada, agitou-se muito mais. Tinha tudo para dar errado! Levou o bilhete muito a sério. Tinha paranoia, sempre achara que havia alguém o perseguindo, agora parece que conseguiu encontrar perseguidores reais.

— "Milagre", esse é seu nome. Talvez seria melhor abreviar: Mila. Sim, vou chamá-la de Mila — disse ele para a bebê.

Nos tempos em que brilhava no circo, as crianças e as mulheres morriam de dar gargalhadas do palhaço Gladiador.

Agora teria de encantar Mila. E o locutor do circo, Marquito, sabendo que sua cabeça não estava boa, tentava fazer do limão uma limonada, usar a doença de Gladiador. Dizia:

— Respeitável público, eis o louco dos loucos, o maluco dos malucos, o palhaço mais divertido do planeta: Gladiadooorrr.

— Gente, eu não sou maluco. As pessoas que não me entendem.

E as pessoas sorriam. Ele provocava as crianças:

— Quem quer ser doidinho como eu?

As crianças, vendo aquele palhaço tão divertido, levantavam as mãos em peso. Nesse momento, ele parava e começava a olhar para o alto, conversar sozinho e falar com suas imagens mentais. Marquito tentava despertá-lo:

— Acorda, Gladiador! Veja o leão na arena. — E imitava um rugido do felino.

Gladiador dava uma pirueta e dizia:

— Cadê a fera? — Dava golpes no ar e às vezes acertava a ele mesmo. Mais gargalhadas.

Gladiador era especial. Por mais perturbado que estava, ainda conseguia ser divertido. Esse foi o motivo pelo qual até hoje, dez anos depois de ser mandado embora do circo, ainda dava shows no Teatro do Beco do Marquito, "o anão da pesada", como ele gostava de se chamar.

No começo, antes de montar seu "teatro", Marquito começou a usar as performances de Gladiador para ganhar dinheiro nas praças e até em eventos. Nesse período, preocupava-se com seu amigo.

— Você precisa ir ao psiquiatra. Você está cada vez mais confuso e criando fantasias que só estão em sua cabeça.

— Deixa que dos meus monstros cuido eu — dizia, fazendo seus rituais: esfregando as mãos no nariz, dando pequenos tapas na cabeça.

Cada vez mais piorava, mas tinha momentos de lucidez com grandes lances de inteligência. Uma das alucinações ou imagens criadas por Gladiador era que ele lutava contra os alienígenas.

— Veja, a Terra está sendo invadidas por ETs. — E apontava para o alto.

— Cadê os ETs? — as pessoas perguntavam dando risada.

Ele chegava para uma pessoa que estava debochando dele:

— Você sabe quem é você?

— Acho que sei!

— Sabe o que pensou há vinte e quatro horas, neste exato momento?

— Não, acho que não.

— Se não sabe o que pensou há tão pouco tempo, então como sabe que você não é um ET?

A pessoa coçava a cabeça confusa.

Ao andar nas ruas, as pessoas zombavam dele.

— Onde estão os ETs, Gladiador?

— Vocês votaram neles nas últimas eleições, seus trouxas. Estão governando o país.

Depois de Gladiador recordar esses momentos de sua vida, Mila puxou a sua velha calça. Queria atenção. Foi então que ele pegou seu nariz de palhaço que havia muito não usava, pintou duas listras de branco no rosto, botou um chapéu furado na cabeça e começou a divertir Mila, a bebezinha que gostava de farra e festas.

— Mila e ratos e baratas deste porão, meu nome é Gladiadooorr, o doidão, o malucão que mora dentro de um porão.

— E começava a dançar e fazer uma luta de artes marciais. Sem querer se atropelou e caiu.

A bebê quase morreu de dar gargalhadas. Depois de muitas risadas, Mila começou a chorar sem parar.

— O que foi, Mila? Fale — dizia ingenuamente, sem entender que um bebê não sabia se expressar.

Queria ser, neste momento, o profissional mais incrível da sociedade, um pediatra, para tentar decifrar o mundo de quem não sabe se comunicar.

— Eu te assustei, Mila? — disse, tirando o nariz de palhaço e esfregando as mãos no rosto para que saíssem as listras.

Mas a bebê se esgoelava de chorar. Ficou desesperado.

— O que eu fiz? O que está sentindo.

Foi então que pegou o bilhete, o leu novamente e entendeu:

— É sede.

Deu um pouco de água num copo velho. Mila tomou e engasgou um pouco.

Seus rituais aumentaram. Com uma mão segurava a bebê, com a outra dava tapa no próprio rosto, causando mais agitação na criança.

— É fome.

Foi então que molhou pão velho na água e deu aos poucos para ela. Comeu tudo. Mas não era o suficiente. Logo depois, começou a resmungar novamente:

— Ela precisa de leite — disse.

Olhou para seus bolsos, mas só havia algumas moedinhas. Deixou Mila em cima do velho colchão e correu para o porão ao lado da idosa professora Amélia, uma senhora que enxergava muito mal, sua única amiga, uma espécie de mãe adotiva. Não se sabia o motivo, mas era a única que não o abandonava. Todos os vizinhos se mudaram devido ao barulho que Gladiador causava lutando contra os monstros que sua mente criava.

— Por que está apavorado, Gladiador?

— Rápido, rápido. Leite, uma mamadeira, uns panos. É isso, professora Amélia.

— Mas só tenho mamadeira dos meus gatos.

— Ai, meu Deus — disse ele, manifestando seu TOC. — Me arrume uns panos limpos.

— Mas para quê?

— Para um habitante de outro planeta — disse Gladiador.

— Mais um ET, Gladiador?

— Sim, mas dessa vez é uma ET feminina e muito perigosa.

— Sério?

— Quase me come vivo — disse ele, dessa vez brincando.

— Mas ela toma leite?

— Toma leite e chupa sangue — disse disfarçando.

Mas professora Amélia o conhecia.

— O que você está aprontando desta vez?

— Eu? Nunca apronto. Só os outros conspiram contra mim.

Professora Amélia, embora gostasse dele, não acreditou em sua história. Deu-lhe alguns panos novos e foi trocar as fraldas de uma bebê pela primeira vez na vida. Lavou o bumbum dela na pia. Mila se divertia muito. Era cada sorriso lindo. Cantarolou, imitou cantores famosos, dançava enquanto a limpava. Em seguida, cantou uma cantiga infantil segurando suas mãozinhas:

— Pula, pula, pipoquinha. Pula, pula sem parar. Pula no colo do papaizão... — Ao dizer essas palavras, ficou espantado. — O quê? Falei papaizão?

Mila não parava quieta, pulava muito e tagarelava muito.

Logo a fome apertou novamente e começou a chorar. Angustiado, Gladiador deitou-a na cama suja e enrolou o pano de qualquer jeito entre as pernas de Mila. Já eram quase oito horas da noite.

— E agora? Preciso sair para ganhar grana. Fique quietinha.

Mas ela não parava de chorar.

Então, teve uma ideia. Pegou uma mochila de couro, cortou dois buracos para encaixar as perninhas de Mila e foi para as ruas. Mas cobriu a cabeça dela com um pano fino para ela poder respirar e colocou a bebê nas suas costas. Sim, precisava urgentemente ganhar dinheiro para comprar fraldas, leites, papinhas, roupinhas para a visitante de "outro planeta".

Pai fora da curva: peripécias de um "louco" para ganhar dinheiro

Gladiador saiu para as ruas com Mila nas costas. Precisava encontrar lugares onde havia gente com mais grana. As migalhas que recebera do anão Marquito na tarde de sábado eram tão poucas que mal davam para comprar um prato de comida digno.

— Como encontrar pessoas endinheiradas à noite? — falou para si.

Olhava de um canto para o outro e ficava pensando que tipo de artimanha faria para transferir o dinheiro do bolso das pessoas para o seu bolso. E as estratégias não estavam funcionando. Colocava seu chapéu velho na frente delas, mas as pessoas se desviavam. Teimoso, ele insistia:

— Por favor, dê uma grana para este pobre miserável que está há três dias sem comer. — E fazia uma cara de alguém que estava à beira da morte. Mila, parecendo que estava entendendo que ele estava mentindo, puxava o cabelo dele. Ele expressava dor.

— Aiii. Estou enfartando.

As pessoas olhavam para ele e viam que estava com bochechas rosadas e não estava magrinho, então não caíam na sua história.

— É golpe, meu filho — falou uma mãe para um adolescente.

— Vai trabalhar, vagabundo — falou um executivo para Gladiador.

— Ô engravatado, você acha que tirar dinheiro do bolso de orgulhosos como você não é um trabalho mais duro que o seu? — disse ele, enfrentando-o.

O executivo parou, pensou e jogou algumas moedas.

— Vai embora, cabeça de mula, mão de vaca.

Mila estava impaciente. A fome apertou, começou a chorar. Alguns ouviram o choro da criança e começaram a procurar onde ela estava. Disfarçando, Gladiador começou a cantar e dançar para abafar o som dela. Foi tão engraçado e desajeitado que alguns jogaram mais moedas.

— Só umas moedinhas, seus muquiranas?

Gladiador as pegou. Mas, desesperado, começou a manifestar seus tiques: batia na sua cabeça, fungava o nariz. Enfim, tinha comportamentos estranhos toda vez que estava estressado. Lembrando de seus surtos psicóticos, começou a mudar de estratégias. Disse para Mila, como se ela fosse capaz de compreender:

— Mila, segura as pontas. Silêncio, que vou dar uma de louco. — E completou: — Quer dizer, mais louco ainda.

Havia um grupo de pessoas que saíram de um evento para *coachees*. O tema era "Como ficar milionário rapidamente". Olhou para o cartaz da conferência.

— Mila, encontrei uma plateia em que sou especialista. Já faturei até com um psiquiatra.

Aproximou-se, entrou sorrateiramente no anfiteatro e subiu ao palco após a fala de um conferencista. Estufou os pulmões e, sem microfone, proclamou:

— Quem eu vejo? Futuros milionários! Alguns bilionários que enviarão foguetes não para Marte, mas a outras galáxias. — E manifestou seus tiques.

O grupo sorriu do maluco com roupas esfarrapadas e carregando uma mochila nas costas, mas alguns gostaram, pensando ser um artista; outros, que fosse um profeta do capitalismo. E Gladiador, espertíssimo, completou:

— Sonhem com as estrelas para alcançarem pelo menos a Lua. Sonhem com a Lua para alcançarem os lugares mais altos na Terra.

Alguns o aplaudiram. Entusiasmado, ele completou:

— Vejo saindo dinheiro dos seus bolsos, estufando suas contas bancárias. Vejo vocês dirigindo Ferrari, com mansões em praias, parando de trabalhar daqui a cinco anos.

Muitos o aplaudiram, mas Mila puxou seus cabelos. Ele falou para ela baixinho:

— Calma, Mila, esses caras são do meu time. Gostam de tudo grande.

Quando os organizadores iam retirá-lo do palco, ele rapidamente saiu pelo outro lado. Mas preparou o bote para sacar dinheiro deles:

— Um religioso disse que eu seria um grande homem, um *coach*. Disse que eu seria um grande empresário, mas o que eu sou? Um profeta dos futuros multimilionários...

Os organizadores perguntaram uns para os outros:

— Quem é esse sujeito estranho?

— Não sei, mas o público o aplaudiu de pé.

Os seguranças foram atrás dele. Rapidamente, Gladiador desceu do palco e saiu passando seu chapéu amassado. As pessoas não sabiam se riam ou se choravam com o estelionatário. Alguns, animados com suas palavras, lhe deram uns trocados. Mas, como os seguranças chegaram, eles o botaram para fora. Quando saiu, ele contou o dinheiro:

— Como é fácil ganhar dinheiro de quem corre atrás dele. Se tivesse tempo, faturaria muito mais.

Eram comportamentos como estes que faziam com que os policiais internassem Gladiador nos hospitais psiquiátricos. A maioria desses comportamentos ele os tinha quando estava em surto psicótico, mas agora estava muito lúcido. Gladiador atrapalhava a ordem social. Cinco vezes lhe colocaram camisa de força para uma internação forçada. Mas Gladiador era um mestre em fugas. Em três ou quatro dias, estava zanzando e brilhando nos palcos das ruas.

Mas agora ele tinha uma bebê para cuidar, pelo menos por um dia ou mais, e precisava usar de mais estratégias para arrancar dinheiro dos outros. De repente, viu um grupo de idosos japoneses. Muitos japoneses são especialistas em fazer poupança, só gastam com o essencial. Eram turistas e que estavam com um guia.

— Seu guia, traduz aí para esses maravilhosos olhos puxados.

— Caia fora, mendigo.

— Traduz, homem de Deus.

— Vou chamar a polícia — disse o guia.

Então Gladiador disse, para espanto do guia e dos turistas, na língua japonesa:

— *Shinshi Shukujo no minasama, ohanashi shite mo idesu ka?* [Posso falar com os senhores e senhoras?]

Os japoneses colocaram as mãos na boca, surpresos. Gladiador havia aprendido um pouco de japonês com um colega de circo. Ele aprendia tudo rapidamente.

Curiosos, os turistas japoneses queriam saber o que aquele maltrapilho tinha para dizer. O esperto disse:

— Quem gosta de Frank Sinatra levante as mãos bem alto.

O guia traduziu e todos levantaram as mãos. E então ele cantou uma estrofe de "New York, New York". Seu vozeirão, quando afinado, ia muito bem. Os idosos japoneses o aplaudiram com entusiasmo. Então, ele preparou o bote fatal:

— Quem quer ser o mais rico de um cemitério?

O guia traduziu meio constrangido. Um japonês olhou para o outro e ninguém obviamente levantou as mãos.

— Convenhamos, a vida não é brevíssima. — E deu fôlego para o guia traduzir. — Por isso, antes de vocês baterem as botas, deem uma grana para este miserável que acreditou no sonho americano, mas só está vivendo pesadelo. — E começou a chorar como um grande artista.

Os japoneses, pegos de surpresa, se comoveram e deram boas gorjetas. Duas japonesas verteram lágrimas. Mila puxou seus cabelos com mais força. Parecia que estava desaprovando suas maracutaias.

— Ai, ai, ai, quanta dor estou sentindo.

Alguns começaram a olhar para a bolsa atrás dele e viram algo se movendo sobre o fino pano que a encobria. Ele completou agradecendo e curvando o corpo e com mãos fechadas: *Arigato Gozaimasu*. Mais uma vez, pegou a grana e saiu cantando uma música que ele havia feito quando era garoto:

Sou um abandonado, vivo nos porões da vida e nas avenidas da existência
Mas não desisto dos meus sonhos, mesmo que o mundo desabe sobre mim
Não tenho medo da jornada, mas sim de não caminhar, pois sei me levantar

Saiu conversando sozinho. Mila começou a se esgoelar de fome. O bom estelionatário pegou o dinheiro dos idosos japoneses e foi ao supermercado rápido e saltitante, pois ele estava para fechar as portas naquele surpreendente sábado à noite. Pegou um pirulito, abriu e deu para a Mila se distrair.

— Calminha, Mila. Você me deu sorte. Nunca ganhei tanta grana.

Fez a festa no supermercado. Comprou fraldas, mas de tamanho grande, algumas eram fraldões que serviam nele. Comprou leite, mamadeira, roupinhas de número também gigantesco. Comprou uma garrafa de água mineral de dois litros. Era louco, era gênio e, acima de tudo, um pai de primeira viagem. O que não se sabia era se Mila sobreviveria por mais um dia sob os cuidados dele. Como vestir a fralda? Como preparar a mamadeira? E dar banho? Era uma loucura.

A caixa do supermercado, que o conhecia, comentou curiosa:

— Tem algo mexendo nas suas costas.

Bem-humorado, ele disse:

— Silêncio. Estou carregando um ET perigoso. Se te atacar, não sobreviverá.

Mila resmungou. A caixa pôs as mãos na boca e chamou o garoto empacotador aos seus ouvidos, lhe dizendo:

— Conheço o maluco, mas agora pode estar falando a verdade.

Gladiador saiu em disparada, com muitos pacotes, inclusive com muitas guloseimas.

Chegando em casa, ocorreu a decepção:

— Xiii! Comprei fralda para mim. Desculpe, Milinha. Mas a roupa vai ficar legal. — E quando lhe vestiu a roupa, era para uma criança de três anos. Encobria a cabeça dela. — Bom, pelo menos você vai ficar superconfortável.

Mila deu risada das barbaridades dele. Mas a fome apertou novamente e o choro começou.

— Espere. Espere. O superbabá entrará em ação — disse, tentando distraí-la.

A bebê não se aguentou e, embora com fome, soltou lágrimas e sorriu logo em seguida. Era uma bebê incrível.

Gladiador saiu tropeçando numa velha cadeira e numa pilha de livros. Sim, havia muitos livros no porão do "psicótico", incluindo clássicos da filosofia grega e alguns pensadores renomados, todos dados pela professora de filosofia, a professora Amélia, que era uma espécie de mãe adotiva. Entre os autores, havia John Locke, Francis Bacon, Immanuel Kant, Georg Hegel, Agostinho. Ele os lia? Ninguém sabia. Talvez os lesse para espantar os fantasmas que surgiam na sua mente nas noites em que tinham insônia. Gladiador era um mistério. Após o tropeço, seguido de risadas de Mila, ele pegou a mamadeira, leu a bula da lata de leite em pó, olhou as medidas, fez as contas e, como era bom em matemática, chacoalhou e aprontou a mamadeira de 300 ml.

— Saindo a melhor mamadeira do mundo! Direto da vaca, vaca, vaca... Banzé.

A bebezinha sugou a mamadeira rapidamente. E começou a tagarelar:

— Tutu, babã, zufu, tugugu.

Os sons que emitia eram fascinantes, diferentes da grande maioria dos bebês. Queria conversar, mas não tinha os códigos da língua para expressar seu raciocínio. Mas não precisava. Gladiador, que também emitia sons estranhos, parecia entendê-la.

— Ok, ok. Vou preparar outra mamadeira.

E ela tomou mais da metade. Finalmente ficou satisfeita. De repente, ela olhou bem nos olhos de Gladiador e chamou:

— Mamã, mamã.

— Eu sou mamãe! Que lindo, sou uma supermamãe. — Mas depois pensou: *Não é mamã. É papá, papá.*

Mas a bebezinha insistia:

— Mamá.

— Ahh. Tá bom. Posso jogar nos dois times. Sou sua mamã e seu papá — disse ingenuamente, sem saber que os perigos de ter uma bebê sem comunicar as autoridades, muito menos que estava sendo vigiado por seres estranhos.

Mila relaxou e começou a ficar sonolenta. Finalmente tinha um lar. Poderia ser fisicamente um dos piores lares do mundo, cuidado pela pessoa mais incomum e desajeitada do planeta, mas era um lar. O seu lar. Mais tarde, ela entenderia que muitas famílias têm camas luxuosas, mas não dormem, inclusive as crianças; outros têm mesa farta, mas têm fome do pão da alegria. Pelo menos, o novo pai de Mila era superdivertido.

Considerando seu passado, Gladiador era um sobrevivente e Mila, a menina chamada de "milagre", igualmente.

Pais e mães são os maiores heróis da sociedade. Quando um bebê entra na vida deles, seu mundo vira de cabeça para baixo. Nunca mais são os mesmos. Muitos adiam seus sonhos para que seus filhos possam sonhar, deixam de dormir para que seus filhos durmam. E, quando os filhos se tornam adultos, raros são os que perguntam: "quantas noites maldormidas vocês tiveram por minha causa? Quantos sonhos enterraram para me educar?".

Gladiador, no primeiro dia de pai, mesmo sendo portador de uma esquizofrenia, virou seu mundo do avesso. Pegou Mila em seus braços e começou a chacoalhá-la. Ela olhou para o "papai" mais esquisito do mundo, descabelado, barba malfeita, e o admirou. Ele começou a inventar uma cantiga de ninar apavorante:

— Dooorme, Mila, senão os vampiros vêm te pegar. Dooorme, Mila, para os monstros não te assombrarem.

Ela fez uma cara feia, então ele mudou a estratégia da cantiga:

—A Mila do papai na fazenda vai dormir. A Mila do papai vai bem cedo acordar. A Mila do papai tira leite da vaquinha. A Mila do papai pega ovo da galinha. — Ele imitava o som de uma vaca e das galinhas depois de citá-las na cantiga.

A bebê gostou. E, depois de repetir duas vezes essa canção, finalmente a bebezinha supersapeca, superagitada e superfeliz adormeceu.

Passo a passo e delicadamente, ele a colocou no velho e empoeirado colchão. E deitou-se do seu lado bem quietinho. Desligou a luz e só deixou aceso o abajur, pois tinha medo de rolar na cama e machucá-la. Gladiador deitou-se como uma múmia sem se mover para não a acordar, diferentemente de quando se espreguiçava todo, abrindo pernas e braços para dormir.

Momentos depois não se aguentou. Como muitos pais no mundo, foi ver bem de perto se ela estava respirando bem.

Ficou aliviado. Essa foi a primeira noite. Amanheceu o dia. Pequenos raios solares invadiam sutilmente o fétido porão e o inesperado aconteceu. Mila acordou espirrando sem parar. Era alérgica a mofo. E o porão de Gladiador era puro mofo. Nunca vira uma higienização, mal uma varredura no último ano. Desesperado, tomou-a nos braços e resolveu pedir ajuda à professora Amélia, que só tinha 30% de visão. Bateu na porta fortemente.

— É você, Gladiador? Acordado de manhã a esta hora? Você sempre acorda ao meio-dia — disse ela, tratando-o como um filho.

— Estou descontrolado, mama. — Esta era uma palavra que usava de vez em quando, se precisava muito dela. Batia na cabeça com a mão que estava livre e fungava o nariz. E completou: — A ET me acordou.

— O quê? Pare com isso! Alucinação de manhã não dá.

Mas, de repente, ele se acalmou e expressou alegria.

— Que sorriso é esse, Gladiador? Nunca o vi tão feliz — disse professora Amélia próximo do seu rosto.

Não conseguia se conter de tanta alegria diante daquela que estava no papel de sua mãe.

— Veja, mamã, um doente mental como eu, um miserável social desprezado por muitos, encontrou o maior diamante do mundo.

— Diamante? Está brincando? — indagou ela desconfiada.

Gladiador fez uma das maiores descobertas que um ser humano pode fazer. Descobriu que todos os bebês e todas as crianças são belíssimos, sem exceção, independentemente da cor da pele, da raça, do sexo, se são magrinhos, gordinhos, se hiperativos, ou calminhos, se com espectro autista, com síndrome de Down. O amor os torna o ouro da humanidade, o tesouro inigualável de seus pais. Gladiador, o psicótico, o ser humano socialmente rejeitado, um mendigo explorado em shows cômicos, encontrou seu tesouro, pelo menos por poucos momentos.

— Nunca falei tão sério — disse, derramando lágrimas que expressavam mais de duas décadas de solidão.

De repente Mila espirrou três vezes, mas diminuiu sua crise alérgica, pois tinha saído do quarto mofado de Gladiador. O porão da professora Amélia era superlimpo. E, numa cena surreal, ele descobriu o rosto da menininha.

— Veja a bebê mais linda do mundo, pelo menos aos meus olhos.

— Um bebê? Não é possível!

— Sim, uma be...be...zinha — disse Gladiador quase sem voz.

Mila fez festa para a professora Amélia. Encontrou uma avó. Ela a pegou nos braços e Mila sorriu muito, querendo falar:

— Gugú, bucso, dadá, gugú, fofu, dadá.

— Que pintura mais linda. E como ela é falante.

— Ela comeu farofa de papagaio, mamã. Fala muito mesmo, mais do que eu.

Em seguida, a professora Amélia caiu em si:

— Mas... Mas... quem são os pais?

— Eu não sei.

— Como assim não sabe? — perguntou ela desesperada.

— Só sei que me deram uma missão.

— Missão? — perguntou a experiente professora.

E lhe deu o bilhete para ler. Como tinha deficiência visual, ela o colocou diante dos seus olhos e o leu espantada. E começou a disparar perguntas sem parar:

— Mas quem escreveu este bilhete? Por que o escreveram? Por que deixaram essa bebê no velho porão? Não faz o menor sentido! Por que não a deixaram na porta de um hospital? Ou num orfanato? Qual o seu verdadeiro nome? Quais os nomes dos pais? Este bilhete foi escrito por um dos seus pais verdadeiros? Estavam eles sendo perseguidos? Ou estão preparando uma armadilha? Seus pais verdadeiros não estão chorando ou desesperados com a ausência dela neste momento? Onde ela nasceu? Que médicos fizeram seu parto?

— Pare, mamã! Pare! A senhora me mata de tanto perguntar. Não tenho respostas.

Professora Amélia tinha uma inteligência fascinante. Quando Gladiador a interrompeu, ela o encarou:

— Se eu estou no lugar de sua mãe, Gladiador, você tem de aprender uma lição: o tamanho das respostas depende do tamanho das perguntas. Deixe de perguntar, que você deixa de pensar; deixe de pensar que você não será mais livre, mas um escravo.

— Mas já sou escravo das minhas loucuras. E, além disso, algumas perguntas martelaram na minha cabeça a noite toda. Mas tive medo, muito medo.

— De quem?

— De quem escreveu essa mensagem.

— Mas ela é um bebê. É nosso dever entregá-la urgentemente para a polícia ou num hospital.

— Mas vão me matar.

— Fantasia.

Neste momento o que era fantasia se tornou realidade. Alguém bateu fortemente à porta. Eram alguns sujeitos estranhos, todos de preto e portando armas. Gladiador deu a bebê para a professora Amélia e resolveu encarar os criminosos. Um deles deu-lhe um soco no peito, levando-o a cair e bater a cabeça e sangrar muito. O outro chutou seu braço, que também sangrou. Depois, eles o levantaram e pediram que Gladiador lesse outro bilhete em voz alta. Era a mesma letra. E dizia:

"A quem mora neste porão. Não duvidem. Se tentarem entregar essa bebê para a polícia ou para uma instituição, vocês todos morrerão. Não duvidem! Não duvidem mesmo! Estou vigiando dia e noite os seus passos!"

Depois disso, saíram batendo a porta com força. Após esse momento desesperador, Gladiador comentou, colocando a mão na cabeça:

— Não disse, mamã?! Isto é uma fantasia?

Professora Amélia ficou desesperada. Aproximou-se dele e lhe falou baixinho:

— Eu insisto. Temos de entregá-la para a polícia ou num hospital. Podem nos acusar de sequestradores. Aliás, nem eu e muito menos você temos condições de criá-la neste muquifo.

Ao terminar de dizer estas palavras, como se tivesse escuta no quarto, ouviu-se o estampido de uma arma cuja bala perfurou a porta do porão de professora Amélia. Ficaram apavorados. Por muito tempo, ela não voltou mais a esse assunto. Mila se assustou e chorou muito. Foi nesse momento que dois desprotegidos, quer tivessem condições, quer não, teriam de colocar a bebê superfalante e superalegre na equação de suas vidas.

Mila ganha uma avó surpreendente

Professora Amélia morava num ambiente escuro, mas era uma pessoa iluminada e, apesar da sua precária condição financeira, era rica emocionalmente. Soube se reinventar, tornou-se bem-humorada. Mas sua vida nem sempre foi um céu sem tempestades, nem um caminho sem acidentes. E a sua história cruzou com a de Gladiador de forma espetacular. Ela assumia o papel de mãe daquele "maluco" em algumas áreas e de gênio em outras.

Ela sabia que muitos têm preconceitos contra os portadores de doenças mentais, mas em muitos aspectos eles são seres humanos tão complexos como os que se consideram saudáveis. Tanto os portadores de psicose como os "normais" não precisam assistir a um filme de terror para se aterrorizar, bastam não gerenciar suas mentes que elas são altamente criativas para produzi-los. A diferença é que os psicóticos dão créditos a esses filmes mentais e perdem a capacidade do Eu de criticá-los e reciclá-los quando estão em surtos psicóticos, que podem durar dias ou meses se não forem tratados – e, consequentemente, podem gerar sequelas socioemocionais. O tratamento é fundamental. Gladiador estava num dos melhores momentos de sua vida. Após o primeiro surto psicótico, aos dezoito anos – há mais de dez anos –, por não se tratar adequadamente, teve uma sequência deles. Resistente, sofria várias internações e frequentemente injustificadas. Após a professora Amélia ser sua vizinha, ela o estimulou e até o pressionou para se tratar e, assim, seus surtos diminuíram. Mas Gladiador tinha um ego grande, era autossuficiente:

— Não preciso me tratar. Os medicamentos estão controlando minha mente — dizia.

Suas velhas ideias e preconceitos lhe impediam dar continuidade, mesmo com a professora Amélia no seu pé. Assim, sempre estava criando monstros mentais, vendo ETs ou se achando o salvador do mundo. Ora se achava muito perseguido, chamado de paranoia, ora se achava um super-herói, chamado de delírio de grandeza.

Deveria fazer psicoterapia, fundamentada no diálogo, para complementar o tratamento medicamentoso. Mas, quando tinha algum recurso para fazê-la ou quando conseguia através do governo, como era muito inteligente e brincalhão, queria tratar o psicólogo ou a psicóloga que o atendia.

— Qual é seu problema? — dizia para os profissionais.

— Você é o paciente. Eu é que pergunto qual é o seu problema.

— Mas você é perfeito? Não tem problema? — perguntava Gladiador para os psicólogos.

— Sim, claro, todos têm.

— Então, deixe eu tratar do seu e depois você trata do meu.

E assim o mais bem-humorado, complexo e complicado paciente levava a vida. Depois de várias pancadas da vida, prisões, internações, começou a ouvir algumas orientações – ainda que espaçadas – dos psiquiatras e psicólogos que o atenderam.

Fora dos surtos psicóticos era um jovem superagradável, superteimoso e empático. Era um "boa-vida". Tirava o sarro até de quem era cruel com ele. Semana passada, algumas pessoas que estavam numa roda de um restaurante o ofenderam ao lhes pedir algo.

— Oh, maluco, sai daqui.

Ele se espreguiçava e dizia para as pessoas:

— Ah, como é bom ser maluco. Não preciso me preocupar com a opinião dos outros. E vocês se preocupam? Sejam honestos!

Eles olharam uns para os outros constrangidos, pois tinham medo dos cancelamentos e dos haters nas redes sociais. Vendo-os pensativos, os cutucou mais ainda:

— Uai, normais, se calaram? Por acaso são felizes?

Um deles, vestindo roupas de marcas, que há pouco tempo fez implante de cabelo, reagiu rápido:

— Claro que somos!

— Se são felizes, não sofrem pelo futuro. Se são felizes, não têm fantasmas mentais que os assombram, como cobrar demais de si e dos outros. Vocês cobram muito de si? Vamos, normais, sejam novamente honestos. Me digam.

Todos engoliram saliva atônitos.

— O que esse cara está falando? — perguntou admirada uma bela jovem que estava no grupo. E completou: — Esse cara é louco ou nós que o somos?

— Parabéns, garota. Sempre achei que as mulheres são mais inteligentes que os homens. Se vocês, mulheres, fossem generais, quase não haveria guerra. E sabem por quê?

— Não — disse ela espantada.

— Porque elas não teriam coragem de enviar seus filhos aos campos de batalha — citou uma frase do pensador Immanuel Kant. — A missão suprema de um ser humano é saber do que precisa para ser um ser humano. Conhece ideias de Kant?

Silêncio na mesa. Eram formados em grandes universidades, mas eram intoxicados digitalmente, imaturos e de baixa cultura filosófica.

— Quem é Kant? Algum político maluco igual a você? — provocou o rapaz formado em Stanford, no Vale do Silício, que falsamente afirmou que eram felizes.

— Não, foi dos maiores gênios da filosofia. Não tem cultura?

Mais um momento longo de silêncio.

— Mas você sabe ler? — disse outro rapaz formado em Harvard.

— Quando a pergunta é tão preconceituosa e absurda, o silêncio é a melhor resposta.

A jovem não se aguentou e perguntou-lhe provocativamente:

— Você é um gênio ou um louco?

— A genialidade e a loucura estão muito próximas, são duas faces da mesma mente. — E passou seu chapéu e recebeu alguns trocados. Em seguida, saiu cantarolando, deixando todos boquiabertos.

Havia alguns segredos que ligavam a mente e a inteligência de Gladiador e a história de professora Amélia, desde que ela o desarmou quando ele tinha doze anos, embora sua arma não fosse verdadeira. Era uma professora fora da curva, cultíssima, uma intelectual, mas um acidente grave a tirou das salas de aula. Não era casada, não tinha filhos e nem parentes próximos. Vivia como milhões de pessoas nos pequenos apartamentos nas grandes cidades, dramaticamente solitárias. Quando faleciam não havia um parente ou amigo para ir ao velório. Era o século da solidão.

Os filhos da professora Amélia eram seus alunos. Amava a sala de aula como raros mestres. Mas infelizmente estava ansiosa e com leve depressão. Estava dentro de algumas estatísticas que relatavam que 72% enfrentam problemas com saúde mental. Um caos educacional. Causas que deprimiam a professora Amélia e tantos outros mestres? Baixos salários, insegurança no ambiente de trabalho, desvalorização da profissão dos educadores, excesso de digital, levando os alunos a perderem o deleite do prazer de aprender. Mas quem se importava na era da Inteligência Artificial (IA) com os notáveis professores? Alguns acreditavam que IA substituiria os professores no mundo todo. Tolos. Somente um ser humano imperfeito pode ensinar outro ser humano imperfeito; somente quem tem dúvidas, medos, crises pode ensinar alunos a enfrentar seus fantasmas mentais. A IA forma adultos lógicos, mas socioemocionalmente infantis.

Embora houvesse exceções, os alunos eram coletivamente agitados, inquietos, detestavam o tédio, considerados hiperativos. Mas a hiperatividade atingia somente 1 ou 2% no mundo todo, e Gladiador era um deles. O que os alunos tinham na realidade era a "síndrome do pensamento acelerado", gerada pelo excesso de informações, o excesso de videogame e de redes sociais. Uma criança de sete anos tinha mais dados na sua memória que John Kennedy quando presidia os Estados Unidos no auge da Guerra Fria com a Rússia. E médicos no mundo todo errando diagnósticos, dizendo que eram hiperativos e prescrevendo drogas da obediência, algo gravíssimo. Era o século do fim do silêncio em sala de aula. Os professores eram cozinheiros do conhecimento que preparavam o alimento para uma plateia que não tinha apetite.

— Silêncio. Prestem atenção na aula? — dizia a professora Amélia se esgoelando. Mas nada. Os alunos, sempre ansiosos, tinham baixa concentração.

E a professora Amélia, inconformada com a falta de silêncio de seus alunos, continuava tentando levá-los a pensar criticamente:

— O que será do futuro de vocês?

A resposta não podia ser mais perturbadora:

— Influenciadores digitais — expressaram alguns, revelando o desejo da maioria.

— Para ser um influenciador digital, não precisam estudar — disseram outros.

Mal sabiam que alguns influenciadores não eram vendedores de um sucesso artificial, mas divulgavam conhecimentos importantes na sua área, por isso estudavam muito. Crianças e adolescentes não sabiam que muitos influenciadores digitais ficavam mentalmente doentes, pois não tinham gestão da emoção.

— De hoje em diante, eu proíbo os alunos de usarem celulares em minha sala de aula — disse ousadamente a professora Amélia certa vez.

Ela era amável, mas muito exigente, e, por ser exigente com a concentração e as respostas dos alunos, foi ameaçada cinco vezes em sala de aula, fora as pressões dos pais, que não admitiam que seus filhos fossem criticados. Tais pais superprotegiam seus filhos destruindo o futuro deles. Formavam herdeiros, torradores de herança, que queriam tudo rápido e eram ingratos, e não sucessores que se curvam em agradecimento a todos e constroem seus projetos de vida. Alguns alunos do ensino médio disseram certa vez para a professora Amélia:

— Nos dê nota zero que te apagamos.

Mas ela os enfrentou:

— Povo que não sabe pensar criticamente e desconhece a sua história repete suas loucuras. Vocês querem ser como líderes que chutam a filosofia e a história para debaixo do tapete e repetem sempre os mesmos erros? Ou querem ser livres e ajudar a mudar o mundo?

— Nada disso. Só queremos ficar ricos.

Gladiador, devido a sua esquizofrenia, não era muito de celular. Era mais ligado a falar consigo. Mas Mila corria o risco sério, no futuro, de perder sua "tagarelice", seu superbom humor e seu sorriso espetacular se ela se intoxicasse digitalmente.

Logo que se aposentou, a professora Amélia foi morar em um apartamento bem pequeno, que cabia em seu orçamento. Como tinha de tomar medicamentos caros, a aposentadoria não era o suficiente para os remédios, sua alimentação e o aluguel. Por isso, foi para uma comunidade, que alguns chamam de forma preconceituosa de favela. E, por fim, quinze anos depois, a notável professora de filosofia encontrou nas ruas o mais notável aluno da sua escola, mas nunca mais o viu. Ela não reconheceu sua face, devido à deficiência visual.

Gladiador estava numa fase mental muito difícil. Gesticulava, falava sozinho. Ao ver as pessoas, bradava:

— Umas moedas para este caçador de monstros.

Mas todos fugiam dele. Ele unia sua confusão mental com suas necessidades de captação de recursos para sobreviver, pois no Teatro do Beco de Marquito regulava completamente seu dinheiro.

Para a professora Amélia, aquela voz era inesquecível.

— Quem é você?

— Se eu soubesse quem sou, estaria atendendo psiquiatras — brincou, mas depois começou a falar sozinho e fazer gestos repetitivos e estranhos.

— Com quem você está falando? — perguntou ela curiosa, não vendo nenhuma imagem ao seu lado.

— Com as vozes da minha cabeça! Tenho muitos, dona.

— Espere... Você não é o aluno que ia atirar...

De repente, Gladiador parou seus comportamentos estranhos e num momento de lucidez disse:

— Você é a.... professora Amélia, que me libertou da prisão?

Ela se aproximou bem dele, passou as mãos pela sua face e derramou lágrimas.

— Gladiador, o que está fazendo aqui, com esse casaco velho, calça rasgada e cabelos despenteados, meu filho?

— Você não me disse que eu ia conquistar o mundo? Estou salvando o mundo.

— De quem? — ela perguntou curiosa.

— Dos ETs, dos monstros. Já exterminei uns cem. — De repente, viu monstros horríveis. Ele se agarrou na professora Amélia e desesperado disse: — Me proteja. Eles surgem de todo lado.

Foi então que ela entendeu que o querido e inteligentíssimo aluno desenvolveu uma doença mental.

— O que fizeram com você, meu filho?

E lhe deu um abraço. Nesse período, foi o primeiro abraço verdadeiro que Gladiador recebeu. Ele ficou emocionado e seus olhos lacrimejaram. Ela lhe perguntou:

— Onde você mora?

— Por quê?

— Apenas me leve lá.

Gladiador a levou para o porão onde morava. Pegaram um metrô. Saíram, foram para umas vielas, até que chegaram ao local. Apesar da deficiência, ficou impressionada com a bagunça. Tentou varrer e colocar as coisas um pouco em ordem. Logo que ela saiu do porão de Gladiador, conseguiu ver uma placa alugando o porão ao lado.

— Ninguém mora aqui?

— Acho que ninguém me suporta. Matar monstros causa muito barulho. Eu sou esquizofrênico, professora... Melhor a senhora ir embora — contou ele entristecido, achando que ela iria partir.

— Os loucos também amam e são muito inteligentes, mais criativos que os diretores de Hollywood.

— Acha mesmo? Não tem medo de mim?

— Quem tem de ter medo de você é você mesmo. — E, depois de uma longa pausa, completou: — Podem te chamar de louco, mas, se quiser que eu venha morar aqui, tem de estudar. Ler muitos livros.

— O quê? Há muitos anos não leio nada.

— Mas terá de ler. Você tem se tratado?

— Detesto ser controlado.

— Mas você é controlado pelos monstros e vozes da sua mente. Tem de se tratar.

— Xiii! Morar perto de uma professora será uma pedreira. Posso tentar, mas não prometo.

Por compaixão de seu aluno e também porque o aluguel de um porão seria mais barato, a professora Amélia resolveu morar naquele espaço velho, com canos furados e pouca luminosidade. Pelo menos asfixiaria um pouco sua solidão, pois conviver com Gladiador era viver sem rotina. *E quem sabe posso ajudá-lo*, pensou.

Era uma ironia que a filosofia enquanto matéria estava nos porões das bibliotecas, das universidades e da internet. Ninguém quase se importava com ela, e a professora de filosofia estava num porão da cidade. Mas nos porões da existência é que se escondem os grandes tesouros da humanidade. Ela se mudou há um ano. Gladiador revolucionou sua vida, embora tenha dado mais propósito a ela. Só não sabia que logo entraria uma bebê, Mila, na sua história e viraria seu mundo e o de Gladiador de cabeça para baixo.

Gladiador enfrentando seus perseguidores e policiais

A polícia sempre ficava de olho em Gladiador, só não sabia o que era aquele pacote que ele carregava nas costas. Certa vez, uma viatura estava fazendo ronda nas imediações onde Gladiador fazia suas peripécias para transferir grana das carteiras das pessoas ao bolso dele. O policial que estava sentado ao lado do motorista falou:

— Gladiador vive aprontando, perturba motoristas, turistas, caminhantes, lojistas. Nada fica em pé quando ele chega.

E não ficava mesmo. Principalmente agora, que ele tinha uma filha para cuidar e tratar.

Gladiador viu a viatura da polícia passar por ele e o motorista lhe fez sinal para que ficasse calado. Mas ele abriu os braços e disse:

— Impossível.

Em seguida apareceram duas velhinhas, que andavam abatidas, apoiando-se em bengalas. Mal conseguiam falar uma com a outra de tão ofegantes que estavam. Os olhos de

Gladiador brilharam logo que ele as avistou. Aproximando-se delas, entendeu as mãos sobre suas cabeças e lhes disse:

— Queridas velhinhas que estão com um pé na cova, ajudem este simples mortal que eu profetizo que as senhoras terão muitos anos de vida. Não dormirão num caixão de madeira tão cedo.

Uma delas pegou sua bengala, enfiou no pescoço dele e lhe disse:

— Quem vai dormir num caixão de madeira é você, seu estelionatário. Eu sou juíza de direito aposentada.

Gladiador engoliu saliva, mas não se dobrou.

— Uma juíza, uma senhora que ama a justiça. Eu sou um injustiçado. Sem família, perseguido por minhas convicções políticas, abandonado pelos amigos, sem pai, sem mãe, vivendo nas ruas da cidade como um mendigo sem proteção social, maluco, doido, psicótico. — E desatou a chorar. Mas era tudo cena.

Gladiador foi tão convincente que elas começaram a acreditar nele. A outra senhora disse:

— Tem cara de malandro, jeito de malandro, cheiro de malandro.

De repente, Mila ajudou Gladiador. Desatou a chorar. Embora estivesse nas costas e não a vissem, a juíza aposentada indagou:

— Um bebê?

— Sim, tenho uma filha para criar. Como é difícil para um pai desempregado.

Comovidas, elas abriram as carteiras e lhes deram um bom dinheiro.

— Graças ao bom Deus, tem gente boa neste mundo. — E, entusiasmado, ordenou às velhinhas: — Joguem suas bengalas fora e atirem-se para a vida, mulheres poderosas! Dancem, dancem a valsa da vida!

Mila, agora, deu gargalhadas, mas Gladiador falou em sentido figurado. Não era para elas jogarem ali as bengalas. Mas elas fizeram justamente isto. Com coragem, atiraram as bengalas na rua e saíram dançando e eretas, acreditando que haviam encontrado um profeta que estava vestido como maltrapilho.

Mila colocou as mãos nos olhos como se estivesse prevendo alguma coisa errada. E não deu outra. Cinco metros à frente uma delas teve vertigem, começou a rodar o mundo ao redor dela, e ela levou um tropeção na sua amiga. As duas quase caíram. Neste momento, elas se viraram para ele com indignação, mas Gladiador, embora perturbado, não perdeu a pose:

— Viram o milagre? Não caíram. Só lhes está faltando mais um pouco de fé, senhoras, e mais exercício também. Mexam seu esqueleto todos os dias.

Curiosas, elas perguntaram:

— Você é um padre, pastor, rabino?

Ele respondeu:

— Não, sou apenas um louco que se curva diante do Autor da existência.

— Um louco?

— Sim. Nunca leram que Deus escolheu as coisas loucas do mundo para envergonhar as sábias? — Como era um leitor voraz, lembrou-se desta passagem das Escrituras.

Mila aplaudiu com suas duas mãozinhas. Já haviam se passado dois meses que Gladiador e a professora Amélia cuidavam dela. Enquanto isso, os policiais da viatura viram de longe o ocorrido e sabiam que Gladiador havia aprontado mais uma artimanha.

— Que descarado. Temos de ensiná-lo a se calar. Ser psicótico não justifica enganar pessoas.

— Ah, acho que ele não é psicótico, não. Na realidade, ele é um artista que engana a todos nós — comentou o policial que dirigia a viatura.

Mila estava pesando em suas costas e, como ela era uma "chefinha", mostrava seu dedinho para Gladiador, mostrando que queria sair e passear. Procurava lugares reservados, longe dos possíveis perseguidores. Mas eles estavam sempre por perto, ainda que de binóculos. Depois da correria, festas e gritos de alegria de Mila, Gladiador pegava um livro e queria contar uma história para ela. Mas Mila tomava a frente e, sem ler e falar uma palavra legível, ela é que queria contar a história para Gladiador. E balbuciava, gritava, fazia muitas expressões. Era uma menina incrível. Seu pai do coração se divertia muito.

Certa vez, a "chefinha" apontou as mãozinhas mostrando que queria correr numa praça por onde estavam passando. Gladiador tirou-a das costas e a deixou-a caminhar. Esperta, ela caminhava com dificuldades e não parava de falar. Queria chamar atenção de todo mundo que passeava na praça. Dava "tchau", acenava as mãozinhas e conversava com as vovozinhas sentadas nos bancos, que não entendiam nada do que ela dizia, mas ficavam impressionadas com sua comunicação e alegria.

Gladiador colocava em seu colo e dizia:

— Fala papai.

Ela balbuciava:

— Papá, dadá, datu e papuuuu — a última palavra falava gritando. Era muito engraçado vê-la se expressar.

— Agora fala cachorro e vaca.

Ela dava show, sempre exagerando em voz alta e entusiasmada, como o próprio Gladiador.

— Uau, uauuuu, bu, buuuuu.

Todos que passavam se encantavam com essa menina alegre, que não desconhecia as telas digitais. Certa vez, Gladiador e a professora Amélia estavam com Mila encoberta num lençol. Tinham medo de estar sendo perseguidos.

— Ela precisa caminhar, mamá. Está inquieta.

— Mas é perigoso — disse a professora.

Por fim, sentaram-se numa mesa externa de um restaurante e olharam para a frente e para trás, do lado esquerdo e direito. Um pouco seguros, deixaram ela caminhar. Ela parecia um pássaro solto da gaiola. Caminhou, chamando a atenção de todos; depois, voltou-se e queria subir em Gladiador, como sempre fazia. Ele a colocou em seu colo. Ela subiu em seu pescoço e mexeu seus cabelos, falando sem parar.

— Sempre comendo farofa de papagaio Mila — disse a professora Amélia, dando gargalhadas.

Falava do jeito dela, na linguagem dela.

— Eu diverti a muitos num circo. É a primeira vez que alguém me alegra tanto. — E a pegou nos braços e deu-lhe três beijos na testa. Mila fez carinho no seu rosto.

Quem passava por eles ficava admirado. Alguns pais pensavam: *Como esse miserável tem tanto amor dessa menina? Meus filhos não fazem essa festa comigo.*

Em outra ocasião, Gladiador estava só com Mila e também a deixou caminhar pela calçada numa rua movimentada. Num momento de distração de Gladiador, algo comum em sua personalidade, Mila escapou e foi para o meio da rua com os carros passando em alta velocidade. Quando Gladiador se deu conta, não havia o que fazer, a não ser se atirar na frente dos carros e ser atropelado. Ele tentou e o primeiro carro bateu na sua perna, jogando-o para trás. Feriu-se, saiu mancando, mas sem trauma ósseo. Mila continuava sua jornada mortal. Alguns carros brecavam, outros se desviavam e ainda outros colidiam com os da sua traseira. A bebê, ao invés de ficar com medo de todo aquele barulho de buzinas e de latas se chocando, parecia se divertir. Tudo era uma farra para ela. Era uma rua de mão dupla, e, por fim, ela atravessou ilesa. Depois do tumulto todo, Gladiador saiu correndo e mancando, a pegou no colo e chorou muito. Ela passou as mãos nos seus olhos e falou:

— Papa, papa...

Depois de soluçar, ele falou:

— Tive medo de te perder, filha. Seu nome é Milagre mesmo...

E foram para casa. Mas não eram só policiais que estavam vigiando esse sujeito incomum e tumultuador da harmonia social. Havia sempre outras pessoas mal-encaradas que o seguiam de longe, trajando um grande jaleco preto, que provavelmente deveria ter armas escondidas.

Gladiador, em alguns momentos, pensava que esses personagens estranhos faziam parte das suas alucinações. Por isso, esfregava os olhos, chacoalhava a cabeça, batia na testa três vezes; enfim, fazia o seu ritual para ver se eles desapareciam. Mas, quando olhava de novo, lá estavam eles. Dava no pé. Fugia rapidamente. Todavia, certo dia, quando atravessava uma rua para ir à padaria comprar pão e leite para ele, professora Amélia e Mila, deu de cara com os dois estranhos personagens. Capa preta, camisa preta e chapéu também de cor preta. Eram enormes, mais de um metro e noventa de altura cada um. Um deles tinha uma cicatriz grande no rosto, provavelmente produzida por uma faca. Eles não perderam tempo em ameaçá-lo. O homem da cicatriz disse com sua voz empoderada:

— Oh, maluco. Já ouvimos que você é um matador de monstros, e que já enviou uns dez monstros para o reino das trevas. — Sua fala indicava que eles o seguiam até nos shows de Marquito.

Gladiador procurou não se intimidar. Sempre exagerado, disse:

— Dez, não. Cem monstros.

Com uma voz empoderada, o criminoso da cicatriz comentou:

— E nós já enviamos mais de cem homens para esse reino também. E vocês estão expondo essa menina, por isso serão os próximos da lista. — E mostraram sutilmente suas armas.

Eles eram assassinos profissionais, mas Gladiador encarou a questão como uma guerra de egos para ver quem era o mais forte.

— Pois já estive em duas guerras e já derrubei uns vinte — afirmou Gladiador.

— Vinte o quê? — indagou o outro estranho.

— Vinte helicópteros e aviões.

— Por que Mila está conosco? — indagou a professora Amélia. — Nós passamos a amar esta menina. Mas que mistério é esse que a cerca?

— Você pergunta demais, velhota. Cuidado com sua língua — disse o criminoso da cicatriz.

Mas ele aproveitou e explicou uma parte do mistério, por que Mila estava com Gladiador, e não com uma família convencional.

— Se estivéssemos com a bebê, não passaríamos em nenhum aeroporto. Se fôssemos viajar num avião clandestino para fora do país, nosso chefe que controla o mundo do crime nos mataria. E se a bebê estivesse numa família qualquer, certamente já a teriam entregado a uma instituição, portanto descobririam sua identidade e o chefe que a quer em seus braços não a teria.

Não entenderam nada.

— Quem é esse chefe? — perguntou Gladiador, perturbado mais do que com seus monstros imaginários.

Mas o outro estranho cortou-o:

— Cale-se. Um líder implacável. Mas não precisamos dar explicações a um doido.

Em seguida, o homem da cicatriz completou:

— Estamos de olho em vocês. Se a polícia descobrir que vocês estão com ela, serão tratados como sequestradores, mas antes disso serão furados como peneira. — E sacou uma bolada de dinheiro e deu para Gladiador cuidar de Mila. — Pegue. Não deixe faltar nada para ela.

— Quem é esta bebê? De onde ela é? Quem são os pais dela? E o nome dela? — perguntou a professora Amélia sem se conter.

— Vocês já deram o nome dela. Não a registrem jamais. E mais perguntas, vovó, eu lhe meto uma bala na sua testa. Vocês adotaram esse bebê "problema" por enquanto.

Gladiador nunca viu tanto dinheiro. Pegou-o em suas mãos. Olhou para toda aquela grana e, colocando a mão na bolsa que estava em suas costas, acariciou Mila e recusou a oferta.

— Dessa menina cuido eu. Não preciso de sua grana. — E a entregou.

Mila sorriu e acariciou a cabeça de Gladiador. E parecia dar bronca nos criminosos. Gritava na própria língua:

— Dadauuuu, tgtubuuu, gugubutuuuu.

Os criminosos se entreolharam. Começaram a entender por que "o chefe" queria que a preservassem. Ela já tinha o dom de ser líder.

— Isso, Mila, bronca neles.

— Olha a chefinha se manifestando — disse o homem da cicatriz.

Gladiador comentou:

— E, se nos matarem, Mila não sobreviverá.

Eles admiraram sua coragem. Depois, o chefe lhe disse categoricamente:

— Corajoso, se apagarmos vocês, arrumaremos outra família maluca. Mas não se esqueça de que se faltar alguma coisa para a bebê, seu caçador de monstros, nós te furaremos. E saibam que somos dez gangsters te vigiando dia e noite. Se não ficar de bico calado, verá bala voando. — Abrindo sua capa preta, lhe mostrou sutilmente outras armas que carregava.

Gladiador engoliu saliva, mas ficou com a pulga atrás da orelha.

— Seu matador de homem, eu sou estranho, mas vocês bateram recordes — afirmou Gladiador. E completou: — Os psiquiatras dizem que tenho delírio de grandeza, pois às vezes creio que sou Napoleão, Júlio Cesar, John Kennedy. E vocês? Vocês são o que são ou vocês são o que pensam que são? Pois se pensam o que são e de fato não são, estão traindo o que realmente são!

— O quê? — expressou o estranho da cicatriz.

Todos ficaram confusos.

— Esse cara tem todos os parafusos trocados no cérebro — disse o outro como um pitbull e pegando Gladiador pelos colarinhos. E recomendou: — Tranque essa menina no porão.

Mila começou a chorar. De repente, os dois estranhos viram três policiais a cinquenta metros vindo na direção deles. Os dois sutilmente se retiraram. Gladiador pensou que ele os havia amedrontado:

— Tá vendo, Mila? O papai aqui é uma fera. Caíram fora do pedaço.

— Quem é uma fera? — disse um dos policiais pelas suas costas. — E quem são aqueles que falavam contigo?

Gladiador gelou. Rapidamente se virou para que não descobrissem Mila e saiu andando com a professora Amélia apoiando em seus braços.

Noutra ocasião, Mila, por mais que estivesse bem escondida, era uma bebê inquieta, gostava de farra. Poderia se mover, dar gargalhadas, puxar os cabelos dele e, assim, se denunciar. Topou mais uma vez com a polícia.

— O que você está aprontando agora, Gladiador?

Mila puxou seus cabelos e começou a tagarelar:

— Gugú, dadá, gugú, dadá.

Gladiador, para abafar seu som, resolveu usar de suas artimanhas como artista de circo e da vida.

— Gugú, dadá, gugú, dadá. Essa é a senha — comentou com a maior cara de pau para os policiais.

— Que senha?

— Policiais queridos, nobilíssimos profissionais, guardiões da sociedade. — Mila puxou outra vez seus cabelos. — Ai, ai, ai. Quando eu for presidente deste país, farei de cada um de vocês um coronel. Triplicarei seu salário. E a senha para entrar na casa branca será "gugú, dadá".

E começava a falar sozinho olhando para as nuvens, como se estivesse delirando, viajando em outro mundo.

Os policiais se entreolharam.

— Olhem, estão vendo alguma coisa?

— Não — disseram.

— Nem eu — disse zombando deles.

De repente, ele voltou para a terra, olhou bem nos olhos dos policiais e começou a perguntar e falar tudo embaralhado:

— Querem comprar uma capa?

— O quê? — perguntaram sem entender.

— Sim, uma cabra preta e branca.

— Cabra?

— Sim, casa com sala, cozinha, dois quartos.

— O que esse cara está falando? Capa? Cabra? Casa? Está nos fazendo de trouxas.

— Jamais os farei de trouxas, nem de otários. Pois trouxa é quem me leva a sério. E quem fica irritado comigo está me levando a sério, o que não é o caso de vocês, grandiosos policiais.

Eles ficaram calados, pois pegou-os em sua astúcia. E Gladiador logo tentou sair de fininho:

— Vai chover hoje. Tchau.

Mila dava risada, mas ele disfarçava, aumentando o som da sua voz:

— Bye, bye, baby.

Um policial parece ter ouvido o som de um bebê.

— O que você carrega nas costas?

A coisa apertou.

— Um presente de Deus. Um ET que caiu do céu. É pequeno, mas já engoliu vivos vinte e um policiais.

Os policiais esfregavam as mãos na cabeça sem saber o que fazer.

— Quem aguenta você, Gladiador? Não tem ninguém neste distrito policial que já não morreu de rir e de raiva com suas peripécias. Reitero, o que está atrás de suas costas?

Não tinha como escapar. Mas, de repente, Mila salvou a situação. Fez cocô. Um dos policiais, ao se aproximar da bolsa, sentiu o cheiro.

— Parece merda. Que cheiro é este?

Gladiador se virou para eles e lhes disse:

— Cuidado, não me toquem. Tô com uma diarreia brava. E coloquei minhas fezes dentro da bolsa para tentar fazer um exame no serviço público. Já fui vinte vezes no banheiro. Acho que este gênio vai morrer. Me ajudem. — E foi na direção deles com as mãos para agarrá-los, fingindo que ia desmaiar.

Dessa vez tiveram medo de se contaminar. Afastaram-se. Meio desconfiado, um policial disse:

— O que faremos com esse psicótico espertalhão?

Outro comentou:

— Prender, já fizemos tantas vezes e não vai adiantar. Internar, foram tantas outras, muito menos.

Acabaram dando umas moedas para Gladiador para pegar um ônibus urbano e procurar o serviço de saúde.

— Tome, vai se cuidar.

— Obrigado. Lembrem-se da senha "gugú, dadá".

E Gladiador saiu cantando uma música que havia tempo tinha feito. E Mila cantava o refrão:

A viva é leve, a vida é alegre. Ei, amigo, não a complique
A vida é simples, não sofra pelo futuro. Ei, amigo, viva o presente
A vida é breve, ande devagar. Ei, amigo, não cobre muito de si
A vida é rica, mas, ei, amigo, rico é quem faz muito do pouco
Gugú-dadá, Gugú-dadá, Gugú-dadá, Gugú-dadá

A vida maltratou Gladiador, mas o psicótico mais incrível do mundo tentava fazer dela uma eterna brincadeira. Muitos multimilionários não conheceram a felicidade que ele às vezes irradiava. E agora tinha mais um grande motivo para festejar a vida: Mila. E ela era tão inteligente que a professora Amélia se perguntava:

— O que será dessa menina quando crescer? Que grandes coisas fará?

O plano de fuga e a caçada infernal

Gladiador estava particularmente eufórico depois de ter enfrentando os policiais. Ele e Mila conversavam sem parar, e parecia que um entendia o outro, pelo menos eles acreditavam. A linguagem era estranha, mas o sentimento era o mesmo. Ele procurou a professora Amélia e, como um general vencedor, contou seus feitos.

— Enfrentei um batalhão de policiais. Venci todos.

Mila bateu na orelha dele. Ele corrigiu:

— Quer dizer, eu e Mila vencemos juntos as batalhas.

— Menos, Gladiador. Menos. Tudo que você faz ou que conta tem de ser gigantesco. Mas agora, por causa de Mila, aprenda que ser discreto é a oração dos sábios.

— Ser discreto é oração dos sábios? Não entendi.

— O dia que você aprender a ouvir o som do silêncio, você vai entender que ser discreto é a oração dos sábios — disse a magnífica professora.

Mila, a bebê tagarela, extrovertida, que tinha uma alegria contagiante, colocou as mãos na boca. Silêncio não fazia parte da história deles. Ambos eram falantes, agitados e alegríssimos. Eles ouviram o homem da cicatriz dizendo que eram dez vigiando-os, mas não sabiam que eram monitorados por câmeras escondidas em seus porões. A professora Amélia tinha uma leve desconfiança. Vivia olhando para o alto e para os cantos das casas.

— Está com paranoia, professora?

— Acho que há câmeras escondidas — disse ela baixinho.

Já estavam havia mais de dois meses com Mila. Como ela aprendeu a andar cedo, era difícil segurá-la e escondê-la. Ela queria mais liberdade, precisava disso, como brincar nas praças, correr atrás das borboletas, contemplar as folhas flutuando como plumas ao desprender das árvores. A professora de filosofia completou com inteligência.

— Lembra-se dos livros dos filósofos existencialistas que lhe dei?

Gladiador parou, pensou e depois disse:

— Huumm, Kierkegaard, Nietzsche, Sartre...

— Sim. Lembra-se de uma das teses deles?

Gladiador parou, pensou e pensou de novo e depois falou:

— O ser humano está condenado a ser livre?

Depois a professora se aproximou dos ouvidos de Gladiador e em tom baixo disse:

— Nenhum povo fica para sempre reprimido por um ditador, pois cedo ou tarde a sede de ser livre o derruba. As estratégias de fuga dos que estão em prisões, o desejo dos cientistas de explorar o desconhecido, os sonhos dos jovens para conquistar grandes coisas, a ansiedade de muitas mulheres de ter filhos, são todos nutridos pelo desejo incontido de ser livre. Igualmente os bebês querem sair do colo da mãe, engatinhar, andar, explorar, descobrir, pois querem ser livres.

— Entendi. Mila quer e precisa ser livre. Não pode ser trancada neste porão — falou ele em voz baixa.

Eram duas mentes fascinantes. Ao dizer essas sábias palavras, a professora sabia que em qualquer lugar onde Gladiador e Mila estivessem o silêncio seria um artigo de luxo. Depois escreveu num papel:

— Se somos perseguidos e queremos ser livres, precisamos ir aonde mora o silêncio.

Gladiador suspirou e concluiu com inteligência em voz audível:

— Quando sou submisso aos meus pensamentos perturbadores, sou um escravo. Mas, quando falo sozinho comigo e luto com meus fantasmas mentais, estou vivendo o desejo incontrolável de ser livre.

— Meus notáveis parabéns — confirmou a professora.

Dois dos criminosos que os monitoravam pelas câmeras disseram:

— O maluco não é bobo, não — disse um.

O outro comentou:

— Creio que é mais inteligente do que nós. Mas eles estão falando muito baixo. E parece que estão planejando uma fuga. Vamos falar para o chefe e ficar mais atentos.

Naquela tarde Mila teve febre e tosse e Gladiador e a professora ficaram muito preocupados.

— Precisamos procurar um pediatra — disse a professora Amélia. — Se vamos fugir, temos de fugir medicados — falou surrando aos ouvidos de Gladiador.

— Mas vão nos descobrir. Não temos documentos dela — disse Gladiador.

— Eu conheço um pediatra. Um primo distante. — E era justamente o Dr. Aziz, que dirigia o Cadillac que atropelou Mary Jones em sua fuga. Chegando ao consultório, Dr. Aziz se alegrou:

— Prima Amélia, você aqui? Faz dois anos que não te vejo.

Gladiador ficou na sala de espera, assustando a secretária com seus trejeitos. Estava nervoso.

— Trago uma bebê, Aziz, que está febril e com muita tosse. Atende-a rapidamente. E confie em mim, não faça muitas perguntas, pois nós corremos risco de vida. Inclusive você.

Ele achou estranho, mas, como sempre achou a sua prima uma intelectual, confiou nela e desembrulhou a bebê. De imediato, viu as manchas de nascença que ela tinha na barriga.

Mila sorria apesar da febre.

— Espere! Este sorriso, estas manchas. Eu conheço essa bebê. — E relembrou o episódio do acidente. — Fui ameaçado pelos supostos pais ou sequestradores dela.

— Então já sabe dos riscos.

— Mas quem são os pais dela?

E lhe mostrou o bilhete que deixaram no porão em que Gladiador morava. Em seguida, completou:

— As informações deste bilhete não são fakes. Temos sentido na pele essa perseguição implacável. Se não atender rapidamente, o pior pode acontecer...

Ele atendeu rapidamente e a medicou. Mas recomendou:

— Está com leve pneumonia. — E deu antibiótico e outros medicamentos que tinha em seu consultório. — Leve essas amostras grátis. Mas é sempre melhor procurar as autoridades, Amélia. Cuidado...

Ela disse:

— Concordo, mas preciso agir com sabedoria. Estamos sendo vigiados dia e noite por agentes perigosos do crime...

Rapidamente saíram e pegaram um ônibus coletivo de volta ao porão. Num dos bancos, atrás deles, estava o homem da cicatriz. Subitamente a abordou:

— Cuidado, velhota e doidão. Reafirmo, vocês serão furados como peneira.

Gladiador queria intervir, mas a professora Amélia pediu:

— Não reaja. Vamos cuidar da bebê. Ela está com começo de pneumonia.

Durante o trajeto, a professora viu que tinha mais dois passageiros estranhos no fim do ônibus coletivo. Era de fato uma perseguição implacável. Mila sorria e tagarelava, chamando a atenção dos passageiros. A vida para ela era uma eterna brincadeira. A professora Amélia disse em voz baixa para Gladiador:

— Não dá mais, precisamos partir.

— Sim, Mila precisa ser livre.

— O problema é que não temos dinheiro — afirmou ela.

Gladiador parou, pensou e depois disse:

— Vou dar um jeito esta noite.

De comum acordo com a professora Amélia, prepararam a fuga para a noite seguinte. Sonharam em ir para bem longe, outra cidade, fora dos olhos dos estranhos que os vigiavam. Na noite antes da fuga, precisavam levar uma vida normal para que as estratégias para enganar os seus perseguidores funcionassem. E precisavam de um bom dinheiro também. Foi dar seu show no Teatro do Beco de Marquito, algo que depois de Mila não era mais frequente. Toda vez que Gladiador anunciava que apareceria, uma rede social informava aos participantes, que viralizava, e a casa lotava. Tinha de ser o show dos shows.

O "gênio psicótico" superando os tubarões da política

Ao chegar ao beco do Marquito, estava animado. Ninguém sabia que era sua última apresentação. Logo que passou pelas mesas, já foi aplaudido pelos que estavam sentados para assistir ao divertido show do psicótico/palhaço. Marquito não queria que ele ficasse no ambiente, tirasse selfies, desse autógrafos, pois isso diminuía o clima para que as pessoas dessem gorjetas altas após o espetáculo.

— Grande Gladiador, há dez dias não o vejo. Por onde anda? — falou Marquito, tirando-o da plateia.

De baixa estatura, mas muito inteligente e ambicioso, Marquito queria faturar alto com seu "amigo". Indicou-lhe o caminho e o levou para seu escritório, que já tinha certa imponência, mesa de mogno africano, alguns quadros que não eram gravuras, mas obras reais de artistas plásticos. Ao invés de elogiar Gladiador, lhe deu uma bronca.

— Você está estragando meus negócios. Quer dizer, nossos negócios. Desapareceu? O que anda fazendo?

— Tô aqui, Marquito.

— Tô aqui? Nós últimos anos, fazíamos pelo menos cinco shows por semana. Nos últimos meses, passamos a dois por semana e no último mês está aqui de sexta-feira, e olhe lá...

— Tô ocupado cuidando de uma ET baby. E tô bem cansado!

— O quê? Você está como uma filha? — disse Marquito, preocupado e desconfiado.

Gladiador engoliu em seco. Não podia comprometer o plano de fuga.

— Uma filha imaginária que me perturba e me alegra todos os dias.

— Aaahhh, pare de bobagem e vamos ao show. Casa cheia. E pare de tomar remédios psiquiátricos. Já disse que eles que trancam seus fantasmas em sua cabeça. Você fica menos criativo.

— Não se preocupe. Com remédios ou não, sou mais criativo que os diretores da Disney.

— Vamos ver...

E Marquito saiu para o centro do salão e pediu que Gladiador esperasse. Mais de duzentas pessoas apinhadas no local. Muitos engravatados, de executivos a políticos, estavam lá para tentar aliviar seu esgotamento cerebral, seu estresse profissional (Síndrome de Burnout), sua ansiedade asfixiante. Marquito o anunciou com muita emoção:

— Senhoras e senhores, vou lhes apresentar o matador de monstros, um verdadeiro super-herói capaz de fazer inveja em Thor, Homem de ferro, Batman e todos os personagens criados para fascinar as plateias. O homem que desestressa homens, mulheres, jovens. Com vocês, o louco dos loucos, o palhaço dos palhaços: Gladiadooooorrrr!

Gladiador entrou esfuziante, dançando, batendo palmas. A plateia amou. Esperavam ansiosamente que ele desse um sussurro de guerra, que segurasse um tigre pelo pescoço, desse um nó em uma cobra gigante, sufocasse as chamas de um incêndio. Ele correspondeu às expectativas iniciais e logo bombardeou o público com perguntas, como se fosse uma metralhadora:

— Gente, quem acorda cansado?

Muitos levantaram as mãos. Gladiador, brincando, acrescentou:

— Mais dez anos na sua idade emocional.

— Quem tem dificuldade de conviver com pessoas lentas?

Todos ergueram as mãos. Gladiador afirmou:

— Vocês não têm vergonha. Mais quinze anos na sua idade emocional. Se você é um avião, não queira que os outros que são tratores ganhem asas. Tratores sulcam a terra e são muito importantes.

A plateia morreu de rir, mas a performance de Gladiador foi diferente neste dia. Como estava fazendo tratamento por causa de Mila, estava lúcido. Era mais um terapeuta que a vida maltratou tanto do que um maluco que os alegrava.

— Quem é um especialista em criticar, e não em elogiar?

Novamente a plateia ergueu as mãos.

— Mais dez anos. Bom, pelo que vejo, estamos diante de uma plateia de idosos emocionais.

A plateia sorriu impressionada. Mas ele confessou:

— Eu também estou fatigado, intolerante com os que são mais lentos que eu no raciocínio.

Cuidar de Mila era uma tarefa que deixaria qualquer super-herói desconcertado. Ao falar dele mesmo como um simples ser humano, que também tem seus desertos emocionais, alguns espectadores que só queriam debochar e projetar nele as próprias loucuras vaiaram Gladiador e ameaçaram sair. Uns diziam:

— Cadê o maluco?

Outros se queixavam:

— Onde está o louco das grandes performances?

Gladiador levantou as mãos.

— Gente, eu ainda sou um matador de monstro. Só que eles são mais cruéis. Enfrentei um monstro terrível na noite seguinte, tinha dois dentes na frente e emitia rugido de leão e grunhidos de urso.

— Que monstro é este?

— Uma ET baby. Tentei fazer ela dormir. Mas ela só queria farra. Lutei a noite toda, fiz peripécias, dei cambalhotas, gritei, me acalmei, mas por fim foi ela que me derrotou.

A plateia ficou alvoroçada. Alguns diziam uns para os outros:

— Será que ele está falando de um bebê? Um psicótico não pode cuidar de um bebê!

Algumas pessoas foram saindo, não queriam saber de sua vida particular.

— Mude a estratégia. Liberte o doidão — falou Marquito se aproximando dele.

Gladiador começou a ficar preocupado. Sua mente não estava tão confusa nesta noite, portanto era mais difícil agradar a plateia sedenta pelas suas loucuras. Então, deu uma pirueta no ar, como fazia quando palhaço. Lembrou-se da fuga com Mila e a professora Amélia e do dinheiro que precisava ganhar. Foi então que fez gestos estranhos e gritou:

— A ET baby estava dentro da minha cabeça! Sabem fazendo o quê? Digam, seus agitados espectadores?

A plateia agora se aquietou. E ele gritou fortemente:

— Comendo meu cérebro! Me devorava por dentro. Comia e comia. E eu, que já não tenho muitos neurônios, perdi metade deles nas ultimas noites.

Muitos deram gargalhadas. Os que estavam saindo finalmente foram sentando-se.

— E, querida plateia, apesar de estar com metade do cérebro, vou lhes contar uma das mais incríveis passagens da minha vida, quando fui internado no mais macabro dos hospitais psiquiátricos. Querem que eu conte ou não?

— Conte! Conte!

— Sempre fui internado à força, pois sempre me achei mais inteligente que os normais, inclusive mais do que muitos de vocês. Mas dessa vez foi diferente. Eu segurava um prédio que estava inclinado e gritava para as pessoas saírem do prédio e da rua. Eu estava vestido de Homem de Ferro, parecia um personagem de outro mundo. E os normais, por causa dos meus gritos e da minha roupa, me deram crédito.

A plateia aplaudiu. E Gladiador continuou sua narrativa:

— Foi uma loucura das bravas. O trânsito parou, formando uma fila quilométrica. Milhares de normais assistiam ao drama. Chegaram os bombeiros, médicos, carros da polícia. Os bombeiros olharam o prédio e começaram a ficar em dúvida se o prédio estava inclinado. Os policiais que estavam lá não me conheciam, ficaram com medo de me tirar do lugar e o prédio cair em cima deles.

Mais risadas na plateia. Os presentes diziam o velho bordão:

— Esse cara é um psicótico ou superpoderoso.

E Gladiador continuou:

— Duas horas depois, chegou outro carro da polícia com policiais que eram meus "colegas" de outras passagens. E disseram: "É o doido do Gladiador". E caíram na risada. Vieram ao meu encontro para me pegar. Vendo-os se aproximarem, eu gritei mais alto: "O PRÉDIO VAI CAIR!". E saí correndo desesperado, olhando para o alto. E, por incrível que pareça, o medo, esse velho fantasma que assombra o ser humano, espantou os policiais, bombeiros e todo mundo que estava por perto. Correria geral. Uns atropelaram os outros.

A plateia foi ao delírio. Marquito aplaudia essa nova performance de Gladiador, mais sóbria, mais inteligente. Essa tal de ET baby, fosse imaginária, fosse real, estava fazendo bem para ele.

— E, por fim, o prédio não caiu. Boa gente, foi assim que prenderam esse maluco que assustou mais de dez mil normais e fez dez quilômetros de congestionamento. Assim, me levaram para o mais macabro dos hospitais psiquiátricos. Chegando lá, andei passo a passo algemado pelos longos corredores. E minha mente deu um nó, pois de repente vi escrito em letras grandes: "ALA DOS POLÍTICOS ESTRESSADOS". Foi então que fiz a pergunta que nunca deveria ter feito para os três enfermeiros que me acompanhavam: "Oh, de branco, que ala é esta?". O primeiro enfermeiro olhou para o alto e, como se estivesse fazendo uma oração dos inconformados, me disse: "É a ala dos políticos que endoidam". Comecei a ter ataque de ansiedade. Batia na minha cabeça várias vezes, fungava o nariz e tremia a mãos. Fiquei embriagado de curiosidade e perguntei: "Mas políticos endoidam também? Pensei que eles só endoidavam os eleitores". O segundo enfermeiro, um morenão de dois metros de altura, afirmou: "Alguns políticos corruptos endoidam para escapar da prisão. Outros políticos endoidam porque fazem tantas promessas mentirosas, mas nunca conseguem cumprir. Vêm para cá para aliviar a culpa. Outros endoidam para passar uma temporada de férias fora das pressões dos eleitores. Outros ficam tão loucões que se acham os maiores personagens da história, mas nunca um pedreiro, um garçom, um enfermeiro; enfim, um trabalhador real. Claro, há exceções, alguns adoecem mesmo". Enquanto isso, eu conversava sozinho e depois prestava atenção neles, muito curioso. O terceiro enfermeiro afirmou: "Internamos já uns cinquenta Einstein, uns trinta John Kennedy, uns vinte Napoleões, e por aí vai". "Mas eles não são empregados do povo?", perguntei. "Uai, com essa pergunta, você não está tão doidão assim." "É que mordomia me ilumina o cérebro. Eu já surtei pensando em ser Gandhi, Abraham Lincoln, mas nunca tive mordomias." Um policial disse: "Porque você não é um político". Foi então que eu disse: "Eu sou político, sou eterno candidato à presidência". Mas o policial disse: "Só na sua cabeça. Precisa ser político mesmo. Nem que for um vereador ou prefeito de uma pequena cidade". Fui iluminado e pensei comigo: "Preciso que acreditem nas minhas loucuras. Virei a chave".

A plateia que ouvia a história dessa internação psiquiátrica de Gladiador no Teatro do Beco foi ao delírio. Inclusive alguns políticos prefeitos e deputado presentes. E Gladiador continuou sua narrativa:

— E de repente vi um carrinho cheio de guloseimas, com espaguete ao molho, frango recheado, costela de porco, frutas das mais variadas e sobremesas de lamber os lábios. Eu nunca vi aquela fartura nas mais de vinte internações que já fiz. Não me aguentei. Perguntei de novo aos enfermeiros: "Para onde vai aquele banquete? Certamente para os médicos!". Mas os enfermeiros disseram mais uma vez olhando para o alto: "Errado. Vai para a ala dos políticos que endoidaram, os sem-vergonha. Quer dizer, estressados". Os dois policiais que me acompanhavam olharam também para o alto e disseram um para o outro: "Até aqui essa turma leva vantagens!". Foi então que preparei um plano tenebroso dizendo a mim mesmo: preciso fazer parte dessa "tchurma".

Interrompendo a história que estava contando depois de muitos aplausos e diversos assovios, Gladiador se lembrou das pessoas que amava e da fuga da noite seguinte. Resolveu que não podia ser mais explorado por Marquito, mas que era a hora de tirar o máximo de dinheiro da plateia.

— Distinto público, só vou contar as estratégias que esse maluco usou para entrar na Ala dos Políticos Loucos e as incríveis peripécias que eu aprontei lá dentro se fizerem uma oferta especial agora. — E, olhando para o alto e pedindo perdão a Deus, mentiu dizendo: — Meu telhado está vazando, vaso sanitário está quebrado, paredes caindo. Como é triste ser o louco dos loucos e um palhaço miserável — falou com lágrimas nos olhos e começou a passar o chapéu.

Marquito o interrompeu agressivamente:

— Não. Não deem dinheiro para esse político de plantão.

— Oh, Marquito, se está me despedindo, vou para onde mora o silêncio.

Marquito não entendeu muito, mas pela primeira vez cedeu. Fez um gesto com sua mão para ele ir em frente. Foi fácil para Gladiador arrancar uma excelente grana da plateia, inclusive dos políticos e seus dez assessores presentes e dos vários agentes do mercado financeiro. Ganhou naquela hora o que não ganhava em meses de Marquito.

Um deputado presente no teatro falou:

— Amigo, você leva jeito. Pode entrar para meu partido. Mas conte sua história, que estou curiosíssimo.

A plateia ansiosa também suplicou em coro:

— Conta! Conta!

E assim o psicótico/palhaço que tinha doses de sabedoria continuou:

— Fui entrevistado pelo psiquiatra. Ele já me conhecia de outras loucuras. Pediu que tirasse as algemas e que todos saíssem. "Mas, doutor, ele vai fugir... Ele é menos maluco do que o senhor pensa. Dê-lhe antes um sossega-leão", disseram os policiais. O psiquiatra o interrompeu e lhes disse: "Eu sei. Aguardem atrás da porta que sou especialista nestes pacientes, nestas obras de arte da psiquiatria". Em seguida perguntou-me: "Como foi seu surto psicótico dessa vez?". Eu lhe disse de cabeça baixa: "Salvei umas trezentas pessoas de serem soterradas por um edifício". "Sério?", perguntou desconfiado o psiquiatra. Foi então que levantei os olhos e dei o primeiro bote no doutor: "Mas o mais sério é que preciso sair daqui, pois tenho sessão da câmara dos vereadores". "Câmara dos vereadores? Por quê? É interessante um esquizofrênico querer assistir à discussão de um projeto." "Não vou assistir, vou discutir o meu projeto. Fui eleito vereador."

Interrompeu sua narrativa, voltou-se para a plateia do teatro e comentou:

— Foi duro abaixar meu cargo de presidente para vereador. Mas valia tudo para entrar na ala dos políticos doidos.

A plateia do teatro aplaudiu sua astúcia.

E continuou dizendo que o psiquiatra quase caiu da sua poltrona, mas depois o olhou bem nos olhos e achou que estava surtando.

— Desconfiando, entrou no meu jogo: "Mas desde quando a população vota em louco?". E eu respondi rapidamente: "Neste país? Faz muitooo tempo. Há muitas décadas e talvez séculos votam em doidões". O psiquiatra coçou a cabeça e concordou comigo: "Agora estão votando em loucos, mas que são mais transparentes". Neste momento, dei o bote final no psiquiatra: "E sabe qual é meu projeto, doutor?". "Gostaria muito de saber." "Dar aumento de 300% no salário dos psiquiatras que trabalham no serviço público deste hospital." E comecei a me emocionar pela luta da sobrevivência dos psiquiatras: "Os psiquiatras têm de financiar carros, casas, pagar escola de filhos. Vocês são heróis". "Verdade!", ele disse admirado. "E o que é pior, doutor, vocês ainda têm que aguentar a mordomia que existe na ala dos políticos estressados... Vocês lambem os lábios, mas não podem comer o que eles comem. Nem eu mesmo jamais me internei naquela ala". Comovido, o psiquiatra comentou: Foi então que o psiquiatra chamou os enfermeiros e perguntou: "Procure a lista dos vereadores da cidade. Quando tiver, me passe, por favor". "Está desconfiando de mim, doutor? Desse jeito o senhor me desanima. Vou retirar o meu projeto de lei aumentando em 300% o salário de vocês." "Não, não. É que tudo é surreal." "Sabe quais são os três primeiros artigos da Constituição?", eu lhe disse para lhe dar mais segurança. "Não tenho ideia." Então eu inventei na hora: "Todo cidadão é livre para pensar, agir e se movimentar. Todo cidadão deve ter igualdade de oportunidade. Todo cidadão é inocente até que se prove o contrário". "Onde aprendeu sobre as leis?" "Esqueceu que sou vereador?" O psiquiatra, que não entendia nada de leis, ficou impressionado. Em seguida, olhou para mim e me disse: "Pela sua ficha histórica, você já foi internado proclamando que era Jesus Cristo, Júlio Cesar, Abraham Lincoln, Gandhi, Mandela, mas dessa vez você demonstrou que está integrado à realidade. E sabe por quê?". "Não tenho ideia, doutor", disse com um sorriso no rosto e pensando comigo: *Ganhei o homem*. "Porque você disse que era apenas um vereador, e não um prefeito, governador ou presidente. Humildade só nasce nos solos da autocrítica." "Estou comovido." "Eu também estou emocionado com suas palavras que vou lhe dar um voto de confiança." "Foi então que pensei com meus botões: *Cometi um erro. Excesso de lucidez é um problema. Se ele me liberasse, adeus Ala dos Políticos Doidos.* "Não, por favor, não me libere agora. O projeto será discutido só na semana que vem, preciso descansar. Eu fiquei horas segurando um prédio para ele não cair." O médico ficou com os dois pés atrás. Deve ter pensado: *Ele está surtando ou não?* E me perguntou: "Ok! Em que ala você quer ficar?".

Neste momento, Gladiador voltou para Marquito e para a plateia do Teatro do Beco e perguntou:

— Qual ala eu deveria aceitar?

— A dos políticos? — disseram em coro.

— Errado, distintos homens e mulheres que se acham mentalmente normais. Eu escolhi a ala dos comuns.

— Ahhh — disseram em coro.

— Ele estava me testando, seus trouxas. "Sou um humilde vereador, não quero ficar na ala dos grandes políticos. Prefiro a ala dos comuns." Ele flexionou a cabeça admirado. "Passou no teste. Vou te colocar na ala dos políticos estressados." Abri um sorriso contido, mas ele me advertiu: "Cuidado. Lá tem muitos figurões que vêm e voltam, como senadores, deputados, prefeitos. Eles podem fazer sua cabeça e controlá-lo". "Estarei alerta, doutor." E lá fui eu para a Ala dos Políticos Doidos.

A plateia de Marquito levantou-se e o aplaudiu de pé. E Gladiador passou o chapéu novamente. Ganhou mais uma grana boa. Gladiador continuou sua inteligente, provocante e acima de tudo cômica história. Afinal de contas, a plateia estava no teatro para se divertir. E ele continuou:

— Chegando na Ala dos Políticos Doidos, fiquei espantado com a mordomia. Camas com colchões, travesseiros e lençóis tão macios que afundavam. Televisão de cem polegadas no quarto, internet gratuita. A mesa do café alimentava cem pessoas. A mesa do jantar e do almoço tinha pratos japoneses, chineses, franceses. O dinheiro público saía pelo ladrão. De repente, perguntei para dois políticos que jogavam xadrez: "Por que você está aqui? Como surtou?". "Surtou?", dei risada. "Meu filho, estou vendo que você é um jovem inexperiente na política. Sou senador da república e ficar louco é uma bênção para fugir da justiça. E você?", perguntei para o outro que fumava um charuto que enchia a sala de fumaça. "Sou prefeito de uma grande cidade, meu filho. E sonho todos os dias que serei presidente desta nação." Levantou-se e afirmou para os céus: "E eu o serei! Até as nuvens chorarão quando eu for presidente desta nação! Uaau, até rimou...". Muitos políticos malucos o aplaudiram. E me olharam de cima a baixo e o senador perguntou para mim: "E você, o que já fez na política? Nunca o vi ou ouvi falar de ti, meu jovem mancebo?", disse um governador. "Sou suplente de senador", falei brincando, pois se dissesse vereador debochariam de mim." Desconfiado, um deputado federal me perguntou: "Já ganhou muita grana na profissão de político? Com essas roupas, parece que é um pobretão".

Gladiador olhou para suas roupas esfarrapadas e de fato parecia alguém paupérrimo. E a zombaria continuou:

— O prefeito de uma grande cidade indagou: "Está aqui porque é um laranja, usado por políticos, ou porque está sendo perseguido pelos opositores ou pela justiça?". "Não sou corrupto", respondi. Os políticos deram gargalhadas de mim. Outro senador comentou: "Este jovem está na ala errada. Parece um bebê aprendiz que desconhece as armadilhas da política. Para falar que não é corrupto, é um psicótico mesmo".

Gladiador já estava havia um ano convivendo mais de perto com a professora Amélia e já tomava medicamentos com alguma regularidade. E, como estava um pouco mais integrado à realidade, lia alguns livros de filosofia.

— "Na realidade, os processos contra mim correm em segredo de justiça. A Interpol está na minha cola." "Que é isso? Então, você está apto para o jogo da árvore dos poderes", disse o prefeito. "Árvore dos poderes?", indaguei. "Políticos costumam ter egos grandes, independentemente de ideologia ou partidos. A árvore dos poderes é guerra de egos dos maiores políticos que estão presos... quer dizer, internados nesta instituição. E vamos, o jogo vai começar." "Mas como se joga?" "Ora, qual é a arma dos políticos? As palavras! Joga-se fazendo discursos. E quem faz o mais poderoso, manipulador, sedutor, ganha o prêmio do dia." "E qual é o prêmio?" Ele se aproximou dos meus ouvidos e disse: "É pouco, apenas dez mil dólares". Eu quase desmaiei. Nunca vi tanta grana num simples jogo. Pensei comigo: *Esse prêmio é meu*. E fomos rapidamente para o pátio. Nele havia mais de cinquenta figurões da política do país, alguns até de outros países. E a árvore do poder na realidade era o tronco de uma grande árvore que estava morta e deitada no centro do pátio. Era envernizado. E ali era a tribuna desses tubarões. E o jogo começou: "Eu sou prefeito. E, como prefeito, taparei todos os buracos das cidades, darei aumento acima da inflação para os funcionários públicos do meu município, encherei a rua de flores". E por aí foi o discurso do prefeito. E ele teve alguns poucos aplausos. Depois veio um deputado federal, que discursou: "Eu tenho a honra de ser um legislador desta nação. Não pode haver uma sociedade justa se não houver leis justas. As leis devem punir corruptos, trazer igualdade de oportunidade e punir não apenas as pessoas humildes, mas os maiores da sociedade. A justiça é cega". Houve alguns aplausos, mas também várias vaias. Falar de justiça não era tão popular nesta ala. O deputado federal era um homem bom. Estava internado não porque fugia da justiça, mas porque realmente tinha uma grave depressão bipolar. Depois foi a vez de um senador muito esperto: "Eu, como senador desta nação, pertenço à casta mais nobre dos legisladores. Estou em meu quarto mandato, e há mais de trinta anos respiro e vivo o senado desta nação. Político que é político ama o poder, não se desapega dele, nunca larga o osso. Pois somente com o poder é que se serve à sociedade e, claro, minha família, pois ninguém é de ferro". Recebeu mais aplausos que os outros. E, assim, muitos discursaram. Até que o último era um governador. Alto, com vozeirão, cabelos brancos, bigode grande, parecia um coronel: "Minha mãe dizia: 'Filho, você está predestinado a ser um grande homem'. Eu acreditei no sonho da mamãe. Desde os vinte anos tenho feito carreira política, fui vereador, prefeito, deputado, senador e agora governador. Descobri o deleite do poder. A política embriaga a alma e nos torna mais que simples mortais. Certamente serei o futuro presidente desta nação". Recebeu aplausos e vaias também, pois na guerra de egos não era fácil abrandar o ciúme dos políticos. Muitos discursaram. Por fim acabou o concurso. Íamos agora para a apuração. Cada um levantava as mãos para votar. Mas se esqueceram de mim. Acharam-me insignificante pela roupa que eu usava e inexperiência que passava: "Ei! Faltou minha vez", gritei. "Mas você é muito jovem e se veste de um jeito estranho. Só líderes entram neste concurso", disseram. Mas eu insisti e eles me permitiram. Mas um enfermeiro falou por mim: "Ele é um simples vereador". Eles gritaram: "Fora, fora!". Um deles me deu uma bronca: "Fique calado, meu jovem. Aqui só discursa peixe grande". Mas eu retruquei: "Todo peixe grande um dia foi pequeno. Qualquer tubarão aqui presente já foi uma sardinha". Dois senadores disseram: "Tem razão. Deixe o jovem vereador discursar, acho que nem sabe falar".

Gladiador fez uma pausa e então continuou:

— Foi então que entrei no ninho dos tubarões: "Eu sou realmente portador de uma grave psicose, diferente de muitos aqui. Fui abandonado, maltratado, excluído, cresci sem pai e sem mãe. Revirei centenas de latas de lixo para sobreviver, dormi debaixo de pontes, nas ruas e nos becos da vida.

Diverti plateias, trabalhei em circo para sobreviver. Mas um dia comecei a falar com as árvores. Até aí, tudo bem, mas eu comecei a acreditar que elas estavam me ouvindo". A plateia dos políticos deu gargalhadas. "E meu transtorno aumentou. Com mente acelerada e baixíssima autoestima, comecei a delirar que todos me perseguiam. Depois, minha mente virou o jogo: comecei a me achar alguém importante, um grande personagem da história. Depois de mais de vinte internações, considerado o louco dos loucos, resolvi entrar na turma dos mais loucos que eu: os políticos", falei de forma tão espontânea que os políticos que raramente davam risada naquele lugar triste, apesar das mordomias, morreram de rir. Continuei e dei o bote final neles: "Eu não sou um tubarão, mas uma pequena sardinha. Disseram que vocês poderiam me engolir facilmente neste lugar. Mas eu confio lá dentro que vocês tenham um sonho de ser homens que contribuem com a sociedade". E neste momento me lembrei de uma frase que li de um escritor/psiquiatra, Dr. Marco Polo. E a citei: "'Quem ama mais seu bolso, seu ego, seu partido ou sua ideologia mais do que seu povo ou sua sociedade não é digno do poder'. Distintos tubarões da política, quem acredita inteligentíssima ainda nesta tese levante as mãos". Constrangidos e tocados pelas minhas palavras, um a um foram levantando as mãos. Por fim, ganhei a votação. Ganhei, mas não levei. Quando ia receber a grana, chegou uma ordem do psiquiatra que descobriu minha armação. E me levaram numa camisa de força para a ala dos psicóticos comuns. Fui político por duas horas, mas bati nos grandes figurões.

    A plateia do Teatro do Beco se levantou em peso. Não paravam de aplaudir Gladiador.

— Louco! Gênio! Louco! Gênio.

    Foi então que Marquito descobriu que Gladiador em seus surtos era uma fonte de renda, mas Gladiador mais centrado e medicado era uma mina de ouro. Mas a mina de ouro estava se preparando para ir para muito longe.

Foi para casa felicíssimo, com muita grana. Mas infelizmente foi assaltado no caminho, espancado, chutado e zombado.

— Maluco. Te pegamos — disseram quatro ladrões que estavam presentes no teatro.

Só ficou um dinheiro que estava dentro do sapato. Chegou em casa ferido, com o rosto inchado e o olho roxo. Mas não desistiu do seu sonho.

— O que foi isso? — perguntou a professora Amélia.

— Fui assaltado. Mas sobrou algum dinheiro — disse baixinho.

Na noite posterior, na madrugada da fuga, professora Amélia e Gladiador começaram a falar algumas frases que mostravam que estavam felizes de estar naquele porão com Mila. Mas Gladiador sempre exagerava.

— Este porão está lindo! — disse a professora Amélia com voz firme. — Aprendi a gostar dele.

— Sim, está espetacular, borbulhante, surreal. O que é surreal mesmo, professora? — disse Gladiador, exagerando mais uma vez.

— Ah, meu Deus. Surreal, Gladiador, é uma coisa tão fantástica que parece imaginária, uma ilusão. Fantástica como a discrição. Entendeu, seu cabeça de mármore?

— Ah, entendi. Este porão é tão agradável que morarei aqui por um século.

A professora Amélia colocou as mãos no rosto incrédula, mas Mila caía na gargalhada do pai mais desastrado do mundo. Ela já não ficava na bolsa de suas costas quieta. Toda hora queria ir para o chão. E enquanto falavam, num descuido, a bebê subiu no sofá e rapidamente subiu em cima de um armário que estava ao seu lado. E engatinhou. Quando ia cair, Gladiador deu um grito:

— Mila!

E a pegou no ar. Entenderam que realmente Mila precisava de um lugar espaçoso. Era hora de partir.

No espaço onde as câmeras de segurança e as escutas estavam sendo vistas e ouvidas, o chefe do bando que os vigiava disse aos seus parceiros:

— Temos ordens de tirar a bebê deles amanhã de manhã.

O que tinha cicatriz no rosto afirmou:

— A velhota e o maluco vão sofrer muito. Eles realmente amam esta bebê.

— Eu creio, mas em nossa profissão a emoção tem de ser deixada de lado. Amanhã a bebê ficará órfã. Partiremos em um avião fretado para Taiwan.

Na manhã seguinte, os que escutavam as falas e os passos do porão da professora Amélia e de Gladiador ouviram que eles ainda estavam lá.

— Fale oi para a vovó — disse Gladiador.

— Bom dia, Mila. Olhe, Gladiador, ela está correndo pela casa.

E assim a conversa se estendeu e parecia que a fuga fracassara. Mas, na realidade, tudo estava gravado no velho gravador da professora. E os estranhos só foram descobrir o que aconteceu às oito horas da manhã. Eles partiram às duas horas da madrugada, enquanto quem os vigiava à noite cochilava. Eles pegaram um ônibus na grande rodoviária central. Mas, espertos, duzentos metros à frente suplicaram para o motorista descê-los, pois disseram que tinham pegado o ônibus errado. Mas tudo foi planejado. Subiram em outro ônibus que estava atrás do primeiro e que era do bilhete que de fato compraram. Imaginaram que os estranhos que os vigiavam, se porventura fossem fazer uma avaliação das câmeras de segurança da rodoviária, iriam procurar o ônibus errado.

Partiram para uma cidade quinhentos quilômetros distante. Foram parar numa grande cidade de um milhão de habitantes, muito espalhada e pouco concentrada em edifícios. Um lugar perfeito para se esconderem e tentarem viver uma vida normal, embora com Gladiador e Mila nada pudesse ser normal.

Os perseguidores arrombaram as portas dos porões com armas empunhadas. Iriam levar a bebê embora. Vasculharam tudo e, morrendo de ódio, descobriram que foram enganados. O gravador continuava a rodar.

— Profissionais internacionais do tráfico enganados por um psicótico e uma senhora de idade parece coisa de cinema — disse o chefe do bando, dando uma rajada de tiros.

Em seguida, foram até quem estava de plantão diante das câmeras e deram-lhes socos. O criminoso da cicatriz, que era o chefe da operação, disse aos berros:

— Como podem não terem grudado os olhos nas câmeras, seus estúpidos, e não perceberem que ouviam um velho gravador, e não falas reais? Loucos! Cada um de vocês ganhava quinze mil dólares por mês para um serviço sem riscos. Pensava que vocês fossem profissionais do crime, mas são amadores. — Bateu três vezes na mesa fortemente, quebrando os computadores. E depois acrescentou: — Quem nos pagou para fazer esse serviço vai nos fuzilar.

— Mas o chefe está preso? — disse o sujeito da cicatriz.
— Chefe, é O CHEFE? Você o conhece, por acaso?
— Não!
— Ele domina o tráfico internacional, seu tolo. Domina o mundo do crime a distância. Tem tentáculos em todas as grandes nações. Nós seremos caçados se não dermos prova de vida desta bebê.

— Vamos, então, procurá-los nos portos e aeroportos — disse um dos que foram socados.

— Não seja estúpido. Eles não tinham dinheiro — afirmou o chefe. E adicionou: — Ou estão em outros labirintos dessa metrópole ou foram para a rodoviária.

E assim fizeram uma busca infernal. Foram de bairro em bairro mostrando fotos, pegando informações, mas nada. Foram até a rodoviária, disfarçados da polícia federal do país, e sequestraram todas as gravações das últimas vinte e quatro horas. Feita uma análise criteriosa, perceberam que havia duas mulheres com o rosto encoberto. Uma era mais baixa e um pouco encurvada e outra mais alta, do tamanho de Gladiador, e que parecia grávida.

— Veja uma mãozinha saindo para fora da manta, não é uma mulher grávida. É o Gladiador com a bebê escondida em cima de sua barriga. E parece que está tossindo, pois forma uma bolha de ar sobre a manta.

Deste modo, os mistérios criminosos, enviados por misteriosos personagens, perseguiam a misteriosa bebê. Por que Mila era uma das meninas mais vigiadas do mundo? Para onde foram? Nem eles sabiam. Saíram para morar em qualquer lugar longínquo. A menina Mila, superfeliz e superativa, e seu pai do coração, Gladiador, superpalhaço, e a professora Amélia, de notável sabedoria, enfim encontrariam paz. Só não sabiam que o pior ainda estaria por vir...

Uma menina superinteligente e supercativante

Os perseguidores de Gladiador e de Mila a procuraram desesperadamente e em diversas cidades por onde aquele ônibus poderia passar, mas não a encontraram. Tinham ataques de raiva, faziam mil perguntas, pagavam informantes, mas nada.

— Não é possível? Onde está a menina Milagre? — bradava uma pessoa de costas de cabelo comprido. Parecia a voz de uma mulher, mas não dava para ver seu rosto. — Onde ela está?

Por fim, Gladiador, Mila e a professora Amélia, apesar de viverem apreensivos, sempre vigiando e mudando de endereço. Alguns anos se passaram e Mila estava linda e cada vez mais esperta. Tinha cinco anos, mas deixava muitos adultos de cabelo em pé com sua inteligência, sua capacidade de questionar, suas peripécias e sua alegria contagiante. Continuava falante e hiperativa, mas superamável. Em quase todos os lugares quando as pessoas mais velhas a encontravam, fosse nas ruas, fosse nas lojas, elas perguntavam:

— Como está, Mila?

Ela respondia:

— Melhor agora, vendo você.

Nunca ouviram respostas como essa, ainda mais vinda de uma menina tão nova. Eram contaminados com sua empatia. Como tinha uma "avó" provocante e especialista em filosofar e um pai superpalhaço e muito inteligente, Mila desenvolveu notáveis habilidades socioemocionais. Não podia ver ninguém sofrer que ela ia tentar ajudar.

— Deixe-me ajudar a senhora a atravessar a rua — dizia para idosas.

— Posso cuidar do seu cãozinho enquanto o senhor faz compras — solicitava para alguns senhores.

— Eu a ajudo a levar suas compras — dizia para outras mulheres na porta dos supermercados.

E fazia tudo sem interesse, por pura afetividade. E quando as pessoas queriam dar-lhe dinheiro, ela recusava, apesar de precisar.

— Não precisa.

Só quando insistiam muito para ela pegar o dinheiro, Mila comprava pão para crianças mais pobres que ela. Juntava dinheiro para comprar cobertores para quem dormia nas ruas. Certa vez, disse para seu pai:

— Dá para comprar três cobertores, papai. Vamos comprá-los e dar para os moradores de rua.

— Mas estamos precisando para fazer nossas compras.

— Mas eles precisam mais do que nós.

Ela os comprava e ia distribuindo para mendigos. Um deles, Hernandes, olhou bem em seus olhos e lhe disse:

— Foi um milagre este anjinho aparecer. Quase morri de frio a noite passada.

Mila ficou amiga de Hernandes e frequentemente lhe levava sobras do almoço.

Generosa de coração e questionadora em seu intelecto, sempre deixava seu pai do coração em apuros, inclusive a professora Amélia.

— O que vai acontecer quando morrermos?
— Não sei, filha.
— O que é a vida?
— Ahhh, sinceramente não sei.
— Como construímos nossos medos?
— Não sei, Mila.
— E os pensamentos, de onde surgem?
— Também não sei, filha. Você pergunta demais, perturba minha mente.

A professora Amélia assistia de longe à metralhadora da menina e sorria.

— Por que você só sabe dizer "não sei"?

Para se desviar da enxurrada de perguntas, disse:

— Sigo o pensamento do filosofo Sócrates, que disse "Uma coisa sei: que nada sei!". — E olhou para a professora de filosofia, Amélia, e piscou para ela. Queria dizer: "Peguei a menina dessa vez!".

Mas Mila o rebateu novamente:

— Se Sócrates disse "uma coisa sei, que nada sei", ele mentiu.

— Como assim? Sócrates mentiu?

— Sim, pois se ele sabe que não sabe, então ele sabe alguma coisa, ou seja, que "não sabe". Portanto, é falso dizer que "nada sei".

Perturbado, Gladiador olhou para a professora Amélia e lhe perguntou:

— Faz sentido a conclusão de Mila, professora?

A professora Amélia ficou chocada com a inteligência da menina.

— Nunca pensei por este ângulo, mas faz todo o sentido.

Uma semana depois, durante o jantar, ela fez uma pergunta fatal. Mila às vezes o chamava carinhosamente de "papi":

— Papi, por que eu tenho um olho puxadinho e você redondo?

— Mistérios da genética.

— O que é genética?
— Ahh. É uma turma da pesada que fica dentro das células, que são pedreiros e engenheiros do nosso corpo.
— O que é célula?
— Tijolinhos do corpo?
— Quantos tijolinhos temos?
— Ai, meu Deus. Não sei.
— Por ser meu pai, eu tenho as mesmas células que você?

Gladiador ficou paralisado. Iria contar anos mais tarde sobre o que ocorreu com ela. Mas a sua inteligência precoce adiantou uma explicação que ele não sabia como dar.

— Filha, você não saiu das minhas células.

Ela começou a lacrimejar os olhos.

— Você não é meu pai?
— Sou, sou seu pai do coração. Veja essa caixa de sapatos. O que importa é o conteúdo, e não a embalagem. Outro exemplo, o perfume é mais importante do que o vidro que o contém. Eu sou o pai do que você é por dentro, da sua história, suas aventuras, seus sonhos, mas não sou pai da sua embalagem, do seu corpo.
— E quem é o pai do meu corpo?

Gladiador suspirou, tremeu os lábios e começou a repetir seu TOC, pois estava muito ansioso. E, com a aprovação da avó do coração que movimentou a cabeça, ele comentou:

— Eu era um sujeito sozinho, abandonado, desacreditado e taxado por todo mundo de louco. Dois anos antes de você aparecer, a professora Amélia surgiu na minha vida, se bem que já a conhecia desde o tempo de escola, como já te contei. Ela me adotou e se tornou minha mãe do coração. Tudo na minha vida parecia uma bagunça e, depois que você apareceu, minha história virou de cabeça para baixo.

— Como assim, papi?
— Eu sempre gostei das crianças, mas nunca pensei que amaria alguém até o impensável... Não conhecia o que era ter futuro, mas com você passei a pensar no amanhã. Não

sabia o que era o sabor da esperança, mas com você comecei a saboreá-la. Você mudou tudo em minha vida, meu jeito de ser, de pensar, meus sonhos, meu tratamento. — Gladiador fez uma pausa e seus olhos lacrimejaram.

Mila se sentou em seu colo e o acariciou.

Ele, depois, continuou:

— Há alguns anos deixaram você no porão onde eu morava, junto com um bilhete muito sério e muito misterioso.

Ele foi até o armário e lhe entregou o bilhete. Apesar de ter apenas cinco anos, a professora Amélia a alfabetizara. Ela sabia ler muito bem. Lentamente, ela derramou algumas lágrimas no bilhete e o manchou enquanto o lia:

"A quem mora neste porão. Cuide desta bebê fantástica, maravilhosa, superalegre. Escapou de armas e de acidentes. Ela se chama Milagre. Em breve, voltarei para pegá-la. Não sei quem mora aqui, mas é sua missão de vida ser pai ou mãe por breve período. Se fizer qualquer mal a ela, eu o matarei. Se comunicar à polícia ou outras autoridades a presença dela, também o matarei. Aliás, você precisa trocar a fralda dela e alimentá-la urgentemente."

— Eu me chamo Milagre?

— Não sei, filha, mas é o nome que está nesta mensagem. E eu abreviei esse nome para Mila.

— E por que não vieram me pegar? Quem eram?

— Me desculpe, filha, mas não tenho respostas. Eles disseram certa vez que seus pais biológicos, do corpo, haviam morrido, mas não sei se estavam sendo honestos. Apenas nos pressionaram para cuidar de você porque um dia um tal de chefe, que também não sei quem é, iria te resgatar. Nos ameaçaram dia e noite. Essa cicatriz no braço e na minha cabeça são lembranças das ameaças deles, que foram cumpridas.

— Você cuida de mim por obrigação? — perguntou Mila com os olhos úmidos.

— No início, comecei a cuidar de você por medo de morrer, mas em poucos dias passei a cuidar porque eu te amei. Eu sei que sou um psicótico, mas eu te amo além da minha imaginação. E tenha certeza, eu daria minha vida por você, filha...

Mila enxugou seus olhos com as mãos. Gladiador completou:

— Se você quiser ir embora, te entregarei para as autoridades, mas ainda assim... sempre te amarei. Você pode virar as costas para este louco, mas eu não conseguiria viver sem você. Mas eu sabia que um dia esse dia chegaria e você teria de partir... Procurar seu verdadeiro pai — disse quase sem voz e foi saindo para a rua.

Ela correu até ele e lhe disse:

— Papi, eu não disse que queria ir embora. Eu te amo mais do que tudo nesta vida. E eu creio que você deixou a sua vida para proteger a minha vida...

E abraçou o pai e o beijou algumas vezes na sua face. A professora Amélia se juntou a eles. Emocionada, Mila confessou:

— Você contou a sua história quando morou no orfanato. E se me descobrirem? Será que não me tirariam de vocês e me levariam também para o orfanato? Eu sou tão corajosa, mas tenho medo de perder vocês. Eu percebia o jeito de vocês. Sempre olhando para os lados para ver se não havia estranhos se aproximando. Você nunca me respondia o motivo, agora entendo. Já tive pesadelos em que perdi vocês. Foi horrível. Tenho medo de ficar longe da melhor avó que existe e do pai mais amável e maluco do mundo! — Mila os abraçou chorando.

— Um dia, filha, prometo que encontraremos seus pais.

— Mas eu já achei meu pai do coração... — E acrescentou: — Eu briguei com duas meninas mais velhas que disseram que você era louco.

— Me conte o que aconteceu — pediu Gladiador.

Mila recordou o episódio que aconteceu no dia anterior, na rua da comunidade onde morava, uma favela com casas apinhadas, coladas umas nas outras, de paredes sem reboco e com banheiro fora, usado por várias famílias. Moravam ali famílias incríveis, solidárias, mas, como em todo lugar, havia alguns pais que não ensinavam a seus filhos a arte da generosidade.

Uma menina de dez anos disse:

— O pai de Mila é louco.

A outra de nove acrescentou:

— É loucão mesmo. Fica fazendo gestos com a boca, batendo na cabeça. Tenho medo dele.

Mila respondeu:

— Meu pai não é louco. É superinteligente.

A primeira menina retrucou:

— Mas por que ele conversa sozinho?

— Porque todo gênio é meio esquisito.

Após contar essa história, Gladiador comentou:

— Mila, filha, você está protegendo o papai? — E pegando ela no colo afirmou: — Eu não mereço você. Você deixa pirado meu cabeção!

— O que é pirado?

— Pirado? É uma pessoa confusa, que vê coisas que não existem e acredita em fantasias.

— Você acredita ainda hoje nessas fantasias?

— Por amor a você, me tornei um paciente psiquiátrico mais disciplinado. Se eu não tomo remédios, não consigo dirigir o veículo da minha mente.

E para brincar com seu pai, sabendo que ele era forte para lutar contra seus monstros imaginários, mas tinha medo de coisas reais, como animais, ela perguntou:

— O que está fazendo essa cobra atrás de você, papai?

— Cobra? Cadê? Socorro!

E Mila deu risada.

— Minha filha, você vai fazer o coração do papai parar. — Em seguida, ele a pegou, rodou-a no ar, abraçou e disse: — Obrigado por você existir.

— Obrigada também por existir, papai.

— Você trouxe alegria para este doidão.

— Eu também sou doidinha.

Assim, os meses se passavam, e parecia que as turbulências haviam passado. Mas não há céus sem tempestades e nem caminhos sem acidentes na história de ninguém, ainda mais na de Gladiador, Mila e a professora Amélia. Esta sempre estava apreensiva se de fato estavam seguros.

Certa vez, Chamou Gladiador com o olho roxo e com a boca sangrando. Mila estava na casa de uma vizinha:

— Os criminosos me encontraram. Socaram minha cara e apontaram armas para mim. O líder da cicatriz apontou a arma e me disse: "Você vai morrer! Revele onde está a menina ou será seu último suspiro". Para a minha sorte apareceu a polícia perto do local e num momento quase mágico fugi da cena. Mas sabem que estamos nesta cidade e estão furiosos. Precisamos falar para as autoridades — disse a professora Amélia.

— Para todos morrermos!

— Então, temos de partir mais uma vez. E rápido — disse isso porque haviam mudado por diversas cidades.

E mais uma vez partiram como fugitivos dentro do país. Mila não entendia por que mudavam tanto.

— Papi, o que aconteceu?

— Depois te conto. Vamos nos mudar!

— De novo, papi? — Olhou para a professora Amélia e suplicou: — Vamos ficar, vovozita! — Era o nome carinhoso que ela dava para a professora Amélia.

— Filha, fui espancado por um dos criminosos que sempre nos perseguiram.

— Era um homem da cicatriz?

— Como você sabe?

— Vi um sujeito com uma enorme cicatriz no rosto, parecia muito nervoso e conversava rápido com as pessoas de nossa comunidade.

Eles tremularam de medo e partiram imediatamente, deixando para trás muitos dos seus pertences. Foram para outra cidade distante. Mila, como era inquieta, ao mesmo tempo que encantava a todos, tinha tanta sede de viver e era tão corajosa que colocava em risco sua vida em todos os lugares onde moravam.

Certa vez, enquanto passeavam num parque, perderam Mila. Desesperados, a procuravam. De repente a encontraram ao lado de um cão bravio que estava comendo algo.

— Mila, cuidado, esse cachorro é um dobermann. Pode te engolir viva — gritou Gladiador apavorado.

O cachorro rosnava ferozmente para ela.

— Papi, ele é bonzinho e muito bonitinho.

Ela se aproximou lentamente, fixou os seus olhos nos olhos do cão e ele, deixando de vê-la como uma ameaça, se acalmou. Mila fez isso com outros cães e até com um leão e um leopardo no zoológico local. Todos ficavam impressionados com a encantadora de animais. Ela era agitada, mas os animais a acalmavam e ela acalmava os animais.

Certa vez, a arteira entrou em cena: Mila subiu no guarda-roupa. A professora Amélia a procurava na pequena casa e não a encontrava.

— Mila? Onde você está?

Procurou-a debaixo da cama.

— Vovó, venha aqui também — disse ela em cima do guarda-roupa. A professora Amélia saiu correndo apavorada, tropeçando nas coisas para tentar pegá-la.

— Pule na vovó.

E as duas caíram ao chão.

Certa vez, Mila contou a cartela de remédios de seu pai e percebeu que ele tinha interrompido a medicação havia dias. Ela ficou brava:

— Você é muito teimoso, papai. Não está tomando seus remédios.

— Da minha saúde cuido eu — ele falou de modo áspero com Mila, algo muito raro, mesmo em suas crises.

— Você está sendo egoísta, papai. Sua saúde afeta todos nós.

E, indignada, ela saiu, pegou uma velha escada e subiu no telhado da velha e pequena casa.

— Meu Deus. Mila subiu em cima do telhado, Gladiador — falou desesperada a professora Amélia.

— Suba em meus ombros e pegue ela — disse Gladiador tenso.

— Eu não enxergo, você sabe. E, se eu cair, não sobreviverei. Suba você. Não percebe que a ofendeu muito?

— Mas eu tenho pavor de altura — disse Gladiador desesperado. Ele bradou: — Desce, Mila.

Mas ela não respondia. Precisava dar uma lição em seu pai.

Quinze minutos depois, lá foi Gladiador vencendo mais um fantasma, a acrofobia, o medo de altura. Subiu pouco a pouco para resgatá-la, escorregou duas vezes. Quase caiu.

— Ai, meu Deus, ser pai é padecer no paraíso.

— Estou magoada com você.

— Filha, é mais fácil lutar com meus monstros do que te educar.

— Você é teimoso.

— Mila, você vai fazer meu coração parar.

Chegou no pico do telhado, cujas telhas eram de barro, mas não tão fortes. Às vezes as madeiras que as seguravam rangiam. Gladiador estava tão estressado que seus gestos compulsivos aumentaram. Ela estava sentada no centro do telhado. Vendo seus gestos, teve compaixão dele:

— Pare sua mente, papi. Olhe as estrelas. Veja como são lindas daqui.

Gladiador pouco a pouco relaxou e curtiu o céu.

— De fato, filha, tudo é mais lindo do alto. Dizem que é possível contar quatro mil e quinhentas estrelas a olho nu. Sabia?

— Não, não sabia. E como você sabe, papi?

— Eu li num livro.

— E por que os livros são importantes?

— Porque os livros trazem força para o cansado, coragem para o desprezado e conhecimento para o pensador.

— Poxa, papi, apesar de suas teimosias e suas crises, eu vejo você ler um livro por mês.

— Mas, quando era jovem, antes dos meus surtos, lia mais ainda. — E depois olhou para o alto, fez uma pausa e perguntou para sua filha: — E sabe qual é a mais brilhante estrela?

— Também não sei, papi.

Ele olhou para ela e respondeu:

— Você, filha. Simplesmente você... — disse e colocou as mãos nos ombros dela.

— Eu?

E o psicótico mais romântico que havia comentou:

— Me desculpe pelas minhas palavras, filha. Estou erradíssimo. E, para reparar meu erro, escolha uma estrela.

Mila passou os olhos para o céu e escolheu.

— Acho que você escolheu a estrela Sirius, a mais brilhante e que está a 8,6 anos luz da terra — disse Gladiador.

— Poxa! Ela é linda, papi — disse ela admirando a inteligência de seu pai.

E Gladiador afirmou:

— De hoje em diante, essa estrela será sua. E, mesmo quando o papai fechar os olhos para esta vida, sua estrela estará brilhando dentro de você, mostrando que nunca vou te esquecer. E, quando seus caminhos não tiverem luz exterior, olhe para a estrela brilhando dentro de você e siga seu coração.

Eles se abraçaram. Mila nunca mais se esqueceu de que seu pai, quando errou, não apenas reconheceu seu erro, mas deu aquilo que dinheiro nenhum pode comprar.

E quando tudo parecia perfeito, Gladiador se desequilibrou, rolou no telhado e Mila foi caindo atrás dele. Ele ia bater a cabeça fortemente no solo, mas, como era forte e fazia longas caminhadas, conseguiu virar o corpo e cair agachado. Teve tempo de segurar a filha, que também despencava. Teve algumas lesões que o impediram de andar normalmente por alguns dias, mas nada grave. A menina Milagre escapou ilesa. Quando os dois estavam no solo deitados, Mila disse:

— Papi, você é muito desajeitado. Nunca mais me dê uma estrela em cima do telhado...
— É só me prometer que não subirá mais nele, sua teimosa.
E eles morreram de rir. Riam até de seus erros e de suas quedas. Viviam uma vida leve e com uma felicidade contagiante. E as semanas se sucediam. Os vizinhos ficavam tocados com essa menina superesperta e seu pai fora da curva. Entrava na casa dos outros sem avisar, pedindo comida.
— Tem bolo aí, professora Jurema?
— Tem, Mila.
— A senhora está tão linda.
— São seus olhos — disse feliz a senhora de oitenta anos.
Alguns vizinhos achavam estranho uma menina com traços orientais cuidada por uma senhora que não parecia sua avó e por um homem com manias que não parecia seu pai.
As peripécias de Mila não paravam. Ela e seu pai dançavam na chuva, nas ruas, nas praças, em qualquer lugar.
— Vamos, papi, vamos fazer juntos uma dancinha.
E eles movimentavam as mãos e os pés, fazendo uma performance engraçada. Chamavam muita atenção de quem passava por eles.
— Eu não entendo. Temos tudo para ser felizes e nossa família vive em pé de guerra — diziam alguns casais passando com seus carrões e observando Mila e Gladiador. — É admirável a felicidades desses "miseráveis".
A filha e o pai corriam atrás das borboletas e conversavam com as plantas. E, quando passavam pelos bosques e praças, Gladiador dizia:
— Procure árvores lindas.
Mila apontava árvores frondosas. E seu pai, na sua sabedoria singela, dizia:
— As árvores são mais generosas que os homens, sabia?
— Dá para perceber, elas estão sempre de braços abertos — concluía a inteligente menina.

— Isso, filha. Sempre esteja de braços abertos aos necessitados. As árvores recebem os animais em sua sombra e os pássaros em seus galhos, e pela manhã a maioria deles vai embora sem se despedir, mas elas não reclamam, continuam...

— ... de braços abertos — completou a filha. — Obrigada por me receber de braços abertos.

Mas Mila, apesar de superinteligente, era superarteira. Subia não apenas em telhados, mas em plataformas e escadas. Vivia com arranhões no rosto. Viver com ela era uma fonte de preocupações e uma aventura diária. Havia um quarto naquela velha moradia em que moravam a professora Amélia e Mila. Gladiador dormia num esfarrapado sofá. Muitos tinham camas macias, mas não dormiam. Eles apagavam, apesar de seus problemas.

A professora Amélia, que estava curvada, abatida, antes de Mila aparecer, rejuvenesceu por cuidar, educar e se preocupar com ela dia e noite. Gladiador ainda matava seus monstros, mas seus surtos diminuíram. Mas às vezes ficava sem se medicar e eles retornavam, o que assustava os vizinhos e também a professora Amélia e Mila, por causa de suas crises. Numa delas, de madrugada, viu a casa desabar:

— Corram, corram! Minha filha, você vai morrer!

Ela o abraçava, o segurava e falava:

— Papi, papi, está tudo bem.

— Não, filha. Veja, está tudo caindo.

— Não, papi. É sua cabeça que está vendo coisas.

Para provar que a casa não estava caindo, Mila corria em torno dela. Aos poucos Gladiador se acalmava e derramava lágrimas.

— Toma seu remédio, papi. Estou controlando-o, mas falhei em olhar a cartela nesses dias e você deixou de tomar cinco comprimidos.

Ele engoliu o comprimido e meia hora depois voltou a dormir. Fenômenos como estes, em que entrava em pânico por causa das alucinações vendo a casa cair, pegando fogo, sendo assaltada, os perseguidores arrombando-a, ocorreram pelo menos duas dezenas de vezes nos últimos quatro anos. Eram madrugadas difíceis. Mas antes de adotar Mila eram quase diários.

Mila era a sensação dos bairros onde morava. Era uma colecionadora de amigos. Em poucos dias já se relacionava com crianças e idosos. Seu problema era que gostava de esportes, agitação, conversas, rodas de pessoas, mas não gostava de ficar parada estudando.

— Venha estudar — falava a professora Amélia para Mila, pois, como ainda não frequentava escola, sua educação era em casa.

— Ah, vovó, agora não. — Mila queria fazer qualquer coisa, menos sentar e estudar com dedicação.

— Como você ainda não vai para a escola, eu tenho o dever de te educar em casa.

— Vovozita, dá um tempo.

— Você é uma adorável teimosa. Agora!

— Tá bom. Já estou indo.

A professora Amélia não se curvava à menina, que queria viver a vida a cada instante.

— Você é muito esperta, mas tem de saber que disciplina é mais importante que talento ou dons.

— Como assim, vovó?

— Uma pessoa com excelente memória, com notável capacidade de raciocínio e muitos dons para esporte, música, ciência, pode ser completamente frustrada na vida se não tiver disciplina, garra, perseverança, horas e horas de dedicação — disse a professora Amélia, provocando a menina.

Mila parou, pensou muito e concluiu:

— Ter talento sem disciplina produz pessoas que não viram nada na vida?

— Exato, Mila. Pessoas sem foco e disciplina fracassam, estão fora do jogo do verdadeiro sucesso.

Gladiador, ouvindo a conversa, interveio:

— Poxa. Sou totalmente indisciplinado, por isso quebrei a cara.

— Indisciplinado até no tratamento psiquiátrico — expressou a professora Amélia.

— Tipo assim, hora de brincar e hora de estudar — concluiu a menina.

A professora Amélia aplaudiu-a. Mas ela estava muito incomodada. Mila tinha de tirar seus documentos, tinha de se matricular numa escola, tinha de ter uma identidade social.

Mila crescia surpreendendo, crescendo em sabedoria e contagiando a tudo e a todos. Certa vez, em frente de um shopping, estava próximo de uma roda de dez adolescentes que tinham mais que o dobro de sua idade. A turma de jovens estava discutindo ciência dos astros. Eles eram os nerds da escola e participavam das olimpíadas de matemática mundial. Como Mila se aproximou curiosa, eles tiveram uma reação preconceituosa ao vê-la, pois ela estava com o rosto manchado de sujeira e com vestes velhas e amassadas e com um remendo no peito. Eles pararam a conversa e começaram a dar risada dela.

Um adolescente de treze anos comentou:

— O que essa menina de rua está fazendo aqui nos ouvindo? Não temos esmolas.

Mila, assim como Gladiador, sempre confrontava quem a desafiava:

— Não preciso do seu dinheiro. Eu sou muito rica!

— Rica? Com essa aparência e essas vestes? — falou outra garota de doze anos.

— Rica em pensar, em discutir ideias e até discutir sobre ciência com vocês.

Os adolescentes se entreolharam e ficaram impressionados com sua petulância, em destaque porque ela falou sobre discutir com eles.

— Você está de brincadeira? — falou um garoto de treze anos. — Nós somos os nerds da nossa escola desta nação.

E você mal tem seis anos. Nem deve frequentar escola. O que você sabe sobre ciência?

Seu pai e sua avó estavam a dez metros de distância observando o que ela estava aprontando dessa vez.

— Estão com medo de discutir comigo? Eu faço uma pergunta; se não me responderem, eu levo todo o dinheiro que vocês têm. E vocês me fazem uma pergunta; se eu não responder, devolvo todo o dinheiro que peguei de vocês.

Os jovens deram risada, pois parecia uma piada. Mas uma garota de doze anos comentou:

— Mas você não disse que não quer nosso dinheiro?

— Disse, mas eu gosto de pegar dinheiro de orgulhosos, entendem? De quem tem ego grande.

Eles ficaram furiosos e, por fim, foram impulsionados a aceitar o desafio.

— Ok, faça sua pergunta sobre astronomia.

— Humm, astronomia. Tá bom. A Lua mantém sempre a mesma distância da Terra a cada ano ou está se afastando ou se aproximando?

— O quê? — indagaram alguns.

— Nunca pensei nisso — comentaram outros.

Depois de pensar, dois se arriscaram a dizer:

— Está se aproximando.

Outros três disseram:

— Ela está sempre na mesma distância.

E um inseguro comentou:

— Está se afastando.

Mila comentou:

— O último está certo. Mas a que distância ocorre este afastamento?

— Não tenho a menor ideia.

— Cerca de dois centímetros por ano. E passe o dinheiro.

— Espere! Como podemos ter certeza disso?

A garota de doze anos consultou o "Dr." Google e confirmou:

— Gente, ela tem razão.

E a contragosto deram a pequena grana que possuíam. Neste momento, o primeiro garoto disse fortemente:

— Agora é a nossa vez de perguntar e de resgatar nosso dinheiro, pois ela pode ter decorado a sua resposta. Vamos lá, menina tola: qual a diferença entre a força gravitacional de Newton e de Einstein?

Este assunto era o que os próprios garotos discutiam na roda, pois tiveram uma difícil aula de física no dia anterior sobre este tema. Alguns amigos do que fez a pergunta, debochando de Mila, disseram:

— Mas, aí, você maltratou a menina de rua.

Ela parou, pensou e por uns instantes ficou muda. Eles disseram em peso:

— Devolva nosso dinheiro, espertinha.

Mas ela os advertiu:

— Esperem. — E, em seguida, comentou: — São Newton e Einstein dois gênios da humanidade. A diferença é que Sir Isaac Newton, que nasceu em 1727, cria que a força gravitacional era dada porque os corpos se atraíam: os de massa maior atraíam os de massa menor. Enquanto Albert Einstein, que nasceu em 1879, defendeu a tese de que não existe força gravitacional dos corpos se atraindo, mas que os corpos maiores curvam o espaço; por isso, os corpos menores gravitam na sua órbita.

A turma emudeceu. Ninguém falou mais nada. Começaram a se dispersar envergonhados. Mas o menino de treze anos, o primeiro a ser preconceituoso, perguntou:

— Quem é você, afinal?

— Uma menina que caminha no planeta Terra com os olhos voltados para o céu...

Ao se aproximar de Gladiador, este perguntou:

— O que você aprontou, filha?

— Nada, papi. Apenas falei sobre as viagens que eu e a vovó fazemos de vez em quando pela ciência. Disciplina, entende?

— Hummm.

Mila era assim, uma garota completamente fora da curva, que gostava de fazer amizades e se intrometer nas conversas, mas também amava debates. Aprendeu com o pai a não ter medo das vaias e do preconceito, mas usá-los como desafios para se superar e se reinventar.

O mundo desabou: a prisão de Gladiador e de Amélia

A professora Amélia andava muito apreensiva sobre o que poderia acontecer com Mila. Ela a amava profundamente, mas passara horas pensando se não devia ter corrido riscos para contar sobre às autoridades sobre ela. Mila não tinha documentos, identidade, não frequentava escola. Qual seria seu futuro? Mas ficava muito apreensiva sobre os resultados. Como explicar o inexplicável? Quem acreditaria na história deles? Que magistrado creria que não falaram com as autoridades sobre Mila porque todos corriam risco de vida?

Certo dia, Gladiador veio até a professora Amélia e mais uma vez falou dos seus temores, e mais uma vez acendeu os temores dela.

— Professora Amélia, acho que vi outra vez os personagens que estavam nos perseguindo.

— Onde?

— Do outro lado da cidade, quando estava tentando ganhar algum dinheiro. Mas eles não me viram. Consegui me esconder.

— Seus medos nos fizeram mudar para cinco cidades diferentes.

— Mas fui espancado, lembra-se?

— Eu sei, eu sei... Estamos nesta nova cidade há menos de três meses, será que não são resquícios de suas alucinações?

— Não sei, não sei. A fantasia e a realidade se misturam na minha mente.

Certo dia, Gladiador trouxe uma boneca para Mila.

— Veja, Mila, que boneca linda.

— De cor negra e gordinha? É tão diferente das Barbies que vejo nas lojas.

— Sim, minha filha, é para você aprender a sempre amar os diferentes. Cada criança, independentemente da cor da pele e da forma do corpo, é um ser humano único.

— Achei linda, papai. Você também é único.

— Apesar de ter uma mente perturbada, sou único. Não tem dois Gladiadores iguais no mundo. — E saiu correndo atrás da filha como se fosse um leão rugindo querendo morder o pé dela. Ela amava essa brincadeira.

— Socorro, o leão vai me morder. — E saía correndo feliz da vida, escondendo-se debaixo do lençol da cama. Ele se aproximava e lhe fazia cócegas, e ela morria de rir.

Uma semana depois, Gladiador foi à feira de rua com Mila. Ela estava a cinco metros atrás dele, distraída com a beleza das frutas.

— Olhe as cores destas maçãs. Olhe essas peras, que formato incrível. E essas amoras belíssimas, que artesão as fez?

As mães ouviam isto e ficavam impressionadas, pois seus filhos tropeçavam nas pessoas sem prestar atenção em nada, plugados que estavam em seus celulares.

Um garoto de dez anos, cabelos loiros e lisos, tropeçou em Mila, observou sua roupa e a criticou:

— Sai da frente, menina pobre.

— Quem é pobre, eu ou você?

— Claro que é você — disse a mãe, olhando Mila de cima a baixo.

— Olhe suas roupas de mendigo — confirmou o filho.

Gladiador tinha se aproximado e ia intervir, mas Mila fez um sinal de que dava conta daquela discriminação.

— Você está com miopia mental. Quantas cores e formas de frutas você admirou? — questionou ela com inteligência.

— O quê? — indagou ele sem entender a pergunta.

— Se você é incapaz de apreciar o belo ao seu redor, pode usar roupas de marcas, mas é um mendigo emocional. — E saiu de lado, deixando a mãe e o filho perplexos.

Seu pai ficou fascinado com a filha. De repente, ele começou a falar em voz audível sozinho. Não estava tendo um surto, mas às vezes tinha esse comportamento. Algumas pessoas que faziam compras começaram a rir dele.

— Olhe o maluco. Várias vezes veio aqui na feira, e sempre fica surtado — disse um homem de meia-idade.

Mila ouviu a conversa e retrucou.

— Meu pai fala com os fantasmas da sua mente. E você, que não fala com os seus?

— Não, eu não tenho — disse o homem inseguro.

— O senhor é perfeito? Não tem nenhum tipo de medo?

— Tenho alguns. Medo de ser abandonado, medo de falar em público. — Mas depois caiu em si envergonhado. — Mas não lhe devo satisfação, criança. Não sou como este cara esquizofrênico. O que ele é seu?

— Meu pai e com muito orgulho.

— Você é filha de um louco? — disse outro senhor que ouvia a conversa e também era saturado de preconceito.

— Louco, não! Um gênio incompreendido.

Nisto Gladiador tirou seus poderosos músculos para fora. Mila interveio:

— Não, papi. Sua força está na sua mente — disse, o agarrando e protegendo.

— Tem razão, filha. Os fortes incluem, os frágeis excluem.

Os dois homens saíram desconcertados do ambiente. Engoliram a própria ignorância. Alguns aplaudiram o pai e a filha. Um feirante, que já os conhecia, impressionado com a menina, disse:

— Eu sei que você e seu pai esperam o final da feira para pegar as frutas amassadas e, às vezes, estragadas para levar para casa. Mas hoje vão levar frutas fresquinhas e de graça. Escolha-as! — E deixou Mila pegar as frutas que desejasse.

— Mas por quê, seu João? — perguntou, citando o nome do feirante.

— Porque você é bela por dentro e por fora, e porque você também espantou dois fregueses chatos e indesejáveis.

Os meses passaram. E certo dia a professora Amélia foi ter uma conversa importante com Gladiador sobre o futuro dela, uma conversa que o abalou muitíssimo.

— Preciso falar seriamente com você, meu filho.

— Fale, vovó.

— Mila, vá brincar no seu quarto um pouco — solicitou.

A menina saiu. E a professora Amélia completou:

— Mila não pode ficar mais conosco sem falarmos com as autoridades. Logo ela vai fazer seis anos. Ela precisa ir para a escola.

— Mas você a ensina em casa. Ela é superinteligente, está muito mais adiantada que as crianças da idade dela.

— Sim, está, mas meu ensino em casa não está ligado a nenhuma instituição escolar e, portanto, não terá validade acadêmica. Além disso, ela precisa tirar seus documentos. Ter uma identidade social. É loucura nós continuarmos nos escondermos. Uma vizinha da frente veio me perguntar o nome todo de Mila. Estava desconfiada. Eu não soube o que responder.

— Diga que ela chama Mila Martineli, meu sobrenome.

— Mas ela tem alguns traços asiáticos e você é italiano. Ninguém acreditaria que é sua filha biológica — falou corretamente a professora.

— Fale que eu a adotei.

— Mas você não a adotou legalmente. Mentiras, mentiras. O amor entre você e Mila é lindo, mas a justiça é implacável. Poderão dizer que encarceramos a menina. Sabe a pena para quem comete cárcere privado?

— Cárcere privado? O que significa isso?

— Que a prendemos em casa.

— Mas Mila é a menina mais solta do mundo. Temos de correr atrás dela nas ruas, nos supermercados, nos shopping centers. Quem está preso, ela ou nós?

— Tem razão nesse aspecto, meu filho, mas podemos ser incriminados. Temos de tentar convencer as autoridades a dar a guarda dela para nós. Falar tudo que aconteceu até hoje.

— Guarda para um psicótico internado umas vinte vezes? Para uma professora maravilhosa, mas, me desculpe, que é idosa, que enxerga mal e que não tem onde cair morta? Acreditarão que a deixaram num porão? E acreditarão que fomos perseguidos? Tirarão Mila de mim, a única motivação para eu viver... — disse em lágrimas.

Os olhos da professora também lacrimejaram. E, depois de uma pausa prolongada, disse:

— Toda escolha tem perdas. Temos de tentar, meu filho. Não é justo com ela e nem com seu futuro. Não é ético! E, ainda por cima, é perigoso.

— Sempre pensando como professora. Mila é minha filha do coração — bradou Gladiador em alta voz.

Mila ouvia a conversa atrás da porta e seus olhos também lacrimejavam. O mundo estava para desabar sobre eles.

— Você não se lembra do que ocorreu ontem na padaria? O proprietário disse para você: "Essa adorável menina que me dá beijo na testa, que mexe em tudo e é muito feliz, de quem ela é filha? Quem entregou ela a vocês?". Não notou que, enquanto ele falava, havia dois policiais tomando café e pareciam tomar notas dos seus questionamentos?

— Sim, me lembro. Por que a vida é tão injusta comigo? Por quê? — falou, colocando as mãos no rosto e manifestando seus tiques. — Não posso perder Mila, não posso!

Mila saiu do quarto correndo, abraçou seu pai e disse:

— Vamos mudar de cidade de novo! Por favor. Vamos, por favor... Não posso viver sem vocês.

Justamente naquele momento bateram à porta. Silêncio geral. Eram duas mulheres do conselho tutelar, acompanhadas pelos dois policiais sobre os quais a professora Amélia comentou e que estavam na padaria.

— Pois não? — disse a professora Amélia trêmula.

— Somos assistentes sociais do conselho tutelar, podemos entrar?

Mila continuava agarrada ao seu pai.

Uma das assistentes rapidamente solicitou:

— A menina poderia se retirar para seu quarto?

— Não, não vou. Não vou deixar meu pai e minha avó.

Gladiador pediu para ela:

— Vá, filha. Vai ficar tudo bem. Eu prometo.

Embora resistente, ela lhe obedeceu.

— Qual é seu nome?

— Gladiador?

— Gladiador deve ser apelido. Seu nome real — questionou a outra assistente social.

— Spartacus.

— Spartacus? Um nome igual ao grande gladiador romano.

— Sou um lutador no coliseu da vida.

— Como chama a menina?

— Mila.

— Mila do quê.

— Mila Martineli.

— Martineli é seu sobrenome?

— Sim.

— Então ela é sua filha?

Gladiador e a professora Amélia se entreolharam.

— Sim, ela é minha filha do coração. Eu a adotei.

— Mostre-nos os documentos que comprovem a sua adoção!

Gladiador começou a acentuar seus rituais compulsivos. Batia na cabeça e fazia gestos estranhos com a boca. As assistentes sociais e os policiais ficaram com péssima impressão dele.

A professora Amélia tentou defendê-lo:

— Eu o conheço há mais de vinte anos. Ele é um excelente homem. Tem um transtorno psiquiátrico, mas está compensado, pois está em tratamento.

— Por que a senhora o está defendendo? O que esse Gladiador é da senhora?

— Meu ex-aluno.

— Por que moram juntos?

— Para cuidar dele.

— Que doença ele tem?

As assistentes sociais eram rápidas em perguntar para ver se caíam em contradição. A professora hesitou em responder, por causa do preconceito que sua doença, a esquizofrenia, gerava. Gladiador tomou a frente e declarou:

— Eu sou psicótico esquizofrênico. Pelo menos alguns médicos disseram que sou, embora eu me ache mais saudável que muitos normais.

Houve uma pausa. Em seguida, a outra assistente social insistiu:

— Estamos aguardando, mostre os documentos seus e da menina.

— Documentos? — disse Gladiador, expandindo seus rituais. Começou a piscar os olhos e mexer muito com a cabeça.

— Sim, pelo menos os documentos de identidade da menina.

— Não temos — afirmou a professora.

— Não têm documentos de Mila? Que loucura é esta? Vocês estão com uma menina e não têm documentos dela? Quem são os pais biológicos dela? — perguntou uma das assistentes.

O clima esquentou muito. Os policiais colocaram suas mãos nas armas.

Apesar das crises e dificuldades de fala, Gladiador disse:

— Mila é minha filha do coração. Eu a amo muito, muito, muito mesmo.

— Não importa para nós o seu amor, senhor Gladiador. Queremos documentos — falou em tom mais alto um dos policiais.

A professora Amélia ficou vermelha. Tudo o que ela mais temia era que esse dia chegasse – e chegou da pior forma.

Gladiador tentou explicar o inexplicável:

Deixaram a bebê no meu porão...

— Deixaram essa menina quando era uma bebê no seu porão? E que porão? Aqui não tem porão — indagou a assistente social, olhando para os policiais, indicando que a senhora e o suposto doente mental estavam envolvidos em tráfico de crianças.

— Foi em outra cidade, na periferia de Los Angeles.

— Tão longe daqui? E por que estão aqui?

— Fomos perseguidos.

— Perseguidos por quem? Vocês não comentaram nada com as autoridades? Essa menina tem pai e mãe certamente. Nunca procuraram os pais dela? — interveio um dos policiais, que agora estava com a arma em punho, mas ainda abaixada.

— Disseram que os pais dela estavam mortos — comentou Gladiador.

— Disseram? Quem? — perguntou um dos policiais.

A história era complicadíssima. A professora Amélia tentou falar pausada e didaticamente:

— Quem nos disse foram criminosos que nos vigiavam dia e noite. Eles disseram que um dia Mila seria resgatada pelo chefe deles. E não disseram o motivo. Só exigiram que deveríamos cuidar da bebê até esse resgate. Nos ameaçaram, espancaram Gladiador, balearam nosso porão. Foi um inferno.

Eram muito perigosos. Tivemos de mudar várias vezes de cidade para escapar deles.

— E por que, quando escaparam, não contaram às autoridades? — questionou uma das assistentes sociais.

— Queríamos contar, mas nossos perseguidores sempre apareciam. Depois, com o tempo ficamos apreensivos, com muito medo de contar. Quem creria em nossa história? Parecia coisa de cinema — expressou a professora.

— Nem no cinema há histórias como esta, professora — disse outro policial com a arma elevada.

Subitamente, Gladiador começou a ter um surto psicótico e falar em voz alta:

— Estão vendo! Tem muitos monstros nesta sala! E todos eles querem nos destruir. — E desferia golpes no ar.

Os policiais apontaram armas para ele. Acharam que ele estava falando deles e que os iria atacar.

Vendo Gladiador completamente aflito, ela afirmou para os policiais:

— Esperem, policiais. Gladiador é muito dócil. Mas, quando fica muito estressado, ele começa a falar com os fantasmas da sua mente.

Mas os policiais não relaxaram as armas. Um deles disse:

— Muito estranhas as suas teses, professora. A informação que vocês têm de que os pais da menina morreram vieram de criminosos. E a senhora e esse tal de Gladiador acreditaram?

Então a professora, temendo pelo pior, que fossem presos imediatamente por sequestro e que a menina fosse tirada deles à força, foi no armário e pegou o bilhete que os supostos criminosos deixaram.

"A quem mora neste porão. Cuide desta bebê fantástica, maravilhosa, superalegre. Escapou de armas e de acidentes. Ela se chama Milagre. Em breve, voltarei para pegá-la. Não sei quem mora aqui, mas é sua missão de vida ser pai ou mãe por breve período. Se fizer qualquer mal a ela, eu o matarei. Se comunicar à polícia

ou outras autoridades a presença dela, também o matarei. Aliás, você precisa trocar a fralda dela e alimentá-la urgentemente."

— Quem escreveu isto?

— Não sabemos — disse Gladiador e depois continuou a falar sozinho.

— Este bilhete não prova nada. Pode ser que vocês o tenham escrito para tentar uma saída estúpida das garras da justiça — falou uma assistente social sincera, mas arrogantemente.

Gladiador gritava com seus fantasmas:

— Saiam daqui, seus monstros! Eu os odeio!

Os policiais apontaram para seu peito, pensando que estavam enfrentando-os.

Mila, neste momento, entrou correndo e agarrou seu pai. Olhou para os policiais e lhes disse:

— Eu amo meu pai e minha avó. — E os abraçava e chorava.

Todos ficaram abalados com a atitude da menina. Mas uma das assistentes disse:

— É a Síndrome de Estocolmo.

— Que síndrome é esta? — indagou um dos policiais para a assistente social.

— É quando a vítima fica tão ligada afetivamente ao seu carrasco que sente simpatia por ele.

A professora Amélia disse para ela:

— Você é cruel. Não conhece nada de nossa história e nos julga como se fosse uma deusa. Essa menina não vive em cárcere privado. Ela sai todos os dias, brinca, perambula pelas ruas, parques e até shopping centers e você me vem com esse diagnóstico de que somos seus carrascos!

Gladiador foi de peito aberto para colocá-los para fora da pequeníssima sala. Mas o tumulto só aumentou. Um dos policiais colocou a arma em sua cabeça. Em seguida, entraram mais dois policiais que estavam do lado de fora e derrubaram

Gladiador ao chão, um deles colocando o joelho direito em sua cabeça, e o algemaram. Tamanha brutalidade na frente de Mila.

— Não machuquem meu pai. Não! Não!

Mas uma assistente social a segurava. Outro policial algemou a generosa professora Amélia. A especialista em filosofia que foi morar no porão agora iria morar no cárcere. Mila gritava sem parar:

— Eu os amo. Não os leve.

— Acalme-se — diziam as assistentes ao tentar segurá-la.

Mila lhe deu uma bronca:

— Como você me pede para acalmar se estão roubando tudo que mais amo? — disse chorando.

Mila, a menina superalegre, com seus seis anos, viu o mundo desabar sobre ela. A menina Milagre tornou-se a menina das perdas irreparáveis e a menina das lágrimas.

Ela continuava a bradar:

— Eu nunca vou me afastar de você, papi.

Aos prantos, Gladiador proclamava:

— Eu também não, minha filha. Lembre-se da estrela que te dei. Quando teu mundo tiver escuro, procure-a dentro de você.

Ao ouvir essas palavras finais, as assistentes sociais se entreolharam e, como muitas outras pessoas, ficaram confusas diante de Gladiador: "Ele é um louco ou um gênio?".

E assim se desenrolou essa dramática história. Gladiador tinha razão: que juiz, que tribunal, que psicólogos, assistentes sociais acreditariam na sua história e apoiariam um psicótico a ter a guarda de uma criança que surgiu na sua vida quase que miraculosamente?

Ao ter o inquérito inicial nas mãos, o juiz da Infância e Adolescência, chamado Dr. Anderson, tirou imediatamente a guarda deles e os enviou para a prisão, pois a grande suspeita que pairava sobre Gladiador e a professora Amélia, além de cárcere privado, é que eram sequestradores profissionais de crianças e que as vendiam para outras famílias em outros países. A prisão era uma alternativa para evitar a fuga e a elucidação dos estranhos fatos. Gladiador e a professora Amélia passaram de super-heróis a supervilões.

A dor de Mila e de Gladiador e suas inteligências surpreendendo a todos

Dr. Anderson, o juiz que acompanhou o caso, chamou os dois acusados de sequestro, Gladiador e a professora Amélia, para a primeira audiência. Pelo que ele havia lido no relatório dos policiais e das assistentes sociais, esperava encontrar pessoas que aparentavam alta periculosidade, semblante cerrados, cabeça abaixada e indiferença emocional. Mas ambos entraram na corte algemados, não abaixaram a cabeça, nem demonstraram indiferença, mas revelavam, sim, uma dor inexprimível. Andavam passo a passo para a sala da audiência. E, como o caso da menina Mila teve comoção nacional, muitos olhares eram dirigidos a eles.

Gladiador, ao ser estressado por aquele clima todo, começou a conversar sozinho. Via vários personagens que passaram por sua vida, inclusive Marquito e alguns psiquiatras, apontando o dedo para ele

Ele dizia:

— Não tenho culpa. Não tenho. — E batia na cabeça, fazia gestos com o pescoço, passava um ar estranho de um ser perigoso para os olhos preconceituosos.

Alguns jornalistas diziam entre si:

— Veja, parece um psicopata.

Outros mencionavam:

— Olhe a cara da velhota. Já deve ter sequestrado dezenas de pessoas.

Alguém disse mais alto:

— A velhota deve ser a chefe da gangue.

— Não, é o sujeito fingindo-se de doente mental. Ele é o chefe — outro comentou na cara deles.

A dócil professora Amélia lhes mostrava um sorriso não de deboche, mas de perda irreparável. Vendo zombarem de si, Gladiador, apesar de seu delírio, se virou para alguns que zombavam dele:

— As armas ferem o corpo, mas o preconceito fere a alma.

Dr. Anderson acompanhou seus passos lentos, mas firmes. Achava estranhíssimas as reações de Gladiador. Cinco policiais faziam a escolta deles. O juiz se apresentou e perguntou logo de saída:

— Qual a relação que vocês têm com a garota Mila?

Ao ouvir a palavra Mila, e por não a ter visto por três dias, Gladiador bradou:

— Mila, minha filha. Cadê você? Faz três dias, mas sua ausência parece uma eternidade. — E chorou intensamente, aumentando seus tiques, o que deixou todos de olhos arregalados.

— Fale baixo na sala de audiência — exigiu o Juiz, pensando que Gladiador estava encenando.

Mas Gladiador, pelo alto grau de estresse e porque estava sem medicação havia alguns dias, não distinguia a realidade da fantasia.

— Não me controle! Sou mais forte que você! — falou para a imagem fantasmagórica que via, que parecia uma serpente de três cabeças. E começou a desferir golpes no ar.

Um dos policiais lhe deu uma gravata e o sufocou. A professora Amélia rapidamente interveio:

— Não é com o senhor que ele está lutando, meritíssimo, mas com as alucinações da sua cabeça.

O juiz achou estranho, mas pediu que o policial o soltasse. Gladiador começou a tossir pela asfixia que teve.

Em seguida, Gladiador deu passos em direção ao magistrado e disse forte e emocionadamente:

— O que você fez com minha filha?

Dessa vez, os policiais derrubaram Gladiador ao chão e apertaram sua cabeça ao solo. E mais uma vez a professora Amélia interveio:

— Senhor, meu filho está tendo um surto psicótico na sala da audiência. Por favor, seja amável com ele. A ausência de Mila o está perturbando muitíssimo, inclusive a mim. — E desatou a chorar.

Diante disto o magistrado se acalmou, pediu que os policiais tirassem as mãos dele e o clima começou a ficar mais ameno, mas não menos dolorido.

— Como vocês conheceram a menina?

— Ela apareceu diante de nós como um presente de Deus — falou a professora Amélia, gesticulando a cabeça.

— O cativeiro de uma criança é um caso gravíssimo. Presente de Deus ou do diabo? — falou com sarcasmo o magistrado.

— Uma criança sempre é um presente de Deus — interveio Gladiador, fazendo rituais e em seguida falando sozinho.

— O que este homem tem? — perguntou o magistrado.

— Ele é portador de uma psicose esquizofrênica.

— Como pode comprovar esse diagnóstico?

— Eu não tenho como comprovar agora. Aliás, já houve psiquiatra que disse que ele não tem esquizofrenia, mas outro tipo de transtorno. O fato é que em muitos momentos ele é superinteligente e superdivertido. Mas os investigadores podem ir aos hospitais em que ele foi internado.

A conversa saiu da relação com Mila e começou a entrar na esfera da relação da professora Amélia e Gladiador.
— E como a senhora o conhece?
— Fui professora na escola onde ele estudava.
— Era seu aluno?
— Não?
— Era seu parente?
— Não.
— E por que estão juntos e com uma criança?
A professora Amélia era transparente. Tinha que contar toda a verdade.
— O jovem, apelidado de Gladiador, perdeu sua mãe quando ele ainda era uma criança. Foi internado num orfanato e começou a frequentar minha escola. E apesar de brilhar na sala de aula, em destaque em matemática, tinha alguns tiques, comportamentos diferentes e andava com roupas rasgadas. Por isso, se tornou mais uma vítima desses filhos da humanidade rejeitados, sofrendo todo tipo de bullying. Três garotos, um deles filho da diretora, eram implacáveis com ele. Ele dançava no pátio, imitava com maestria cantores, não se curvava ao bullying.

Enquanto a professora Amélia relatava esses fatos, Gladiador viajou no tempo e começou a dançar na sala da audiência como se estivesse num palco, imitando a voz de Michael Jackson, Lionel Richie, Ray Charles, Stevie Wonder, na música "We Are the World". Todos pararam para ouvir seu surpreendente show. Alguns aplaudiram.

O Magistrado bateu seu martelo:
— Silêncio!
Mas o próprio juiz ficou impressionado com a voz espetacular do réu, pois gostava muito da voz de Lionel Richie e Stevie Wonder. Mas, para não perder o controle, bradou:
— O senhor está tumultuando a sala de audiência.
E a professora Amélia continuou:
— Por Gladiador não gravitar na órbita do bullying, seus agressores o provocaram mais ainda. Passavam rasteira

nele, chamavam de louco, doido, maluco, pobre, burro, praticamente todos os dias. E ao reclamar na diretoria das agressividades que sofria, a diretora, cujo filho era um dos carrascos de Gladiador, não tomava nenhuma providência. Certa vez, depois de muita dor, ele levou um revólver para a escola.

— Ah, então ele é um sujeito com o passado periculoso... quer dizer, perigoso — concluiu o magistrado.

— Não, doutor. Ele errou muitíssimo ao levar a arma, mas ela era de plástico. E, além disso, ele levou botões de rosa brancos para dar aos três alunos que o maltratavam.

— Como assim? — disse o juiz surpreso. — A arma era de plástico e levou flores para os seus agressores?

— Sim, doutor, ele queria dizer que não tinha raiva deles, e sim que queria paz.

Gladiador interveio:

— Eu só quero paz, paz, paz... — falou com as imagens da sua mente e bateu três vezes na sua cabeça. — Entende? Não me maltratem, eu só quero paz. — E derramou lágrimas.

— Está vendo, doutor? Um psicopata não chora.

— Mas pode ser um artista na minha frente.

— E de fato é um artista. Não viu seu show? Mas ele está chorando porque está longe de sua filha do coração. Procure saber.

O juiz procurava não envolver emoção, mas era impossível. Engoliu saliva. Tinha que julgar o caso com isenção, pois era de extrema gravidade.

— Conte-me sobre Mila. Como vocês a conheceram? De onde ela é? Quem ela é? Que relação têm com ela?

E a professora Amélia lhe contou a longa história de quando Mila fora deixada no porão de Gladiador. E relatou sobre o bilhete que os sequestradores dela deixaram, as pressões que receberam, os motivos de não terem procurado as autoridades e muitos outros dados. O bilhete já estava de posse do juiz. Ele leu em voz alta e, perturbado, questionou:

— A senhora está sob juramento nesta corte. Este bilhete é real?

— Sim.

— Verdade, nada mais que a verdade — disse Gladiador.

— Mas o que é a verdade? — indagou o magistrado para Gladiador.

Gladiador parou, pensou e depois deixou o juiz perplexo com sua resposta:

— A verdade, segundo Jesus Cristo, é a essência do seu ser: eu sou o caminho, a verdade e a vida. A verdade para Platão dependia da tese de cada pessoa, embora acreditasse em uma verdade absoluta. A verdade para René Descartes e Immanuel Kant é o sistema de relações que está no pensamento do observador com os fenômenos do mundo concreto. A verdade para Nietzsche é...

— Espere, você é um psicótico, mas lê filósofos?

De repente, para assombro de todos, Gladiador disse:

— Um psicótico não pode ler e conquistar sabedoria? Não pode viajar no mundo das ideias? Eu viajo no mundo dos meus delírios e alucinações, confundo o que é real e o imaginário, mas a mente de um psicótico não é menos criativa que o mais criativo dos juízes ou até dos mais notáveis dos cineastas, ainda que nossa criatividade nos aterrorize!

O magistrado ficou atônito.

— Surpreendente. Mas você é um psicótico, um gênio e um artista?

— Espanta-me sua pergunta, doutor. O senhor já viu um gênio que não tenha loucura e um louco que não seja um artista?

Emudecido, o magistrado encerrou a primeira audiência. Nunca se sentira tão perdido diante de réus completamente fora da curva. Estava ansioso para que chegassem os dados da investigação sobre a história da professora de filosofia, do suposto doente mental e suas relações com a menina Mila. Havia equipe de investigadores colhendo informações de onde moraram e o que as pessoas que o cercavam diziam sobre eles.

Mila chorava dia e noite pela ausência do seu pai e da sua avó do coração. A instituição ou casa de acolhimento em que estava era pequena para tanta dor. De repente Mila se ajoelhou no seu quarto sozinha. Com os olhos em lágrimas ela olhou para o alto, muito além do teto, e falou:

— Jesus, você disse que era o filho de Deus. E, se você é filho, talvez sinta a solidão que sinto de estar longe de quem eu amo. — E soluçou em lágrimas. Depois, continuou: — Ninguém acredita em mim, talvez você também tenha sentido essa dor... Eu sou uma criança pobre, minhas roupas são velhas, minha casa é um barraco e não tenho dinheiro. Mas te peço apenas que traga de volta o papai e a vovó. É muito difícil viver sem eles... Me faça crer que os melhores dias estão por vir.

As enfermeiras, bem como as pessoas que trabalhavam na cozinha e na limpeza, vendo-a sofrer, sentiam compaixão dela. Mal sabiam elas que havia alguns dias Mila era uma das meninas mais alegres e sociáveis do mundo.

— Por que você está tão triste? — perguntou uma funcionária da cozinha, que tentava dar-lhe comida, mas ela comia muito pouco.

— Porque me tiraram o melhor pai e a melhor avó do mundo.

De repente chegaram três profissionais, uma psicóloga, uma assistente social e uma pedagoga, que, a pedido do juiz, foram entrevistar Mila. A psicóloga, ouvindo a conversa, interveio dizendo para a funcionária da cozinha se afastar:

— Por favor, nos dê licença, que precisamos entrevistá-la.

Levaram-na para uma sala fechada e a bateria de perguntas iniciou-se.

— Qual é seu nome?

— Eu me chamo Milagre. Mas pode me chamar de Mila.

— Mas Milagre não é nome de gente.

— Não é um milagre estarmos vivos? Não concorremos com mais de quarenta milhões de espermatozoides e conseguimos vencê-los na maior corrida da história para ter o direito à vida?

As entrevistadoras se afastaram um pouco e, fascinadas, procuraram os olhos uma das outras.

— Quem te ensinou isto? — perguntou a psicóloga novamente.

— Os livros, minha avó, meu pai.

— Mas seu pai não é um doente...

— Mental? Já disse tanto, ele pode ser confuso algumas vezes, mas é um gênio incompreendido.

— Mas ele não fala sozinho, vê coisas, fica confuso?

Mila não gostou do que falaram do seu pai. Era sempre o mesmo preconceito: doentes mentais não pensam. Por isso, partiu para o ataque:

— Qual é seu nome? — perguntou Mila para a psicóloga.

— Dra. Julia, sou psicóloga.

— Dra. Julia, você não fala com seus fantasmas mentais? Não questiona seus pensamentos perturbadores?

— Bom, eu...

— Se não faz, Dra. Julia, você não sabe o que é higiene mental.

A psicóloga foi nocauteada por uma menina de seis anos. Mila sabia disso porque desde pequena a professora Amélia, por ler psiquiatras como Dr. Marco Polo, a ensinava a reciclar seus lixos mentais para prevenir transtornos emocionais. E ensinava também Gladiador a confrontar suas ideias perturbadoras.

Sentindo que sua autoridade foi ameaçada, a psicóloga falou com orgulho:

— Você está querendo me ensinar?

— Por que me pergunta? Todos nós não temos o que aprender?

— Sim, claro.

— Bom, de qualquer forma, a professora Amélia não é sua avó e seu pai, cujo apelido é Gladiador, não é seu parente verdadeiro — disse a assistente social, tentando tirar sua amiga psicóloga da situação constrangedora.

— Qual é seu nome? — perguntou Mila.

— Mary.

— Mas quem são os pais verdadeiros, Mary? — disse a pequena gênia. — Os que cuidam da embalagem ou do conteúdo, os que cuidam com amor ou os que geram o corpo?

— Os que cuidam do conteúdo, é claro.

Mila não disse mais nada. Era a primeira vez que as três se sentiam confusas diante de uma criança.

A pedagoga entrou em cena:

— Desde quando você os conhece?

— Desde que eu me lembro por gente.

— Mas eles não te sequestraram? — perguntou a assistente social. — Não te deixaram presa dentro de casa ou de um porão?

Mila se irritou. Falando mais forte, comentou:

— Nós dançamos juntos, passeamos na chuva, me levam a parques, corremos atrás das borboletas. Eu sou livre! Sempre fui!

— Essa simpatia só pode ser Síndrome de Estocolmo — disse a psicóloga para as demais. Ela pensava que Mila não sabia o que significava essa síndrome.

— Síndrome de Estocolmo? Acha que estou sendo amorosa com meus sequestradores porque eles me dão migalhas de afeto! — disse enxugando os olhos. — Minha avó disse que vocês são cruéis. E são mesmo. Eu estudei com ela sobre essa síndrome. Não sabe nada sobre nós e nos julgam. Eles são pobres, mas me davam o que o dinheiro não pode comprar. Entre eles, a liberdade para pensar.

As entrevistadoras ficaram mudas. Mila, depois de uma pausa e um longo suspiro, enxugou os olhos e perguntou:

— Falem. Onde estão meu pai e minha avó?

Hesitante, a psicóloga falou com insegurança:

— Presos.

— Oh, meu Deus. Que dor devem estar sentindo. São criminosos por me amar e me proteger — disse Mila aos prantos.

— Que fantasmas? — perguntou a assistente social.

Ela se retirou, não querendo falar mais com ninguém naquele momento, deixando as três profissionais mudas.

A pedagoga fez uma última pergunta antes de ela sair pela porta:

— E por que você nunca frequentou uma escola?

— Eu já disse, éramos perseguidos. Mas eu tive a melhor escola!

Após Mila sair, a pedagoga, quase sem voz, concluiu para suas colegas:

— De onde vêm toda essa inteligência e segurança? Não pode ser que ela tenha vivido em cativeiro...

No corredor, Mila cantava uma estrofe de uma música de um cantor brasileiro[*] que expressava seu mais profundo sentimento pelo seu pai e pela sua avó do coração:

Me desespero a procurar, *papai*
Alguma forma de lhe falar
Como é grande o meu amor por você
Nunca se esqueça nem um segundo
Que eu tenho o amor maior do mundo
Como é grande o meu amor por você

Quem ouvia Mila cantar com sua linda voz, inclusive crianças e adolescentes do orfanato, se emocionava. Alguns jogavam flores do pequeno jardim da instituição por onde passava. Fizeram outras entrevistas e em todas Mila deixava suas entrevistadoras boquiabertas. Ao receber o relatório da psicóloga, pedagoga e assistente social, o juiz coçava a cabeça, descrente.

— Como isso é possível? Quem de fato é essa menina? E quem são essas pessoas que cuidaram dela ou a sequestraram? Meu Deus, nada se encaixa!

---

[*] Canção "Como é grande o meu amor por você", de Roberto Carlos.

A história de Mila, de Gladiador e da professora Amélia era de fato cheia de mistérios, dos quais alguns nem eles tinham respostas. Ganhou as páginas de jornais, TV e sites de notícias. Influenciadores gostavam de alardear que uma menina foi sequestrada por impiedosos criminosos e a colocaram em cárcere privado.

O principal canal de notícias da TV local comentou:

— O tráfico de crianças existe e está presente em nosso meio. Veja o caso desta menina de seis anos [aparece a imagem de seu rosto borrada], que não tem identidade ou documentos e cujo nome dos pais verdadeiros não se sabe. Disseram que estão mortos. Cuidem de seus filhos, proteja-os.

Um famoso, polêmico e radical influenciador, para obter mais likes, alardeava:

— Esquizofrênico uma ova! Esse sequestrador chamado Gladiador tem tiques, fala sozinho, parece um doente mental, mas no fundo é um artista tentando disfarçar o tráfico da bela Mila. — E mostrava os comportamentos de Gladiador gritando e agarrando as barras de ferro com força, tentando sair da prisão.

Como era um influenciador poderoso e amigo dos policiais, conseguiu uma entrevista exclusiva, mas curta, com Gladiador. Ele perguntou:

— Como você sequestrou essa menina e com que motivo?

— Eu não a sequestrei. Foi ela que sequestrou meu coração.

— Você é um psicopata violento ou um psicótico maluco?

— Um psicopata não sente dor dos outros. Eu, todos os dias, morro de dor e de preocupação com minha filha. Um psicótico, quando está em surto, fica confuso e vê coisas inexistentes, mas agora o que estou vendo é um caçador de seguidores. Caia fora.

E a entrevista não continuou porque Gladiador deu-lhe as costas. O influencer comentou:

— Pois é, meus seguidores, o cara finge ser um psicótico dos bravos só para escapar da justiça. Prisão perpétua para ele!

Ficava dia e noite monitorando quantos likes tinha e quantos seguidores ganhava. Queria desvendar o sequestro de Mila sem ter consciência de que estava completamente sequestrado pela intoxicação digital.

Um líder religioso, que ficava dez horas por dia plugado no celular e também era um grande influenciador digital, anunciou o apocalipse:

— Imaginem uma mulher de idade, que se diz professora de filosofia, e um sujeito estranho, que se diz doente mental, sequestrando uma bebê e a escondendo por cinco anos. Este é um sinal de que o apocalipse está próximo.

A repercussão na imprensa motivou as autoridades judiciárias a resolver o caso o mais rapidamente possível. Mas, quanto mais colhiam informações, mais confusos ficavam.

O juiz fica perplexo com a história de Mila e Gladiador

O juiz escalou duas equipes de investigadores chefiadas por dois renomados delegados, Dr. Hebert e Dr. Michael, para colher os fatos nas várias cidades pelas quais Mila, Gladiador e a professora Amélia passaram, e também onde tudo começou, no porão onde moravam. Os delegados recebiam relatos diários de suas equipes que estavam em campo e os transmitiam para o juiz, Dr. Anderson. Mas os relatos os deixavam sem rumo.

— Dr. Hebert, nas cidades por onde os três passaram todos falam bem da idosa e do maluco. São bons vizinhos e, apesar de esquisitos, generosos. O maluco perturbava a ordem com suas crises e gostava de enganar as pessoas para ganhar dinheiro, mas não era um assaltante clássico que usava armas. Era mais um espertalhão tentando ganhar dinheiro para suprir suas necessidades diárias.

— O quê? A menina não ficava isolada, não vivia em cárcere privado? — disse o delegado Hebert.

— Não ficou em cárcere nenhum. Pelo menos, até agora, em nossa investigação. Todos que entrevistamos disseram a uma só voz que Mila era superlivre, superempática, superesperta.

— Está de brincadeira, investigador? Meus três filhos frequentam as melhores escolas e não têm sequer um destes "super", a não ser superirritados e superansiosos. Como uma menina que nunca frequentou uma escola e que foi educada em cativeiro por um psicótico e uma velhota tem essas características de personalidade que você descreveu?

— Não sei, não sei. Meus dois filhos também não têm. Perdemos a paciência todos os dias com eles. Dizem que o louco e a idosa professora educaram a menina sem celular, lendo muito, dançando na rua, saindo na chuva, debatendo ideias sobre história, filosofia. Coisas desse tipo. Dizem que eles dão até risada das próprias tolices, até quando se esborracharam ao cair de um telhado.

— Está surtando, investigador? Essa educação não existe.

E o delegado tinha razão. Embora houvesse exceções, a grande maioria das crianças do mundo todo entrava na escola desinibida, animada, curiosa e com um cérebro explorador, mas, dois anos depois, 70% revelavam um grau significativo de timidez e insegurança. O sistema educacional não era provocador-elogiador, mas fundamentado no cárcere das provas, na exatidão das respostas, sabotando e bloqueando a imaginação e a ousadia dos alunos. Milhares de gênios eram sepultados pelo sistema educacional tradicional todos os anos. Por não ensinarem a gestão da emoção, o sistema escolar estava doente, formando alunos doentes para uma sociedade doente. E os professores também adoeciam.

A professora Amélia e Gladiador mudaram completamente a educação de Mila, passando da era do apontamento de falhas para a era da celebração de acertos, da era do medo de perguntar e errar para a era de questionar e ousar, da era do vitimismo para a era do Eu como gestor da mente humana. Mila não se sentia vítima, coitada, submissa, nem reclamava de tudo. Era sonhadora e apaixonada por desafios. Era uma educação revolucionária: provocadora-elogiadora. A menina recebia pelo menos cinco elogios por dia e, quando era criticada, primeiro era exaltada para depois lhe apontar o erro. Assim, Mila crescia uma pensadora segura, empática e que lutava pelos seus sonhos.

Outra equipe de investigação foi até a cidade onde toda a história começou, onde o suposto sequestro de Mila por Gladiador ocorreu. O chefe dos investigadores disse em sua ligação para o outro delegado:

— Dr. Michael, o sujeito parece psicótico mesmo. Tinha surtos, às vezes pirava, alucinava e até lutava com monstros imaginários, deixando em pânico os vizinhos. Mas todos disseram que esse tal de Gladiador, que perdeu a mãe quando criança, é um intelectual. Bom, muitos superdotados endoidam mesmo.

— Como é possível? — disse o delegado aos dois. — Como vamos relatar isso para o juiz? Vão dizer que estamos protegendo criminosos! Investiguem mais, pois vocês estão metendo os pés pelas mãos.

— Mas é o que colhemos, doutor. Não dá para mudar os fatos. E tem mais. O psicótico dava show num tal de Teatro do Beco de um anão chamado de Marquito.

— Dava show? É um artista? Estão gozando da minha cara?

— E o mais estranho, Dr. Michael, é que seus shows lotavam. Vinham até figurões da política para assisti-lo. Um prefeito e um deputado disseram que o sujeito era o cara mais engraçado e esperto que já conheceram, apesar de sua doidice.

— Não estão investigando a pessoa errada? — questionou Dr. Michael.

Está aqui o tal de Marquito. Ele vai falar com o senhor.

— Olá, Doutor. Não sei o que está acontecendo, mas vocês prenderam a pessoa errada. Gladiador era incapaz de fazer mal a uma mosca. Até um grilo lhe causava arrepios.

— Tem certeza, homem? Eu posso prendê-lo por testemunho falso — ameaçou o delegado.

— Tenho certeza absoluta. Eu o conheço desde a sua adolescência. Trabalhou em circo comigo. Teve surtos psicóticos, é verdade. Levei a médicos, mas não aceitava tratamento, também é verdade. Mas o QI dele parecia tão alto que derretia pedra.

— Como derretia pedra?

— É uma expressão aqui do beco. Quero dizer que o QI dele era maior que o meu, talvez que o seu e de todos nós. Ele fazia cálculos matemáticos complexos só de cabeça.

— Não é possível! Mas por que é tão irracional se quer quebrar as grades de ferro da cadeia?

— Eu não sabia que ele tinha uma filha. Mas se separasse o senhor de um filho, como se comportaria? Ele é perigoso só para ele mesmo, doutor. Havia uma criança que vivia dentro dele... — afirmou Marquito.

Depois vieram as informações colhidas do Dr. Aziz, o pediatra.

— Dr. Michael, tem um tal de Dr. Aziz, um pediatra, que é primo da velhota. Ele vai falar por viva-voz.

— Seu delegado, eu confio em minha prima, a professora Amélia. Ela era a pessoa mais culta e amável da família.

— Mas tudo indica que ela sequestrou uma bebê — disse o delegado.

— Esse julgamento é um completo absurdo. Não faz sentido algum. Minha prima e seu "filho adotivo" recebiam ameaças para ficar com a bebê.

— Mas como o senhor pode provar que eles foram ameaçados?

— Eu atendi a bebê quando ela tinha um ano e pedi à minha prima que comunicasse o caso às autoridades, mas ela me mostrou o bilhete que os ameaçava. Eu mesmo, após a atender, recebi uma visita desses criminosos me pressionando com arma na cabeça para não fazer qualquer denúncia. — Depois de uma pausa, comentou: — E antes de tudo isto ocorrer, coincidentemente, conheci o casal que estava com a bebê antes da minha prima.

— Como assim? — perguntou, intrigado, o delegado. — É muita confusão para um caso só. Fale, doutor.

— Eu os atropelei, mas não tiveram maiores danos. Levei-os para o hospital, mas me expulsaram do meu carro e partiram. Mas fiz um boletim de ocorrência desse acidente, podem conferir.

Os investigadores foram checar e de fato o boletim existia. Quando os relatórios dos investigadores e as provas começaram a chegar nas mãos do juiz, ele colocava as mãos na cabeça perturbadíssimo. Se estava confuso com os comentários da psicóloga sobre a inteligência da menina, agora não tinha como raciocinar sobre os fatos de seu suposto pai e avó.

— Psicótico, intelectual, comediante, artista, enganador, perturbador da ordem. Quem é esse sujeito apelidado de Gladiador? — disse o juiz, lendo em voz alta o relatório. — Nunca vi isso!

O promotor também estava atônito:

— Estou igualmente perturbado.

— Parece coisa fabricada por poderosos. Precisamos chamar a menina — disse o juiz, que por fim expediu uma ordem para ouvir Mila. — Chame a menina e a psicóloga que a entrevistou para acompanhá-la.

No outro dia, Mila chegou cantarolando na sala de audiência uma canção triste, mas profunda:

— "O sol se escondeu de mim, mas amanhã voltará a sorrir/ Enquanto isso, neste lugar onde mora o silêncio eu vou me escutar."

O juiz, Dr. Anderson, ouviu parte da letra e ficou impressionado. De imediato, perguntou:

— Quem fez esta música?

— Eu — respondeu Mila com ar de inexprimível tristeza.

— Quando você a fez?

— Agora.

— Agora, de improviso? Mas você faz poesia? — perguntou perplexo.

— Tento viver a vida como se fosse uma poesia.

O magistrado tossiu, ficou inibido com a inteligência da menina.

— Nunca ouvi falar desse modo de vida. Como é viver uma vida como se fosse uma poesia? — perguntou o juiz, curioso.

— É procurar o lugar onde mora o silêncio. É ver o invisível e ouvir o que as palavras não conseguem dizer. Simples assim — disse a menina.

O juiz queria manter sua postura. Olhou para o promotor, para a psicóloga, colocou as mãos na cabeça, mas não conseguiu esconder sua admiração.

— Quem te ensinou essas coisas?

— Eu e meu pai somos muito agitados, minha avó nos ensinou a aquietarmos nossas mentes para nos ouvir. É um treinamento, entende? Vocês nunca ensinaram seus filhos a procurarem o lugar onde mora o silêncio?

O juiz e o promotor fizeram um "não" com a cabeça. A psicóloga ficou paralisada.

— Mas eles não te prenderam num porão? — disse, tentando extrair se ela realmente não viveu num cativeiro.

— Por que o senhor me faz essa pergunta, se já respondi que sou livre?

— E o que é ser livre? — indagou o juiz para uma menina de quase seis anos. Era uma pergunta filosófica a que nem os grandes pensadores e juristas conseguiam responder adequadamente. Mas Mila o chocou:

— Ser livre é talvez viver muito diferente de como o senhor vive.

— Como assim? — perguntou rapidamente o juiz.

— Eu brinco com as pessoas que eu quero. O senhor brinca? Eu danço nas praças. O senhor dança? Já dançou nesta sala? Eu faço músicas em qualquer lugar e as canto, mesmo desafinada. O senhor canta na frente dos outros? Eu não me preocupo demais com a opinião dos outros. O senhor se preocupa?

Depois de longo silêncio, o magistrado da Infância e Juventude reconheceu:

— Mila, parabéns, você é muito mais livre do que nós, adultos, inclusive os que trabalham nesta corte.

— Vai me ajudar?

— Sim, eu vou.

— Vai soltar meu pai e minha avó? — perguntou ela abrindo um sorriso.

— Sim, eu os soltarei...

— Obrigada pelo senhor existir — disse Mila.

Sem conter sua alegria, ela quebrou o protocolo e foi até o juiz, dando-lhe um grande abraço e um beijo na testa.

Nunca ninguém tinha falado para o poderoso magistrado as palavras "obrigada por você existir" e lhe dado um beijo na testa. Mas na casa pobre de Mila essas palavras e reações eram frequentes. Ela começou a dançar na sala.

O juiz tinha colocado Gladiador na sala ao lado. E pediu que ele entrasse. Quando eles se viram, ao invés de correr para o abraço, mais uma vez fizeram algo completamente inesperado. Foram passo a passo ao encontro um do outro de braços abertos e com os olhos em lágrimas, cantando uma estrofe cada um da música "Como é grande meu amor por você". A terceira estrofe cantaram juntos.

— Eu tenho tanto pra te falar, *papai*
Mas com palavras não sei dizer
Como é grande o meu amor por você

E não há nada para comparar, *minha filha*
Para poder te explicar
Como é grande o meu amor por você...

Nem mesmo o céu nem as estrelas
Nem mesmo o mar e o infinito
Nada é maior que meu amor
Nem mais bonito

Me desespero a procurar, *papai*
Alguma forma de lhe falar
Como é grande o meu amor por você

Nunca se esqueça, *minha filha*, nem um segundo
Que eu tenho o amor maior do mundo
Como é grande o meu amor por você

Quando se aproximaram um do outro, eles se abraçaram prolongadamente e se beijaram várias vezes.

Foi uma comoção geral. As palavras eram insuficientes para expressar tão grande dor da separação e tão grande amor da aproximação.

O magistrado libertou Gladiador e a professora Amélia da prisão, mas ainda não havia dado a guarda definitiva para eles, pois, por mais justificativas que tivessem de não comunicar o caso "Mila" para as autoridades, cometeram crimes de acordo com a justiça e deviam estar sob observação. Além disso, não tinham condições financeiras de sustentá-la. Mas podiam visitar Mila no orfanato três vezes por semana, o que era insuficiente para conter o oceano do amor que os envolvia.

A atitude do magistrado cercava-se de preocupações porque a história da menina não estava nem de longe resolvida. Quem eram seus pais biológicos? Quem eram os sequestradores que a deixaram num porão? Por que ameaçaram Gladiador e a professora Amélia para não entrarem em contato com as autoridades? A menina Milagre continuava envolvida em muitos mistérios.

O suborno do diretor: virando o mundo para baixo para visitar Mila

Gladiador e a professora Amélia tinham direito de visitar Mila semanalmente. Mas, apesar de o juiz ter concedido três visitas, o acesso era difícil. Tony, o diretor do orfanato, só lhes concedia duas visitas semanais. O diretor não era uma pessoa generosa, preocupado com a dor dos outros e com o futuro das crianças da instituição. Ele estava preso dentro de si mesmo e tinha um ego arrogante. Em quase todas as visitas ele questionava os dois. Olhava de baixo a cima para ambos e observava as roupas singelas e os gestos estranhos de Gladiador.

— O que vocês querem?

— O senhor já sabe. Visitar Mila — disse Gladiador.

— Humm, mais uma vez?

— Temos direito a três visitas semanais autorizadas pelo juiz — espetou a professora Amélia.

— Não, não, três visitas atrapalha o funcionamento da instituição — disse o diretor, tentando causar dificuldades para levar vantagens.

— Papi, papi, papai — disse Mila, saindo de mãos dadas com uma pedagoga. Ela se desprendeu e correu para abraçá-los.

— Milha filha. Como você está? — perguntou Gladiador.

— Eu quero ir embora — disse abraçando o pai e a avó do coração.

— Espere, querida. Logo o juiz nos dará a guarda definitiva. E ficaremos para sempre juntos — disse a professora Amélia.

— Mas já faz um mês. Não aguento mais.

— Eu vou dar um jeito para te ver frequentemente.

— Sério? — Mila indagou feliz.

Gladiador, percebendo que Tony estava segurando as visitas porque queria dinheiro, foi até o seu escritório.

— Do que você precisa para liberar nossas visitas a minha filha?

Tony, tentando disfarçar que não era corrupto, fez um momento de silêncio e depois se abriu:

— Não sei, não. Para eu mostrar minha bondade e permitir sua visita cinco vezes por semana pode custar caro. — E mentiu: — Claro, é para ajudar a pagar as contas do orfanato.

E fizeram um acordo. O pouco dinheiro que Gladiador tinha no momento deu para o diretor.

— Quero sair uma hora por dia para passear com ela fora dos muros da instituição.

E assim saíram por uma hora fora do orfanato. Quando estavam nas calçadas, pai e filha começaram a elogiar um ao outro, como muitas vezes fizeram, de forma simples, mas verdadeira:

— Você é minha estrela — disse o pai.

— Você é minha luz — a filha completou.

— Você é meu solo.

— Você é meu andar.

— Você é minha flor.

— Você é meu perfume.

— Você é meu castelo.

— Você é minha proteção.
— Te amo até o inimaginável.
— Te amo até o impensável.

Em seguida os dois superpalhaços, pai e filha, estavam dançando e fazendo estripulias pelas ruas, sem se importar com os olhares dos estranhos; aliás, com a admiração deles. Mas precisavam ganhar dinheiro. Então, tiveram a ideia de fazer o que muitas vezes fizeram em casa: cantar juntos a música "We Are the World" no meio de uma praça. Gladiador imitava, como fez no fórum, vários dos cantores originais dessa música, e Mila, com incrível habilidade, imitava as cantoras Tina Turner, Diana Ross, Cyndi Lauper... A praça parou para ver os incríveis personagens.

Pai e filha ganharam uma boa grana, que foi usada para pagar a propina exigida pelo diretor da instituição, Tony, para liberar a frequência deles no orfanato. A maioria dos orfanatos ou instituições protetivas era conduzida por equipes de profissionais dedicadas e amorosas, mas não era o caso de alguns elementos do orfanato chamado Casa Esperança, onde Mila se encontrava.

Tony exigia cada vez mais dinheiro. Certa vez, quando pai e filha faziam mais uma performance numa praça, o magistrado do caso fazia caminhada no local e se juntou à multidão para ver o que acontecia. Dr. Anderson viu a alegria irradiante e a performance dos dois improváveis pai e filha. Ficou mais uma vez emocionado.

— Não me lembro de ter autorizado a saída de vocês.

Gladiador ficou preocupado:

— Apenas por uma hora, depois retornamos.

— Hummm, Gladiador sendo Gladiador. Ok, autorizado.

Mila abriu um sorriso. E perguntou:

— Que tal? Gostou da dupla?

— Fascinante.

— Então, deixe eu ir morar todos os dias com meu pai — suplicou Mila, agarrando seu moletom.

— Bom, um dia quem sabe. Mas seu pai precisa de emprego fixo para garantir sua sobrevivência digna. Fazer essa incrível performance de vez em quando não garante estabilidade. — E advertiu Gladiador aos seus ouvidos: — Dei-lhe liberdade para sair com a menina. Mas nunca a explore e nem tente fugir com ela, pois não teria mais acesso a ela para sempre.

— Ok. Mas o dinheiro que arrecadamos damos para o diretor.

O juiz franziu a testa.

— O que está me dizendo? Conheço o Tony há mais de vinte anos e sei que é um bom homem. Tem como provar?

— Meu pai quer dizer que damos para ajudar no orfanato — disse Mila mentindo, tentando proteger seu pai.

— Ahhh. Cuidado. Calúnia é algo gravíssimo.

E se despediu, mas começou a cogitar a possibilidade de dar a guarda definitiva para Gladiador, embora os riscos ainda fossem altos e os caminhos, longos. As semanas passavam e Gladiador, após se despedir da sua filha do coração, retornava abatido para sua pequena casa. Às vezes ficava dois dias sem vê-la, pois Tony triplicara a propina que cobrava. Mila, do mesmo modo, ia para casa muito entristecida.

Ao visitar Mila no orfanato, Tony o barrou:

— Cadê a grana?

Gladiador deu o que tinha.

— Não é o suficiente.

— Mas esse era o combinado — afirmou Gladiador estressado.

— Agora, tem de ser três vezes mais.

— Mas isso é injusto, injusto e injusto — disse Gladiador repetidas vezes para o diretor Tony. E, como estava com crise de ansiedade, apesar de não ter surtos psicóticos, seus rituais compulsivos aumentavam.

— Olhe para você. Como um louco pode querer viver e educar uma menina inteligente como a Mila?

— Você me estressa.

— Pode ser. Mas minha instituição, minhas leis.

— Eu vou usar as minhas leis — disse Gladiador, dando um soco com a mão direita na palma da sua mão esquerda.

— Está me ameaçando, Gladiador? Basta um relatório meu e o magistrado impedirá você de visitar Mila para sempre. Você está nas minhas mãos. — E lhe deu as costas.

Chegou em casa desesperado.

— Tony está nos sabotando, mamã. Essa semana ele permitiu duas visitas apenas. Talvez a semana que vem permita somente uma.

— Não há dinheiro que sacie a sede de um corrupto. Temos de pensar numa estratégia — disse a professora Amélia.

— Mas qual? — indagou Gladiador, esfregando as mãos na cabeça.

— Você precisa arrumar algum emprego fixo para o juiz ter segurança para lhe dar a guarda definitiva de Mila — comentou a professora Amélia.

— Emprego fixo, mamã? Eu? Quem daria emprego a um psicótico com meus tiques? Quando eles se manifestam, todos se afastam de mim...

Gladiador tinha razão.

— Eu sei, meu filho. Mas precisa tentar.

— Tentar onde, tentar o quê? Nunca trabalhei com carteira assinada. Não existo para o sistema social. Quer que eu trabalhe como lixeiro? Eu sou um artista de rua.

A professora Amélia parou, respirou e comentou:

— Por que não? Trabalhar como lixeiro é um serviço digno.

E foi assim que Gladiador arrumou um emprego de catador de lixo. E logo se destacou, se tornou o melhor catador. Cantarolando, jogava os sacos de lixo que as pessoas deixavam nas calçadas ou despejava os baús pesados.

— Quanto desperdício — ele falava. — Enquanto muitos passam fome.

E, como era comunicativo, rapidamente começou a conhecer alguns donos da casa pelo nome:

— Olá, seu Martin.
— Olá, Gladiador. Sempre feliz?
— Jogo a tristeza dentro deste caminhão.
Martin ficou surpreso.
— Olá, professora Catharina. Como está a senhora?
— Não estou bem, Gladiador. Estou longe do meu filho.
— E eu da minha filha.
— Mas como você vive cantando?
— Atiro o lixo da minha mente fundo neste caminhão.
— Mas consegue? — dizia ela admirada, enquanto o caminhão de lixo andava.
— Às vezes — dizia, enquanto lágrimas escorriam de seus olhos.

No final da tarde, morrendo de cansaço, ainda tinha que fazer shows nas ruas para complementar a renda para visitar Mila. Reunia um grupo de dez ou quinze pessoas, alguns turistas e dizia:
— Pegue a calculadora dos seus celulares. — E depois acrescentava: — Pense um número e o guarde em suas mentes. Some 890. Agora some ao total o primeiro número que tinha pensando. Divida a conta por dois. Tire o primeiro número em que pensou. Agora multiplique o resultado por 7. Guarde o resultado. Agora, senhora loira, diga um número qualquer.

Ela disse 79.
— Então, multiplique a soma por 79. Agora some mais 15 e em seguida tire 246.070. Agora, deixe-me captar o pensamento de vocês... Deu... deu... o número de pessoas que está ao meu redor: 15.
— Como você conseguiu descobrir? — espantavam-se, inclusive, alguns universitários.
— Segredo de um grande matemático. E espero que os bondosos aqui me deem cem dólares.
— Mas é muito dinheiro.
— Mas pode ser a raiz quadrada de cem, ou seja, dez dólares.

Duas senhoras deram-lhe dez dólares, os demais deram-lhe algumas moedas. Juntado o dinheiro de alguns dias, conseguiu sair mais uma vez com Mila.

— Você arrumou um trabalho fixo, papai?
— Arrumei o trabalho mais digno.
— Qual?
— Lixeiro.
— Lixeiro?
— Sim, sou um guardião do meio ambiente — disse com alegria. — Venha dar uma volta comigo — pediu para seu amigo Digão, motorista do caminhão, permissão e por alguns minutos a levou para andar ao seu lado e catar sacolas de lixo.

Ela jogava para o pai as sacolas, e ele atirava no caminhão. E como eram muito criativos e inteligentes, inventaram uma música:

Somos guardiões do planeta Terra.
Somos lixeiros com muito orgulho.
Catamos o lixo para reciclar.
E assim a vida preservar.

Somos guardiões do planeta Mente.
Não sofremos pelo futuro.
Não cobramos demais de nós.
Nem exigimos o que os outros não podem dar.

Minutos depois, deixou Digão seguindo o caminhão e foram tomar sorvete. Se lambuzaram de prazer.

— Papi, tenho muito orgulho de você. Você é o melhor pai do mundo.
— E você é a melhor filha do mundo. Um dia ficaremos juntos, eu prometo.
— Eu quero fugir do orfanato.

A menina, que sempre foi alegre, abaixou a cabeça.
— O que foi, filha?

— Tony me trata muito mal.

— O que ele te fez? — Gladiador falou raivoso.

— Nós estávamos tendo uma comida péssima e eu conversei com as meninas mais velhas e aos poucos liderei um movimento para falarmos para Tony melhorar a comida. O resultado é que, além de piorar a comida das "rebeldes", ele ficou furioso comigo e me disse: "Tem apenas seis anos e já quer ser líder de movimento contra mim? Ficará a pão e água por dois dias. E, se contar ao seu pai, eu falarei muito mal dele para o juiz, e este cortará suas visitas".

— Que miserável! — esbravejou Gladiador.

Mas não era tudo. Havia coisas muito piores que Mila resolveu contar.

— Outra vez, envolvi as meninas para pedir com delicadeza às enfermeiras e arrumadeiras roupas lavadas, lençóis novos, sabonetes, pois havia dias que não tínhamos sequer papel higiênico no banheiro. E supliquei para elas não contarem nada para o Tony. Não adiantou, elas contaram, talvez não para nos denunciar, mas para resolver o problema, pois ele dá uma de anjo diante de todo mundo e esconde o demônio dentro dele. Ele me chamou em seu escritório e teve um ataque de raiva diante de mim: "Quer me destruir, Mila?! Você é pobre e tem um pai louco e, portanto, tem muito mais do que merece! Trabalhará na cozinha sozinha com as cozinheiras e arrumará a cama de todas as outras crianças por uma semana. Eu te consertarei no chicote". E me deu fortes palmadas nessas duas vezes.

— E por que você não me contou, Mila? Por quê? — disse ele, socando a mesa em que estavam, movimentando a cabeça sem parar.

— Tinha medo de você perder a cabeça e te perder, papi — disse ela com os olhos lacrimejando.

— Aquele verme corrupto — disse Gladiador com uma mão na cabeça tentando conter seu ritual e a outra sobre a mão de sua querida filha para aliviá-la. — E tem mais coisas? — indagou Gladiador admirado e espantado com a força da filha.

— Tem. Estava me reunindo às escondidas com as meninas à noite e ensinando elas a não serem vítimas. Dizia: "Se vocês foram abandonados pelos seus pais, jamais deveriam se abandonar, se achar coitadas e frágeis. Ao contrário, sejam fortes, sonhem muito e lutem pelos seus sonhos. Assim, sairão deste lugar e farão grandes coisas", como você e a vovozita me ensinam. No meio da dor, procurei cultivar o amor.

— Que orgulho tenho de você, Mila.

— Mas Tony descobriu e faz três semanas que me isolou delas. Além das palmadas, vendo-me chorando, ele tem tido um comportamento estranho. Me chamou várias vezes no seu escritório dizendo que tinha chocolate para me dar e que queria fazer as pazes.

— Não vá, não vá. Uma criança nunca deve ficar numa sala sozinha com um estranho, ainda mais com esse psicopata. Ouviu bem?

— Eu sei. Tenho medo dele, sempre fujo.

— Meu Deus, eu sempre lutei com os monstros da minha mente, agora encontrei um monstro real muito maior do que eu criava. Conte para a psicóloga e a assistente social o que ele faz com você.

— Eu contei, mas elas não acreditam em mim. Ele faz no período em que elas não estão presentes.

— Isto não é um orfanato, mas uma prisão de abuso de crianças. Vou dar um jeito nesse psicopata.

Gladiador ficou desesperado e contou para a professora Amélia, que entrou em mais desespero ainda.

— Aquele nojento. Se tocar um dedo na minha menina, eu é que acertarei as contas com ele. O problema é que ele conta com a simpatia do juiz — comentou a professora. E completou: — Todo psicopata é um dissimulador. Precisamos de uma estratégia urgente. Não conhece ninguém no seu trabalho que pode lhe ajudar?

Gladiador parou, pensou e depois comentou:

— Conheço alguém. Mas não sei se poderia.

E foi até a casa de seu Martin, o senhor de meia-idade, que sempre cumprimentava quando catava suas sacolas de lixo. E lhe contou o caso de sua filha. Gladiador não sabia, mas seu Martin era especialista em tecnologia digital e ficou tão impactado com o caso que lhe deu uma microcâmera e a colocou sutilmente em sua camisa esfarrapada, preparando Gladiador para pegar Tony corrompendo-o. No outro dia, Gladiador vestiu a mesma camisa e foi até o orfanato.

— Vim visitar minha filha.

— De novo? — indagou Tony indiferente.

— Você tem aumentado cada vez mais a propina para eu ter direito de visitar Mila três vezes por semana. Agora não consigo vê-la duas vezes por semana.

— Pague mil dólares por semana que eu lhe deixo visitá-la todos os dias da semana.

— Mil dólares? É muito dinheiro.

— Se não pagar, vou fazer um relatório dizendo que você tem agido com violência neste orfanato e colocado em risco a vida da menina.

— Mas isso é corrupção?

— Chame como quiser. Quero a grana.

— Você tem batido na minha filha.

— Ahh, ela te contou? Mais um motivo para você pagar o pedágio.

— Você tem tentado abusar dela. Cuidado, eu socarei seu rosto — afirmou, descontrolado, Gladiador, seus tiques aumentando muito.

Tony engoliu saliva.

— Ahh. Ela também te contou. Quem vai acreditar num maluco que tem comportamentos estranhos como o seu? Toque um dedo em mim e, além de ser preso, nunca mais verá sua filha. Traga a grana ou nunca mais terá acesso a sua filha.

— E bateu a porta do orfanato na sua cara.

Gladiador saiu bufando de ódio. Foi às pressas à casa de seu Martin, que ficou chocado e emocionado com o que viu.

— Esse Tony tem de ser preso urgente — falou com raiva.

E assim ambos pediram uma audiência com urgência e foram até o magistrado. E expuseram o caso.

— Que loucura é esta? Não é possível?

— Veja as gravações, magistrado! — Martin mostrou.

— Como esse crápula pode ter me enganado por duas décadas?

Dr. Anderson expediu o mandado de prisão imediatamente para Tony. E pediu que fosse feita uma devassa nos arquivos dele. E descobriu vídeos de pornografia infantil. Tony foi condenado a trinta anos de prisão. E mais denúncias estavam aparecendo. O magistrado chamou Gladiador, a professora Amélia e Mila no fórum, e se inteirou dos movimentos que a menina fazia para melhorar as condições da instituição e para cuidar da cabeça das suas amigas. Ficou chocado com sua ousadia e sensibilidade e mais chocado ainda com as punições de Tony que ela recebia.

Ao ouvir tudo com os olhos úmidos, deu-lhes finalmente a grande notícia:

— Diante da educação espetacular que vocês deram para Mila, da coragem dela de cuidar de suas amigas e do ambiente em que estava e das punições severas que recebeu por sua bondade, e por vocês terem endereço fixo e Gladiador ter um emprego mensal, vou liberar a guarda provisória de Mila. De agora em diante, ela poderá morar junto com vocês!

Gladiador e Mila explodiram de alegria. E cantaram juntos as duas estrofes a seguir:

Me desespero a procurar
Alguma forma de lhe falar
Como é grande o meu amor por você

Nunca se esqueça nenhum minuto
Que tenho amor maior do mundo
Como é grande o meu amor por você

E se abraçaram e choraram juntos. Quando Mila chegou em casa houve uma festa-surpresa preparada às pressas. Nela havia várias pessoas recepcionando na pequenina casa, inclusive Dr. Anderson, Martin, professora Catharina, Digão e outras pessoas que tinham muito carinho por Gladiador e Mila.

A felicidade sustentável não é uma primavera sem invernos

No outro dia, Gladiador estava tão feliz que levantou de manhã e começou a plantar flores na praça malcuidada que ficava a três quadras de sua casa. Alguns traficantes da comunidade passaram por ele armados até os dentes. Ficaram intrigados com seu gesto, pois ninguém jamais plantou flores naquela praça, ainda mais assoviando. O chefe, Lucas, estava com um colar de ouro. Perguntou com espanto:

— Cara, por que você é tão alegre? Usou droga?

— Não, não usei. Minha vida já é muito excitante.

— Sua alegria é artificial, cara. Você não tem nada, sabemos que é um mero catador de lixo. Não quer trabalhar para nós?

— Sou riquíssimo. Sou guardião do planeta Terra.

— O quê? Está tirando com nossa cara? — disse, empurrando-o. — É um pobretão que não tem onde cair morto.

Sorrindo, ele disse:

— Deixe-me dizer por que sou rico. O sol é meu amigo, todos os dias ele vem aquecer. A chuva é minha irmã, irriga as flores que planto sem reclamar... E, ao pegar o lixo para despoluir o planeta, recebo o que as pessoas têm de melhor, seu sorriso. Sou cumprimentado mais de cem vezes por dia com alegria. Não é isso ser rico?

Os traficantes se entreolharam perturbados. Um deles deu-lhe um empurrão e o levou a cair ao solo e bater a cabeça na terra. E advertiu Gladiador:

— Já rejeitou entrar em nosso esquema! Agora quer dar risada de nossa cara?

Quando ia chutá-lo, Lucas o impediu.

— Não dou risada da sua cara, mas dou da minha — disse com um pequeno sangramento escorrendo pelo rosto.

— Como assim? — indagou Lucas intrigado.

— Dou risada da minha estupidez — disse, limpando o rosto de sangue.

— Você mal tem uma cama para dormir.

— Muitos têm camas, mas não dormem...

A cada resposta de Gladiador eles ficavam mais perturbados. Saíram emudecidos. Após alguns metros, um deles disse a Lucas:

— Esse cara é o doido da comunidade. Não tem ninguém, nem conta em banco...

Lucas confessou:

— Honestamente falando, esse cara é mais feliz do que nós... Preciso repensar meus valores.

No outro dia, para a surpresa de todos, Lucas estava com Gladiador plantando flores sem sua corrente de ouro.

— Desculpe o empurrão de ontem, irmão. Quero aprender a ter a sua alegria.

— Precisa diminuir seu ego para ser um simples ser humano em busca de si mesmo.

Lucas olhou de lado perturbado:

— De onde vêm essas palavras?

Gladiador fez um gesto de um livro aberto e depois disse que os comia. Era um devorador de livros.

Certa vez estava recolhendo lixo no palácio de um multimilionário. Recolhia muitas sacolas. O proprietário de meia-idade, enquanto saía de seu carro Mercedes, o advertiu arrogantemente:

— Não deixe cair nenhum pacote. E nem os perfure para pegar restos de alimentos.

Gladiador ficou incomodado com sua arrogância.

— Senhor, esquecemos de pegar alguns pacotes de lixo.
— Que pacotes?
— Os pacotes da sua mente.
— Que petulância é essa? Sabe quem sou? — falou em voz alta o multimilionário.
— Um ser humano e, como tal, um simples mortal que morre todos os dias um pouco — comentou Gladiador.
— Que ideias são essas? Está me diminuindo? Sou um dos políticos mais importantes deste país. Sou senador.
— Senador? Como um empregado do povo acumula tanto lixo? — brincou Gladiador.
— Repita o que disse, seu atrevido, que eu o processo por calúnia e provoco sua demissão.

Os outros colegas de Gladiador que também pegavam o lixo gelaram a espinha ao ouvir quem era o sujeito.

— Pare, Gladiador. Vamos ser despedidos — interrompeu Digão.

Mas Gladiador não estava nem aí. Era fiel a sua consciência.

— Quem é você, seu abusado? — perguntou o senador.
— Eu sou apenas um caminhante que anda na breve jornada da vida para tentar entender um pouco o Autor da existência. E nessa jornada vou reciclando meus lixos mentais.
— Que lixos mentais?
— Necessidade ansiosa de estar sempre certo, de ser o centro das atenções, de negar meu passado fraturado. Tenho muito lixo mental, e o senhor?
— Eu? Eu... — O senador ficou mudo por um minuto. Depois disse: — Me desculpe. — E acelerou seu carro

tentando fugir dos seus lixos mentais. Partiu completamente perturbado.

Outro dia Gladiador estava passeando com Mila e a professora Amélia. Passaram por um restaurante três estrelas Michelin e que estava no topo da lista dos mais renomados. Só de pisar no ambiente, servido por vários garçons, pagavam uma grana.

— Vamos entrar — pediu Mila.

A professora Amélia discordou:

— Mila, esse restaurante é estrelado.

— Como assim, vovozita? O céu é que é estrelado!

— Ele tem classificação internacional máxima, três estrelas Michelin. Só li sobre esses restaurantes. Nunca entrei num lugar assim. Vão cobrar até nossa respiração.

— Relaxe, vovozita. Vamos entrar só por curiosidade — disse Gladiador.

— Ai, meu Deus, mais um escândalo — disse a professora.

Na entrada, os seguranças, depois de olharem de cima a baixo os três "estranhos", os barraram. Gladiador não gostou:

— Seu moço. Aqui não se vende experiência gastronômica?

— Sim — disse um dos seguranças.

— Pois bem, nós somos ricaços e estamos disfarçados de pobres, entende? Estamos tendo a experiência de ser mendigos, entende? Mas somos cheios da bufunfa — comentou Gladiador.

Mila não gostava de mentira:

— Exagerou, papi, mas mandou bem.

Os seguranças, constrangidos, lhes permitiram entrar. Mas ficaram de olho neles. Por instinto, Gladiador começou a catar papéis jogados no chão, guardanapos e outras coisas que os grã-finos deixavam cair de suas mesas. Mila o acompanhava catando-os também. A professora Amélia ficava mais distante. Um casal de clientes, Camille e Breno, agradeceu a gentileza de ter pegado um guardanapo de papel que deixou cair.

— Vocês trabalham aqui? — perguntou Camille.

— Não. Somos clientes, como você. Fazemos isso porque amamos o planeta — disse Mila, a menina Milagre.

— Meus parabéns — disse Camille para a menina.

Enquanto recolhiam papéis e outras coisas de outras mesas, uma bela jovem de vinte e quatro anos, July, médica recém-formada, filha de um rico empresário dono de uma grande rede de supermercados, os observava com atenção. Ela estava com seu pai e dois outros empresários. Eles saboreavam pratos que chegavam em pequenas porções um atrás do outro. Tomavam um vinho de mil dólares a garrafa. Um dos empresários deixou cair seu garfo.

— Dá-me licença, senhor — disse Gladiador, abaixando para pegá-los.

— Deixe aí, o garçom o pegará em seguida — falou de maneira arrogante.

— Mas eu posso pegá-lo — comentou Gladiador.

— Mas ele é pago para isso.

— Mas não é por dinheiro, senhor, é por prazer — afirmou Mila.

July ficou impressionada com sua resposta.

— Mas, espere, conheço você. Você é o lixeiro de rua, que passa em frente da minha mansão cantarolando e fazendo gestos estranhos com a cabeça!

— Com muito orgulho, senhorita.

— O que está fazendo aqui? Não é lugar para seu bolso. — O empresário que deixara cair o garfo deu risada.

O pai de July não suportou e zombou também. July cutucou seu pai, mas ele era um homem insensível. Mas Gladiador lhe deu, como sempre, um bote como se fosse uma serpente naja.

— Às vezes, recolho lixo da cabeça das pessoas também.

— Lixo da cabeça? — perturbado, indagou o pai de July.

—Ar de superioridade, preconceito, necessidade doentia de poder...

— Vamos, papi. Sinto o cheiro de muito lixo aqui — falou Mila.

Todos ficaram mudos. July não acreditou no que ouviu. Ficou admiravelmente espantada com sua inteligência e ousadia. Um dos empresários, o mais jovem, que tinha interesse em namorar July e querendo impressioná-la, mostrou autoridade.

— Garçom — disse em voz alta e autoritária. — Como vocês deixam entrar mendigos num restaurante com três estrelas Michelin?

Rapidamente os seguranças vieram e pegaram Gladiador pelos braços e foram o empurrando para fora.

— Não empurrem meu pai.

Mila agarrou os seguranças. Mas, como tinha seis para sete anos, não tinha força para contê-los.

A professora Amélia, que estava isolada num canto, disse:

— O tumulto começou.

July falou para seu pretendente namorado:

— Se você acha que me impressionou, saiba que hoje você me perdeu.

De repente, Camille e Breno intervieram:

— Esperem. Eles são nossos amigos.

— Dra. Camille e Dr. Breno, o que os senhores disseram? — indagou o *maître* do restaurante. Têm certeza?

— Sim, são nossos amigos.

— Mas olhe para eles. Devem esmolar dinheiro nas esquinas.

— Pagaremos a conta deles. O senhor mede o ser humano pelo que ele é ou pelo que ele veste? — indagou Camille.

Algumas pessoas deixaram o restaurante por causa dos intrusos. O *maître*, observando o clima, afirmou:

— Sinto muito, mas não podem ficar no meio do restaurante. Têm de ficar num lugar retirado. Vejam, todos estão olhando para eles. Alguns estão saindo.

A professora Amélia, que mal enxergava, ficou esbravecida com a discriminação.

— Me ajude, Mila, que quero falar.

Mila deu o maior apoio:

— Mande bem, vovozita.

Era a família mais incrível de que se tinha notícia. Se provocada, viravam feras. A professora Amélia ergueu o corpo curvado, levantou a cabeça e disse para todos do restaurante ouvirem:

— Abraham Lincoln libertou as pessoas escravizadas nas páginas da constituição em 1866 e cem anos depois esses direitos não saíram das páginas do coração de muitos brancos nos Estados Unidos. Por isso, surgiu Martin Luther King, lutando pelos direitos civis dos discriminados.

As pessoas ficaram emudecidas diante da análise da idosa, mas tiveram aversão pelos gestos estranhos de Gladiador.

— Esse cara é louco — alguém disse em voz baixa, mas audível.

Mila, observando que alguns apontavam para seu pai e o diminuíam, levantou a voz:

— Gostamos de rejeitar o que é estranho, mas não achamos estranho que muitos têm muita comida na mesa, mas não o pão da alegria; viajam para o mundo todo, mas não para dentro de si para se descobrir.

— Arrasou, Mila! — bradou o pai com a mão aberta, fazendo um gesto que começou a ser típico deles: deu três toques nas mãos dela e um encontro de testa.

Algumas pessoas, como July, os aplaudiram. E eles acabaram se sentando perto de onde estavam. Parecia surreal que uma menina que ainda não completara sete anos, um simples catador de lixo e uma senhora idosa deixassem os ricaços abalados. Muitos não tinham 10% da cultura da professora Amélia e a coragem e sabedoria do psicótico e de sua filha.

Tinha duas mesas exclusivas no fundo do restaurante. Numa havia dois seguranças; na outra o multibilionário Dr. Lee, do setor de tecnologia, cidadão americano, mas de origem chinesa, jantava com sua esposa, Rosemary e, ao seu lado, um médico particular que cuidava da sua saúde junto com uma equipe médica. O casal era de longe o mais rico do restaurante, mas estavam falidos emocionalmente, pois fora vítima de uma perda irreparável. Rosemary era loira, alta, esbelta, trinta e cinco anos, mas tinha ataques de pânico, crises de depressão e confusão mental. Rosemary fixou bem seus olhos em Mila e disse para Dr. Lee, seu marido:

— É ela. — E, levantando-se, repetiu as palavras: — Tem de ser ela.

O médico a segurou pelos braços e os seguranças a impediram de caminhar. Seu marido interveio ansioso:

— Outra alucinação, Rosemary! Você já identificou mais de cem meninas erradamente nos últimos anos. Criou climas insuportáveis.

Foi então que foi obrigado a tomar uma pílula para se acalmar. Em seguida se sentou. Enquanto isso, os pratos chegavam até a mesa dos três provocadores da sociedade, Gladiador, Mila e Amélia. O garçom de origem francesa começou a servir a sequência de pratos:

— Senhor e senhoras, esse prato é um ovo de codorna americano que ficou em fermentação por um ano. Seu molho tem mel da Malásia, com raspas de trufas brancas italianas e maracujá da África do Sul. São nutrientes de quatro países neste prato.

Gladiador olhou para Mila, que olhou para a vovozita. Não conseguiram acreditar. Gladiador reclamou:

— Um mísero ovinho de codorna? Tá de brincadeira, garçom. Não tapa um buraco de dente.

— Os grã-finos gostam de ser enganados, meu filho — afirmou a professora Amélia com um sorriso no rosto.

— Traga três ovos de galinha, e dos grandes — pediu Mila.

Constrangido, o garçom disse-lhe:

— Ovos de galinha não entram neste restaurante, senhorita.

— Shiiii. Vou passar fome, papi.

— Não se preocupe senhorita, vêm ainda mais cinco pratos na sequência.

— Se for deste tamanho, vou sair com a barriga roncando — afirmou a menina.

Camille e Breno, que pagariam a conta e que estavam na mesa ao lado, colocaram o guardanapo na boca para não rirem alto – não de deboche, mas de ver a espontaneidade deles. Terminado o jantar, a comida era tão pouca para tão bons estômagos que eles pediram para repetir a sequência de pratos.

— Repita tudo de novo, meu estômago está apertado — solicitou Mila.

— Não é possível repetir a sequência, a conta vai passar de dois mil dólares — afirmou o garçom rispidamente.

— Dois mil dólares? — indagou Gladiador. — Está me assaltando? Que dizer, o casal ali. — Apontou para a anfitriã Camille.

Dr. Lee passou com sua esposa pela mesa deles e pediu que o médico a levasse até seu carro, pois estava sonolenta pela medicação que tomara. Dr. Lee chamou o garçom pelo nome, pois era um frequentador assíduo daquele privado restaurante:

— Emanuel?

— Dr. Lee. Mais uma vez, uma honra recebê-lo com sua esposa.

—A honra é minha. Tudo que foi gasto aqui por esta família será por minha conta, inclusive a conta do gentil casal que os acolheu. E deixe-os repetir a sequência de pratos quantas vezes quiserem.

— Mas, Dr. Lee, eles não podem permanecer...

— Emanuel, se precisar, comprarei este restaurante e as regras serão minhas — falou o multibilionário indignado com a discriminação praticada pelo *maître*.

— Desculpe, doutor. Assim será.

Dr. Lee se abaixou até Mila e teve muita ternura por ela. E lhe perguntou:

— Qual é seu nome?

— Milagre, mas me chame de Mila.

— Que nome interessante. Jamais vi uma jovem tão ousada e inteligente como você. Lembra minha meninice rebelde. E se eu puder te ensinar algo, Mila, nunca seja uma estudante comum. Questione seus professores, se necessário, como fez hoje. Expresse suas ideias sem medo, mesmo que as pessoas não gostem. Seja fiel ao seu pensamento.

— Obrigada. Vovó tem me ensinado que são as perguntas, e não as respostas, que libertam nosso pensamento. E papai me ensinou que são os anormais que conquistam o mundo — comentou Mila, surpreendendo-o.

— Impressionante. Tem sido muito bem educada. São os anormais que de fato mudam o mundo, mas não seja anormal demais — brincou Dr. Lee, algo que raramente fazia. E completou: — Você tem um pai e uma avó raros como diamantes. Está aqui meu cartão. Se eu ainda estiver vivo e se for uma excelente e provocante estudante, sua faculdade, seja qual for, será por minha conta.

Gladiador e professora Amélia encheram os olhos de lágrimas. Mila se levantou e abraçou longamente aquele poderoso e misterioso empresário. Dr. Lee, um homem alto, sério, olhar penetrante, que não sabia o que era chorar havia anos, saiu lacrimejando os olhos. As pessoas ao lado, que presenciaram a cena, também ficaram emocionadas. Não entenderam os mistérios e os sofrimentos que estavam no subsolo dos solos de suas mentes.

A menina gênio: Mila cresce em sabedoria e polêmicas

Mila crescia em estatura e inteligência, mas sempre causando polêmicas pela sua sinceridade e prazer pelo debate de ideias. Em alguns momentos pedia um celular, mas em outros, orientada pelo pai e pela vó, entendia que se conectar muito com as redes sociais e com o mundo digital a faria perder o melhor de sua infância e de sua adolescência. Cresceu entendendo que ser feliz não é ser alegre sempre, mas extrair força na fragilidade e coragem nas dificuldades.

    Seu bom humor, seu jeito espontâneo de ser, sua capacidade de provocar com perguntas e de encantar quem estava ao seu redor eram fascinantes, mas nem sempre compreendidos. A partir dos sete anos entrou na escola formal, e não havia um mês que não questionava seus professores e os deixava de cabelo em pé com suas teses e seus debates. De tudo ela queria saber o porquê. Não aceitava respostas prontas. Queria também entender a história dos cientistas, como eles produziram conhecimento e as dificuldades que tiveram. Timidez não fazia parte do seu dicionário. Zombar dela nutria sua ousadia.

Professores que aplaudiam alunos que discutiam suas matérias amavam dar aulas na classe de Mila. Mas professores que eram apenas expositores de informações, que queriam alunos passivos, detestavam pisar na classe dela, tinham crise de estresse. Estes fizeram mais de cem reuniões para tentar aquietar a menina agitada e que tinha sede de conhecimento e de debates. Mas Mila era imparável. Além disso, tinha mais cultura geral que muitos dos seus mestres.

Os anos se passaram e Mila agora estava com catorze anos. Certa vez, elevou o tom de voz com seu pai, algo muito raro, porque ele a criticou quando ela saiu com uma amiga e ultrapassou o horário estipulado.

— Filha, você é tão inteligente e gentil com seu pai, mas olha o horário. Você não cumpriu o que prometeu.

—Ahh, pai, você pega no meu pé. Preciso do meu espaço — disse num tom mais alto e sentou-se irritada numa cadeira. Mas como seu pai a elogiou antes de criticá-la, apesar de emburrada, ficou pensativa.

Gladiador sentou-se na outra cadeira. Ao invés de dar broncas ou sermões, olhou para dentro de si e foi para o lugar onde mora o silêncio.

Mila caiu em si e sem medo de pedir desculpas disse-lhe:

— Perdão, papi. Errei duas vezes, ultrapassando o horário e ultrapassando meu tom de voz.

Ele foi até ela, pegou sua mão direita, bateu três vezes na dela e encostou sua testa também:

— Desculpas aceitas. Só os fortes reconhecem os erros.

— Eu sei, papi. Os frágeis escondem-se atrás da necessidade doente de se defender com unhas e dentes.

— Parabéns aos dois — disse a professora Amélia. — Eu não enxergo muito, mas enxergo um pouco as sutilezas do coração. E você, Gladiador, não é um pai chato.

— Como assim, mamã?

— Quem repete duas vezes a mesma correção é um pouco chato, três vezes é muito chato. E quatro vezes ou mais?
— É insuportável. Já fui insuportável. Estou aprendendo a economizar as palavras para deixar Mila pensar.

Era uma noite chuvosa e fria, havia goteiras no telhado e eles tinham de colocar vasilhas para a água não se espalhar pela casa. Uma casa tão pobre, tão pequena, mas com dimensões intelectuais e emocionais gigantescas.

Eles, ao invés de reclamarem das goteiras, sentaram-se à mesa e começaram a tomar um chá barato, mas delicioso, preparado por Gladiador. A mesa deles era um lugar muito especial da casa, um lugar de debates. E discutiam sobre tudo, de filosofia a ciências. Mila, sentindo o perfume do chá, fez uma pergunta para a sábia professora de filosofia:

— Muitos filósofos criam em Deus?
— Muitos. Sócrates, Platão, Aristóteles criam em Deus. Inclusive um dos motivos por que Sócrates foi condenado à morte, a tomar a cicuta, um veneno, pelos governantes gregos era porque ele cria num Deus único, e não nos deuses da mitologia grega. Tomás de Aquino, René Descartes, John Locke, Immanuel Kant, Soren Kierkegaard e outros notáveis filósofos eram cristãos confessos.

Mila fez uma pausa para pensar e depois perguntou:
— E qual foi o maior milagre que Cristo fez?

Era interessante a menina que se chamava "Milagre" perguntar sobre o tema. A professora olhou bem nos olhos dela e, sabendo que ela amava explorar o desconhecido, lhe disse:

— Penso que seu maior milagre não foi fazer atos sobrenaturais como muitos religiosos pensam, mas ser profundamente humano.

— Como assim? — perguntou Mila.
— Não foi restaurar a visão dos cegos, a pele dos leprosos ou as articulações dos paralíticos, mas ser "o filho do homem", expressar humanidade. E o que é expressar humanidade, Mila?

— Ser capaz de abraçar, chorar, acolher. O sentimento de acolhimento é muito caro em nossa família, pois somos rejeitados socialmente. Que eu me lembre, mais de uma centena de pessoas ou grupos nos zombaram, nos debocharam e nos trataram como se fôssemos intelectualmente estúpidos. Logo nós, que amamos os livros e as ideias.

— Sim, Mila. O carpinteiro de Nazaré acolheu leprosos e prostitutas e os transformou em seres humanos de raro quilate, tais como os diamantes. E, na sua última noite, seu cérebro ficou tão estressado que teve um caso incomum na medicina, hematidrose, ou seja, suor sanguinolento.

— Como assim? — indagou Gladiador muito interessado. — Jesus estressou muito tal como eu me estresso eu fui internado, preso, ou quando luto com meus fantasmas mentais?

— Provavelmente muito mais do que você, meu filho, pois ele tinha de se preparar para suportar o insuportável. Quando fosse dramaticamente rejeitado e chicoteado, teria de abraçar; quando fosse coroado com espinhos, teria de dar flores; quando fosse esbofeteado, teria de dar a outra face aos seus torturadores romanos. Se os religiosos que o seguiram ao longo da história soubessem minimamente disso, não teriam feito guerras, mas cultivado a paz.

Gladiador, como notável leitor, completou:

— É surpreendente sua análise, por isso ele suou sangue. Portanto, o maior milagre é o Eterno se tonar finito, o imortal parar de respirar. E, tremulando de dor, olhou para seus carrascos e ousou dizer: "Pai, perdoa-os, pois eles não sabem o que fazem!". Eu sou um doente mental, mas eu penso e critico o que leio. E de todos os livros que li, tanto Descartes, como Sartre, Shakespeare, Machado de Assis ou Dostoiévski, na minha opinião essa foi a passagem mais linda da literatura mundial.

— Incrível, papi. Me encanta o lado saudável da sua mente. Talvez a única vez que o homem Jesus se colocou acima dos seres humanos foi quando ele foi pendurado na cruz — concluiu Mila pensativa.

A instigante professora de filosofia sorriu diante da garota e do "psicótico", dois inteligentes que amavam leitura. E em seguida ela discorreu:

— Vamos voltar à última ceia, pintada por Leonardo da Vinci. No auge da fama, o Mestre dos mestres se abaixou aos pés dos seus alunos que frequentemente lhe davam dores de cabeça e os lavou. Não foi isto revolucionário?

— Seu comportamento deve ter abalado muito seus alunos — concluiu Mila, tentando construir a cena em sua mente.

— Sem dúvida, Mila. Ficaram chocados. Em seguida, ele advertiu esses alunos: "No mundo político os maiores são servidos pelos menores, mas no meu mundo o maior é aquele que serve...".

Depois de refletir sobre essas ideias, Mila levantou outro questionamento:

— O que me intriga é que, se há um Deus, por que ele parece ausente das nossas dores? Por que que se esconde atrás da cortina do espaço?

— Talvez ele seja tão discreto que gosta de brincar com os ateus e com os religiosos e só se deixe ser achado por quem ultrapassa a cortina do espaço e procura o invisível — abordou a professora Amélia.

— Será que ele não chora a dor dos pais que perdem seus filhos, não experimenta a angústia da rejeição sofrida pelos deficientes, imigrantes, psicóticos? — ponderou Gladiador, olhando para o próprio passado.

Mila era fascinada pelos debates que ocorriam em sua paupérrima casa. Pelo menos duas vezes por semana sentavam-se para discutir as ideias, inclusive as teses dos filósofos. Depois de todo esse debate, tão incomum nas famílias modernas, plugadas nos celulares, e não uns nos outros, Mila suspirou e comentou:

— Se os jovens descobrissem como é bom discutir sobre o que somos, e não apenas sobre o que temos, seriam mais felizes e mentalmente saudáveis. Hoje nas redes sociais tudo é tão superficial.

— Quer fazer psicologia, filha? — afirmou Gladiador apoiando Mila.

— Ainda não sei, papi, mas o que realmente quero é ter propósito na vida, contribuir um pouco com a humanidade, em destaque com a juventude. Apesar de sermos provavelmente a família mais pobre financeiramente, talvez sejamos uma das mais ricas na arte de pensar e de amar uns aos outros. Estou triste pelas minhas colegas de classe.

— Por quê, Mila? Como se relacionam com os pais delas? — perguntou Gladiador.

— Elas dizem a uma só voz que recebem muitas broncas e críticas diárias, enquanto aqui não perdemos a oportunidade de elogiar uns aos outros. Lá pais e filhos ficam ilhados nas telas digitais, enquanto aqui discutimos livros e o sentido da vida. Muitas delas se mutilam no banheiro e seus pais e os professores não sabem.

Foi então que Mila lhes contou uma conversa que teve com algumas amigas. Uma delas, Giovana, comentou:

— "Eu sofro pela ditadura da beleza. Sou gordinha e me acho horrível quando me olho no espelho. Fico tão estressada que me mutilo", disse Giovana com ar de muito sofrimento. "Não é o espelho que está errado, Giovana. São seus olhos", afirmei. "Como assim?", indagou a amiga. "Beleza está na maneira como você se enxerga. Beleza não pode ser comparada, vendida ou comprada." Outra amiga, Janine, comentou: "Meus pais não têm tempo para mim. Ficam o dia todo no celular, não me perguntam nem sobre meus sonhos e nem sobre meus pesadelos. Me sinto órfã de pais vivos". "O pior não é seus pais não terem tempo para você", eu lhe disse, "mas você mesma não ter tempo para você. Se mutilar não neutraliza sua dor emocional." E a provoquei a sair da sua passividade: "Critique os fantasmas da sua mente, não se submeta a eles".

Gladiador ficou felicíssimo com a generosidade de sua filha. Se na sua juventude tivesse um amigo como ela, talvez não entrasse num cárcere mental tão grave. Ao ouvir o relato de Mila sobre suas amigas e como ela tentou ajudá-las, a professora Amélia indagou admirada:

— E elas melhoraram?

— Elas disseram que estão encarando a vida de outro modo. Comentam que eu as contagio com minha vontade de viver e mudar o mundo.

E assim Mila crescia com menos celulares e mais livros, com menos apontamento de erros e mais celebração de acertos, menos imposição de ideias e mais exposição delas. Mas ser uma garota completamente fora da curva continuava a trazer alguns sérios problemas. Ela se tornara o terror de alguns professores racionalistas, que queriam respostas exatas nas provas escolares. Certo dia, uma professora de física disse-lhe rispidamente:

— Mais uma vez você escreveu respostas que não estão nas aulas que lhe dei, nem nos livros e nas apostilas.

— O que a senhora quer formar: mentes controladas ou livres?

— Claro, quero formar mentes livres.

— Então me dê liberdade para discorrer minhas ideias nas provas.

Outro professor de história, mais radical e racionalista, foi ferino na frente de toda a classe ao entregar a prova de Mila.

— Mila, como ousa dar respostas que não foram as que pedi na prova? Eu lhe dei zero.

A classe zombou, assoviou, mas Mila, ao invés de abaixar a cabeça, se levantou e enfrentou o mestre:

— Eu li no livro de um psiquiatra, *Tratado da construção da consciência, do pensamento e das emoções*, que...

O professor a interrompeu com ira:

— Espere um pouco. Está querendo me enrolar, como fez na sua prova? Você, uma garota que só tem quinze anos, está dizendo que lê tratados de psiquiatria e psicologia? Era só o que me faltava. Pare de mentir, menina.

A classe novamente debochou de Mila. Era para Mila estar se contorcendo de raiva, mas mais uma vez fez a oração dos sábios, o silêncio, e nele procurou respostas inteligentes na situação estressante. Com ousadia, disse:

— Por que o senhor duvida das minhas palavras? Estudar é ficar no cárcere do que se ensina na escola? Eu estudei nesse tratado que a educação mundial está errada, que a memória humana não é especialista em lembrança pura, mas em reconstruir o passado, por isso as provas escolares que exigem respostas exatas estão erradas.

— Era só o que me faltava, uma pré-adolescente querendo mudar a educação mundial. Estamos num circo.

Mila foi desafiada. Assim como seu pai, desafiá-la era um perigo, pois não elevava o tom de voz, mas se tornava uma fera intelectual.

— Para mim a escola é um campo de debate, e não um circo, professor Renato. Está preparado para o debate? Se eu vencer, você me dá nota dez; se eu perder, aceito humildemente seu zero.

— Desafio aceito.

A classe aplaudiu e alguns assoviaram, parecendo final de campeonato esportivo. Mila perguntou:

— O senhor se lembra do que falou no almoço ontem, suas palavras, suas ideias, seus pensamentos, com exatidão?

O professor engoliu seco. Confessou:

— Não, não me lembro.

— Se o senhor não se lembra o que falou e pensou há apenas vinte e quatro horas, como tem coragem de exigir que seus alunos se lembrem nas provas o que aprenderam há semanas ou meses?

— Bom... É... — O professor emudeceu.

E Mila continuou provocando seu mestre:

— Mas se eu pedir para o senhor criar, imaginar, reconstruir, sobre o que falou e pensou ontem, é provável que o senhor forme inúmeras ideias, mas não exatamente as que pensou.

— Faz sentido — reconheceu o professor profundamente pensativo.

Mila deu um suspiro e concluiu:

— Com isso, reitero, as provas escolares que exigem lembranças exatas assassinam pensadores. Elas deveriam valorizar a ousadia, a imaginação, a criatividade, as novas ideias. Recomendo o senhor ler o *Tratado da construção da consciência, do pensamento e da emoção*.

A classe levantou-se em peso e aplaudiu Mila. O professor teve de dar nota máxima para Mila, mesmo que os dados não fossem o que ele esperava.

Em outra ocasião, Mila se envolveu em mais um embate com a professora de química, Núbia.

— Professora, como e por que os elétrons estão dançando ao redor do núcleo? Do que eles se constituem? Eles sempre existem indefinidamente ou se transformam em energia e desaparecem? E por que...

— Pelo amor de Deus, Mila, você questiona tudo. Não interrompa minha exposição.

A classe zombou de Mila. Mas mais uma vez o bullying, ao invés de a deprimir, nutria sua garra. Ela chamou a professora para um debate:

— Professora Núbia, pense comigo. Imagine que a senhora mora em um ambiente muito frio e tem duas possibilidades de se fazer uma fogueira: uma com madeira seca e outra com sementes. Qual a senhora prefere?

— Uma pergunta banal, menina. Claro, prefiro a madeira seca — Núbia concluiu rapidamente.

Mas a resposta não era óbvia, envolvia uma complexidade filosófica.

Mila usou astúcia e a pegou:

— Muitos amam a madeira seca, pois ela rapidamente pega fogo e aquece o ambiente. Mas eu prefiro as sementes.

— Por quê? — perguntou a professora, curiosa.

— Plante as sementes que terá uma floresta e nunca mais lhe faltará madeira para se aquecer. A madeira seca, nesta metáfora, representa os alunos passivos, quietos, conformados, enquanto os alunos questionadores representam as sementes. Plante alunos questionadores nos solos das escolas e das sociedades, e surgirá uma floresta do conhecimento e nunca faltarão novas ideias para a sociedade evoluir. Nossa espécie morrerá o no dia em que os alunos pararem de perguntar... — E Mila se levantou, olhou para os alunos que a zombaram e perguntou: — E na era da Inteligência Artificial isto já está ocorrendo?

Os alunos ficaram mudos, pois eram intelectos passivos, e não perguntadores. Mas com a ousadia de Mila vários começaram a questionar e pensar em sala de aula. Assim Mila foi desenvolvendo sua personalidade. Era cada vez mais uma garota apaixonada pela vida, autônoma, líder de si mesma, diferentemente de milhões de jovens que viviam se comparando nas redes sociais, que se preocupavam demais com a opinião dos outros e com o número de likes e visualizações nas redes sociais.

Alguns mistérios da história de Mila são resolvidos

Mila estava dançando livremente com seu pai na praça central da cidade no meio das pessoas e não se importava com os olhares dos outros. Ela era bela, em destaque por dentro. Estava com dezesseis anos e amava seu pai profundamente. Gladiador ainda tinha sequelas de movimentos involuntários, principalmente por causa do TOC, que, em seu caso, estava associado a sua psicose. Mas esses movimentos também tinham ligação com efeitos colaterais de medicamentos que tomara.

— Como pode uma garota tão bela dançar com esse velhote com jeito de maluco? — disse um adolescente na companhia de três outros.

Ela ouviu o preconceito, interrompeu a dança e se aproximou do rosto dele e lhe disse:

— Esse velhote com jeito de maluco é mais resiliente do que Einstein.

Eles deram risada e outro deles comentou:

— Garota bonita, mas patética.

Então ela lhes contou:

— Einstein internou um filho psicótico num manicômio e praticamente o abandonou.

— Não sabia — disse o primeiro adolescente.

— Não sabia que um dos maiores gênios da humanidade foi emocionalmente frágil com seu filho? Enquanto meu pai foi internado em hospitais psiquiátricos, tomou medicamentos poderosos e até eletrochoques, mas se reinventou e se tornou meu herói, pois jamais me abandonou. Quem é mais forte, pai: Einstein ou vocês, nutellas?

E retomou a dança com seu pai diante de uma plateia atônita que a ouvira. Aqueles jovens tiveram insônia por uma semana. Três deles nunca mais foram os mesmos.

Quando estavam terminando a dança, apareceu o mais temível dos homens na sua frente, o carrasco que vigiava dia e noite Mila, quando era uma bebê de dez meses. Era o homem que tinha uma cicatriz no rosto e que frequentemente ameaçava e agredia Gladiador. Mila o viu uma vez de relance, quando tinha cinco anos, mas não se recordava muito dele, mas Gladiador nunca o esquecera. Ele estava de cabelos brancos e vestia um casaco preto com objetos volumosos no bolso, parecendo armas. E estava acompanhado de dois outros homens mais jovens.

Quando Gladiador o viu, foi a vez de ele interromper imediatamente a dança e colocar Mila atrás de si.

— Você aqui? Depois de dezesseis anos? O que você quer?

— O que foi, papi?— E fixou seu olhar na cicatriz do que parecia o chefe. — São eles? Os homens que nos perseguiam?

Gladiador só meneou a cabeça que sim.

— É, maluco, tenho de admitir que você foi longe demais. Nem a Interpol foi tão esperta. Esconderam-se como ratos nos porões por tanto tempo. Enganou a mim, meu superior e a grande chefe.

— A grande chefe? Do que você está falando? — perguntou Gladiador, confuso e aumentando seus movimentos involuntários.

— Mary Jones.

— Mary Jones. Era ela que comandava a gangue?

— Torça a língua. Gangue, não. Profissionais do crime — disse o líder que trazia a grande cicatriz no rosto e muito mais cicatrizes na sua mente. Tinha traços de psicopatia, por isso expressava baixo nível de compaixão. E, colocando as mãos no bolso, como se estivesse empunhando armas, foi cruel nas palavras.

— Quem é Mary Jones? — indagou Mila curiosa, pois não sabia que havia uma mulher entre seus carrascos.

— Mary Jones é simplesmente sua mãe, garota.

O mundo desabou sobre Mila, e também sobre Gladiador. Neste momento ela se descontrolou. Ofegante, foi até o homem da cicatriz e, como se tivesse a força de uma leoa, pegou-o pelo blazer na altura do peito e bradou:

— Minha mãe? Você está mentindo! De quem você está falando!

Como eles dançavam em praça pública, havia um círculo de curiosos ao redor deles. Parecia uma cena de filme surreal. Mas era uma realidade crua, que tinha marcas emocionais inapagáveis.

O homem da cicatriz tirou suas mãos do bolso e empurrou Mila, que se afastou por um metro. E falou com ironia:

— Corajosa como a mãe.

— Quem é minha mãe? De quem você está falando? — exigiu, completamente abalada.

— Vamos, filha. Não dê ouvidos a esses sujeitos — pediu Gladiador.

Mila recusou-se:

— Desculpe-me, pai. Preciso tentar entender o imenso quebra-cabeça que envolve minha história.

O homem da cicatriz respirou profundamente, meneou a cabeça, como se estivesse prestando homenagem a uma mulher que admirava e que o liderava:

— Sua mãe, garota, era a rainha do crime. Tráfico internacional, líder de líderes, sequestradora de magnatas.

— É mentira.

— Calma! Para que essa ansiedade? Não quer entender o seu quebra-cabeça?

— Continue — disse Mila.

— Sua mãe sequestrava ricaços para pedir resgate. Até que se apaixonou por um dos figurões que havia sequestrado, um bilionário oriental. Paixão, esse é o pecado capital de quem está envolvido no crime.

— Você está mentindo! Está dizendo que sou fruto de uma sequestradora e um sequestrado? — bradou Mila.

— Já chega. Vamos embora, filha, não se torture — disse Gladiador, pegando-a pelo braço.

Mas ela se soltou dos seus braços.

— Não, não estou. Olhe para os traços orientais de seu pai. Olhe para seu caráter, veja como você é inquieta e rápida como sua mãe. Você é a verdade dessa história.

Mila ficou paralisada. Em seguida, o criminoso fez uma pausa para ordenar suas ideias. E Mila perguntou rapidamente:

— Mas por que minha mãe não me procurou?

— Quando você nasceu, ela tinha que decidir se seria mãe ou continuaria rainha do crime. As pressões do reinado, em destaque dos seus líderes, falaram mais forte. Ela decidiu que deveria entregar você ao seu pai; era mais seguro, pois você corria riscos altíssimos de ser morta pelos inimigos dele.

— Então, ela nunca me amou? Não lutou por mim?

— Acalme-se, essa história ainda tem mais mistérios. Meses depois de entregar você ao seu pai, ela se arrependeu. E dizia para mim e para uma dúzia de outros figurões que deveria te sequestrar e cobrar do seu pai bilionário o maior resgate da sua vida.

— Além de não me amar, minha mãe me usou para receber resgate? Que mulher é essa?

— Esta é Mary Jones, nossa grande líder. Treinada pelos Estados Unidos para combater no Afeganistão. Presa, torturada, perdeu todos os seus amigos, mas mudou de lado e se tornou poderosa. Essa mulher forte, no fundo, nos enganava. Dizia que queria te sequestrar para pegar o resgate dos resgates, mas tinha sentimento dúbio: queria usar você, mas queria também ficar perto de você. Ninguém entendia a cabeça dela.

Mila não suportou e começou a chorar. E o criminoso continuou sua narrativa:

— Parece que seu pai biológico te amou muitíssimo. E, pelo que investigamos, sua esposa, que antes te rejeitava por ser uma filha fora do casamento, vendo seu sorriso, seu jeito de ser, sua tagarelice, passou a te amar mais ainda, pois ela não podia ter filhos. Após o sequestro, nós entregamos você para Mary Jones e seu companheiro. Eu fui o intermediário:

— Dez milhões de dólares.

— Eu aceito. Entreguem minha filha — disse seu pai do outro lado da linha.

Mas você era tão alegre e tão cativante que o instinto materno de Mary Jones aflorou e o amor, mais uma vez o amor, foi o seu grande erro. Ela subiu várias vezes o resgate. Chegou a cem milhões de dólares. Seu pai aceitou.

— São cem milhões de dólares. Ou nunca mais verá sua filha — eu disse.

— Nós aceitamos — disse a esposa do bilionário. Ela pegou o telefone e em prantos disse: — Quero minha filha de volta. Quero prova de vida.

Eu e outros comandados de Mary Jones a pressionamos a aceitar. Mas ela não te entregava e tudo começou a dar errado.

— E por que fui parar num porão? — disse Mila, enxugando seus olhos com as mãos.

— O seu pai colocou poderosos na nossa cola e seu sequestro ganhou status internacional, envolvendo o FBI e a Interpol. Como demorou muito para te entregar, o apartamento de Mary Jones foi descoberto e arrombado, mas ela, como especialista em artes marciais, lutou bravamente contra vários policiais com você no colo. Escapou, mas sofreu uma caçada infernal, envolvendo mais de uma centena de policiais.

Era uma história saturada de emoções e perigosas aventuras. O criminoso da cicatriz contou que, à medida que Mary Jones fugia, Mila a cativava cada vez mais, pois não tinha medo de nada; ao contrário, tudo era uma festa: sorria, se comunicava, gostava do barulho. Quando sua mãe foi atropelada por um Cadillac, Mila subiu sobre seu corpo e derramou lágrimas que caíram sobre seus os olhos, fazendo-a voltar à vida.

— Quando estava prestes ser pega, deixou você num porão, pensando que em breve iria buscá-la. E escreveu um bilhete para esse maluco. — Apontou para Gladiador.

— Não é possível que isso seja real! — disse Mila, abraçando seu pai.

— Não, menina, é a mais pura verdade. Os brutos também amam. Até os psicóticos amam. Gladiador não podia te entregar a nenhuma instituição e nem para as autoridades; caso contrário, jamais te veria. E nós garantimos isso.

Neste momento Gladiador abraçou mais fortemente Mila. Ela caiu em si e percebeu que o criminoso parecia coerente e falando a verdade.

— Por que ela não veio me resgatar? — indagou Mila.

— Porque sua mãe foi presa. E ela foi interrogada de todas as formas. Mas não entregou seu paradeiro, disse que você não estava morta.

— Ah, meu Deus. Por que aconteceu tudo isso comigo? — falou Mila profundamente chocada.

— Vigiamos você dia e noite, pois Mary Jones tinha esperança de fugir da prisão e ficar com você. A esperança também move os brutos. Ela pegou prisão perpétua por tráfico de drogas, por tráfico de crianças e outros crimes.

Mila derramava lágrimas sem parar. Depois de se recompor um pouco, indagou:

— E como está minha mãe hoje?

O criminoso respirou fundo e disse categoricamente:

— Não está. Talvez por nunca mais ter notícia suas, foi debilitando-se, pegou uma infecção na prisão e fechou seus olhos para a vida há dois meses.

Mila colocou as mãos no rosto inconsolada. Seu pai tentava dar-lhe carinho, mas nenhum afeto no mundo poderia preencher as imensas crateras da sua história. E, por fim, o criminoso disse:

— Antes de Mary Jones morrer, troquei informações secretas com ela e eu lhe prometi que te encontraria. Mas não deu tempo. Mas eu lhe afirmo: você está livre. Adeus.

Mila abraçava seu pai emocionada. Quando os três criminosos estavam a dez metros, ela se virou para eles e perguntou:

— E o meu pai? Quem é ele?

O portador da cicatriz pela primeira vez agiu com o mínimo de compaixão:

— Seu pai? Está nos seus braços. Acho que esse louco se tornou pai muito melhor do que a grande maioria dos pais mentalmente saudáveis. Esqueça seu pai biológico.

E partiram para nunca mais se encontrar. Nenhum ser humano é tão feliz que não tenha seus momentos de angústias, nem tão resolvido emocionalmente que não tenha seus golpes de ansiedade. Mila era uma jovem saudável, apesar de todos os invernos que passou. Uma grande parte dos mistérios da sua história foi resolvida. Ela não podia torturar Gladiador questionando insistentemente sobre quem era seu pai biológico. Não era o momento. Não sabia se ele estava vivo e não importava se ele era bilionário, o que importava é que ela havia encontrado seu pai do coração.

Uma vida sem propósito é um céu sem estrelas: o grande projeto de Mila

A personalidade de Mila foi desenvolvida entre dramáticos invernos e belíssimas primaveras. Aprendeu com seu pai e com a professora de filosofia a não se colocar como uma pobre miserável cuja vida não deu privilégios. Ao contrário, como sempre disse a muitas pessoas, ela se sentia riquíssima, pois contemplava o belo, fazia muito do pouco, era autêntica, não gravitava na órbita da opinião dos outros, era livre para pensar e para expressar suas ideias.

— Viver sem um sentido existencial é ser como um zumbi social, que não pensa, que faz tudo automaticamente — dizia para seus amigos e amigas.

Cinco meses depois, Mila tinha completado dezessete anos. E já tinha um projeto na sua cabeça que a inquietava. A menina Milagre queria contribuir de alguma forma com a juventude mundial. Ela tinha estatísticas nas mãos que demostravam que milhões eram vítimas de ansiedade, depressão, do bullying, cyberbullying, automutilação. Certo dia ela causou impacto nas pessoas que mais amava.

— Papi e vovozita, eu tenho um grande sonho. Estou desenvolvendo um aplicativo para estimular as crianças e jovens de todas as línguas e de todos os povos a terem mais saúde emocional.

Gladiador a aplaudiu, embora imaginasse que um projeto dessa magnitude talvez fosse um sonho irrealizável. A professora Amélia estava bem velhinha, quase cega, com o corpo curvado, mas com uma mente jovem e proativa, e também a aplaudiu, mas ao mesmo tempo a questionou:

— Estou orgulhosa de você, minha neta. Mas um aplicativo não vai afundar mais as pessoas no mundo digital?

— Pensei muito nisto. Não dá para desconectar as pessoas do mundo digital, mas podemos usar o veneno a nosso favor...

— Como assim? — indagou Gladiador.

— O que diferencia se uma substância se torna um veneno ou um medicamento é sua dose e seu modo de usá-la.

— Interessante. E qual é seu projeto, filha? — perguntou o pai curioso.

— Um aplicativo que tenha um programa de prevenção de suicídios e de transtornos socioemocionais.

— Prevenção em psiquiatria e psicologia? Está de brincadeira, filha? — questionou o pai, que sempre foi alvo de tratamentos, e nunca de prevenção.

— Por quê, papai?

— A psiquiatria e a psicologia esperam que as pessoas se tornem doentes para depois as tratar. Antes de desenvolver meu Transtorno Obsessivo-compulsivo e minha psicose, nenhum psiquiatra, psicólogo ou educador da minha escola falou de prevenção.

— Seu pai tem razão. Na medicina biológica temos as vacinas e as medidas sanitárias, como tratamento de água e esgoto, para prevenir as doenças físicas, mas...

Gladiador interveio e completou:

— Nas ciências da mente não temos vacinas ou técnicas preventivas. Nesta área elas estão séculos atrasadas. Como prevenir uma criança ou jovem de ser prisioneiro em sua mente? Esqueça! Isso é uma miragem — falou Gladiador saturado de dúvidas.

— Mas vocês me aplaudiram há pouco e agora me desanimam? Se pensar como todo mundo pensa, chegaremos a respostas a que todo mundo chegou. Somos todos aqui improváveis.

— Como assim, improváveis? — questionou seu pai.

— Você, Gladiador, é um ser humano improvável, sem família, excluído, humilhado por seus gestos repetitivos. Considerado esgoto social, psicótico, doido dos doidos, preso umas dez vezes, foi internado umas vinte, das quais a maioria foi à força, e escapou de todas. Deu shows até alucinando para sobreviver, perseguido dia e noite por criminosos, e muito mais. Mas se reinventou e se superou. Era improvável que você desse certo até como pai.

— Pensando bem, nem eu acredito que cheguei até aqui — comentou Gladiador muito emocionado.

— Olha a vovozita. Professora brilhante, mas excluída do sistema, sem aposentadoria digna, morando num barraco, quase cega, perseguida, presa por minha causa, considerada traficante de criança, enfrentando e despistando criminosos. Saiu dos escombros, também é uma sobrevivente.

— Pensei muitas vezes que não sobreviveria. Talvez meus maiores problemas tenham sido cuidar das loucuras e das teimosias de seu pai. — E deu risada.

E Mila continuou falando sobre os motivos de seu projeto:

— Minha chance te ter sobrevivido era também próxima de zero. Vocês sabem... Fui até sequestrada pela própria mãe biológica, que era "rainha do crime"...

A professora Amélia suspirou profundamente e começou a entender o projeto de Mila:

— Seu aplicativo quer mostrar que, assim como a sua vida foi tão improvável de acontecer, cada jovem pode se inspirar em você para ser mais forte, resiliente, seguro.

— Inspirar-se em nossa história! Mas isso é apenas parte do meu programa. O que quero mostrar é que, no fundo, todo ser humano tem uma história improvável, e suas chances de sobrevivida eram também próximas de zero.

— Como assim? — questionou seu pai sem compreender.

— Vocês vão ter de esperar o desenvolvimento do programa. Ainda é segredo...

— Mais segredos, filha? — disse o pai sorrindo.

— Sim, papi, todos os seres humanos são cercados de segredos e não sabem. E todos têm uma coragem surpreendente e também não sabem.

— Nunca fiquei tão curiosa — afirmou a professora Amélia.

Mila deu algumas pistas sobre os motivos que calam fundo nela para elaborar seu projeto. Contou uma história saturada de emoções.

— Há um mês estava passeando pelo pátio da escola quando de repente apareceu um jovem, Peter, portando uma arma. Estava trêmulo, ansioso. Mas não era uma arma de plástico que um dia você portava, papi, quando tinha doze anos. Era uma arma real. Peter apontou a arma para toda a turma, em seguida a direcionou para mim, pois estava mais perto. Todos entraram em pânico, inclusive eu. Eu queria e precisava fugir, mas estava a três metros da sua frente, não dava tempo.

— E daí, minha filha? O que aconteceu? — perguntou Gladiador inquieto.

— Me lembrei quando você, vovó, tirou a arma do garoto Gladiador usando as técnicas de gestão da emoção. — E olhou para seu pai.

— E como você fez? — indagou a professora Amélia preocupada.

— Primeiro surpreendi o agressor com elogios antes de apontar-lhe o erro. Disse-lhe: "Peter, você é um jovem inteligente, não precisa de uma arma para mostrar seu poder!". Ele balançou, ficou inseguro. Depois falei-lhe com autoridade:

"Sei que está sofrendo e eu te respeito, mas você é muito maior que sua arma". Chocado com minha atitude de não o repreender, mas acolhê-lo, ele se abriu: "Me fizeram bullying por meses, me chamaram de burro, de elefante, de débil mental!". E eu lhe disse: "Sofrer bullying tem sido minha especialidade. Muitos me chamam de petulante, estúpida, louca, filha de esquizofrênico". Então, disse-lhe: "Tenho aprendido duas técnicas de gestão da emoção poderosas, 'não compro o que não me pertence' e 'minha paz vale ouro, o resto é lixo, por isso por nada e por ninguém vou vender minha saúde mental'". — Depois de contar esse episódio, Mila silenciou...

— E o que aconteceu, minha neta? Conte, vamos.

— Ele entregou a arma para mim e saiu correndo. Hoje está em tratamento. Meus colegas de escola, que antes praticavam o bullying comigo, passaram a me admirar e me contar seus conflitos. E formei um grupo de vinte alunos, inclusive Peter, com os quais me reúno semanalmente para falar da prevenção através da gestão da emoção.

— Por que você escondeu esses fatos tão importantes de nós, filha?

— Não escondi, apenas esperei o momento certo para lhes contar, como agora. Pois esse episódio deu musculatura ao meu grande sonho. Queria elaborá-lo melhor para lhes contar meu projeto de vida, meu aplicativo para promover a saúde mental. Nossas reuniões têm sido incríveis.

— Mas que profissional tem apoiado você nesse projeto? — perguntou a professora Amélia, pois cria que Mila não tinha experiência para ouvir e intervir preventivamente na história desses alunos.

— Dr. Marco Polo.

— Dr. Marco Polo? O famoso psiquiatra dos livros que eu lia há mais de vinte e cinco anos?

— O mesmo.

— Mas como você conseguiu seu contato e apoio?

— Quem tem boca vai a Roma. Também li alguns livros dele e o procurei de todas as formas. E depois de achá-lo, enviei-lhe várias mensagens por e-mail. Ele me contatou emocionado com meu projeto e tem me orientado pelo celular. E me disse claramente que eu poderia treinar a gestão da emoção dos alunos para levá-los a serem autores da sua história, mas, se eles precisassem, eu deveria encaminhá-los a um psiquiatra ou psicólogo. É o que tenho feito. E nossas reuniões têm sido incríveis.

— E qual o conflito desses jovens? — indagou Gladiador, lembrando-se dos inúmeros conflitos de sua juventude.

Mila comentou a primeira reunião:

— Eu lhes disse: "Nossa geração tem sido 'mamão com açúcar', frágil, insegura, tímida, autopunitiva. Quem não é transparente leva para seu túmulo seus conflitos. Tenham liberdade de se abrir".

— Eu me acho, feia, horrível, uma baleia — comentou Lucy, mais uma jovem frágil que vivia debaixo da tirania da beleza.

— Eu me deprimo vendo influenciadores da minha idade sempre sorrindo, em lugares bacanas com gente feliz — relatou Jeferson, que vivia sob a tirania da felicidade falsa.

— Eu tenho ataques de pânico. Meu coração parece que sai pela boca. Parece que vou desmaiar. Estou em tratamento, mas os ataques não cessam. Tenho medo de estar em público, acho que todos estão me olhando — comentou Laura, da minha classe, uma escrava de suas fobias.

— Eu prendo meu namorado. Controlo ele dia e noite. Tenho ciúme dele, pois acho que ele sempre está me traindo. Por isso me automutilo — confessou Bella, uma garota inteligente, mas que não sabia que "ciúmes é saudade de mim, pois exijo do outro a atenção que não dou para mim!".

— Eu sinto que as pessoas falam de mim, dão risada nas minhas costas. Me sinto inferior a tudo e a todos — comentou Robert.

Gladiador interveio dizendo:

— Robert tem paranoia, como eu sempre tive. Sempre achava que estava sendo perseguido. Mas ele sente que é real ou coisa da cabeça dele?

— Robert sabe que é tudo da cabeça dele. Mas Dr. Marco Polo me ensinou que a mente "mente". Mesmo assim, Robert não deixa de sofrer dramaticamente.

Depois de contar outras histórias, Mila comentou que tem sido uma revolução psicológica debater suas histórias e discutir as técnicas de gestão da emoção.

— Milhões de jovens da geração "mamão com açúcar", sejam americanos, franceses, alemães, sejam brasileiros, chineses, coreanos, não são gratos pelo espetáculo da vida. Ao contrário, são vitimistas, reclamam com seus pais: "Não pedi para nascer!". Esses jovens têm de cair na real, têm de acordar, senão serão doentes mentais. A cada 4% segundos um jovem pensa ou tem atitudes suicidas no mundo, sem saber que na realidade tem fome e sede de viver. Querem matar sua dor, e não sua vida.

Seu pai e sua avó olharam um para o outro abalados positivamente com a coragem e a inteligência de Mila.

— Ajudar vinte jovens presencialmente é uma coisa, mas ajudar a juventude de muitos países é outra coisa muito diferente. Como conseguir o que os grandes filósofos que tinham preocupações sociais, como Sócrates, Platão, Aristóteles, Agostinho, Descartes, Hegel, Kierkegaard, Kant, não conseguiram, Mila?

— Mandou bem, grande Amélia — disse Gladiador. E, para testar Mila ainda mais, brincou: — Você não está surtando como seu pai?

Mila parou, pensou e lhe disse:

— Só pisa na Lua quem sonha com as estrelas. Eu sou a "Mila milagre". Se como uma garota que tinha tudo para não dar certo me transformei numa jovem loucamente apaixonada pela vida, outros jovens podem trilhar o mesmo caminho.

Melhor é errar por tentar do que errar por se omitir. Aguardem, meninos — também brincou.

Eles se levantaram e a aplaudiram. Mas depois de muito entusiasmo a própria Mila jogou um balde de água fria em seu projeto. Disse preocupada:

— Mas espere, gente. Aplicativos custam dinheiro e somos a família mais dura da cidade. Preciso de financiamento, pois quero fazer um aplicativo com cenas, luzes, atores, que teatralizem a luta pela vida.

— Dinheiro? Quanto? — indagou Gladiador.

— Muito, nem sei quanto — falou Mila.

— Poxa vida, o milagre acabou virando água. — Mas depois Gladiador teve uma luz. — Espere, espere. — Em seguida, começou a remover caixas e mais caixas. E completou sorridente: — Achei.

— Achou quem? — indagou a filha curiosíssima.

— Dr. Lee. O cartão dele.

— Dr. Lee? Quem é Dr. Lee? — indagou Mila.

— Não se lembra, filha? Há cerca de onze anos, quando você tinha seis anos, estivemos num restaurante três estrelas Michelin, aquele de grã-finos. Quiseram nos expulsar e debatemos com os garçons e seguranças. E um casal disse que éramos seus convidados. Você passou fome com aquela porção de comida de passarinho até que um oriental se aproximou de nós e disse: "Repitam os pratos quantas vezes quiserem".

Mila se lembrou:

— E ele me disse: "Você é muito inteligente. Seu estiver vivo e você for uma excelente estudante, eu pagarei a faculdade para você". Quem sabe ele ainda está vivo e poderá financiar o aplicativo?

E foi assim que Mila escreveu um e-mail longo e impactante para o endereço eletrônico que estava no cartão. Mas não recebeu resposta. Enviou outros seis e-mails.

— Quatro meses se passaram e nenhuma resposta.

— Pois é, minha filha. Acho que Dr. Lee bateu as botas — comentou Gladiador.

— Ou não se interessou pelo meu projeto — disse Mila entristecida, mas desistir dos seus sonhos não estava em seu dicionário.

— Ou então não recebeu seu e-mail, pois deve receber milhares de mensagens, ou até mudou de endereço eletrônico — disse a professora Amélia.

Foi então que Mila resolveu escrever um e-mail menos didático e mais dramático. "DR. LEE URGENTE, a juventude mundial está digitalmente intoxicada, coletivamente ansiosa, detesta o tédio e a solidão, não sabe namorar a vida. A cada quarenta segundos alguém desiste de viver, um em cada dois jovens vai desenvolver um transtorno psiquiátrico, 75% têm glossofobia ou medo de falar em público e um incontável número tem alodoxafobia ou medo dos haters e dos cancelamentos. Como você, sendo rico, pode dormir com essa estatística sem nada para aliviá-la? Vale a pena ser o mais rico de um cemitério? Leia o meu projeto!"

Me chamo Milagre: o mais emocionante reencontro

Dois dias depois de Mila dar uma bordoada através de sua mensagem no Dr. Lee, bateram na casa humilde deles uma senhora e um senhor muito bem trajados, bem como três seguranças atrás deles.

— O que querem? — Gladiador perguntou intrigado.
— Procuramos Mila.
— Mila? Quem são vocês?
— Sou Dra. Nara, assistente do Dr. John Lee.

Era a assessora financeira do Dr. Lee, acompanhada de seu secretário.

— Assistente do Dr. Lee? Que bom que ele está vivo! — indagou Mila se aproximando da porta e pedindo para que entrassem.

Uma vez acomodado no velho sofá, que tinha alguns rasgos, Dra. Nara comentou:

— Dr. Lee investe em muitas empresas e recebe inúmeras mensagens diárias. Apesar de ter algumas secretárias que filtram as informações que chegam até ele, elas não perceberam a grandiosidade do projeto de Mila! Em nome dele, peço desculpas.

— Que bom que ele gostou do meu projeto!

— Não apenas gostou, foi chacoalhado por sua mensagem e pelo seu projeto. Achou-o superoriginal, supernecessário e disruptivo nos dias atuais! Ao analisá-lo, ele debateu algumas teses do seu projeto com seu time de líderes: até hoje, a psiquiatria e a psicologia esperam as pessoas adoecerem para depois se tratarem. Como nunca ninguém pensou num projeto preventivo? Como ninguém pensou num aplicativo que retira o ser humano da sua passividade e do seu vitimismo e o provoca a ser protagonista da sua história?

— Poxa, ele entendeu. Estou felicíssima! — comentou Mila sorridente.

— Mas me conte um pouco mais sobre seu projeto — solicitou a assistente do bilionário.

E foi assim que Mila teve uma longa, encantadora e provocante conversa com Dra. Nara sobre sua história, os fatos que motivaram seu sonho, as orientações do Dr. Marco Polo, as entrevistas que teve com vários psiquiatras e psicólogos e as estratégias de prevenção para que os jovens saíssem da plateia e atuassem no palco da vida! Depois de ouvi-la, Dra. Nara ficou admirada:

— Ufa, que história foi a sua, de seu pai e sua avó?! Meus notáveis parabéns, Mila. Nunca vi uma jovem tão inteligente e tão positivamente ansiosa para contribuir com os outros.

— E daí? Você acha que ele vai investir no projeto?

— Espere! Estou enviando um resumo de nossa conversa simultaneamente ao Dr. Lee!

— O quê? Ele está conectado com a gente? — comentou eufórica e, ao mesmo tempo, insegura se ela havia falhado em explicar alguns detalhes do projeto!

Em seguida, Dra. Nara recebeu uma ligação.

— É ele! — E atendeu o telefonema do Dr. Lee.

Ele foi direto:

— Nara, deixe-me falar com Mila e coloque no viva-voz!

— Pois não, doutor!

— Boa tarde, Mila.

— Olá, Dr.

Gladiador e a professora Amélia estavam apreensivos.

— Mila, como você teve a coragem de dizer qual o sentido de ser o mais rico de um cemitério para mim?

— Bom, eu tentei te despertar para meu projeto.

— Ousada, muito ousada. Você não apenas me despertou, mas me causou insônia.

— Me desculpe, Dr. Lee.

— Não se desculpe. Foi uma insônia positiva que me fez pensar por onde caminha a minha vida e por onde caminha a juventude mundial. Estou emocionado com seu projeto! — E fez uma pausa.

— Muito obrigada, Dr. — Mila agradeceu.

Ele depois se abriu:

— Há dois anos eu perdi um sobrinho de quinze anos e uma das causas é que ficou viciado nas redes sociais. Ele criou um perfil que era seguido por mais de dez mil jovens. Mas, porque tinha obesidade, sofreu cyberbullying, muitos haters foram cruéis, o sabotavam, colocavam apelidos que o diminuíam. Talvez se ele conhecesse um aplicativo como o seu… — Fez uma pausa e lacrimejou seus olhos.

— Muito triste, Dr. Lee. Muitos jovens são como uma parede de vidro, parecem tão fortes, mas um pequeno trauma os estilhaça. Se fossem resilientes como a água, contornariam obstáculos e jamais se curvariam a sua dor, como eu não ne curvei.

Seu pai e sua avó fizeram positivo para ela. Dr. Lee fez silêncio. Mila pensou que a internet tinha caído.

— Dr. Lee?

—Ainda estou aqui, Mila. Só estava refletindo… Gostaria de conhecer mais sua história.

— Vai financiar meu projeto?
— Já fez um *business plan* da sua startup?
— Que bicho é este? — ela brincou.
— O quanto você vai investir, as pessoas que vai contratar, a inteligência artificial que vai usar, os processos! Coisas assim!
— Não fiz. Mas pensei muito. E acho que vou precisar...
— Teve medo de falar: — ... de vinte mil dólares.
— Vinte mil dólares?
Mila cerrou os lábios e disse:
— É muito?
— É muito! Ou seja, é muito pouco para um projeto tão grande, envolvendo tecnologia digital, atores, cenários etc. Vou investir vinte e cinco vezes mais!
— Quinhentos mil dólares? Está brincando.
— Nunca falei tão sério.
Gladiador quase desmaiou. A professora Amélia ergueu o corpo curvado.
E Dr. Lee acrescentou:
— Use Dra. Nara, use também alguns membros do meu time. Faça o melhor projeto. Dou-lhe seis meses para realizá-lo e lançá-lo na minha presença no anfiteatro central das minhas empresas. E o aplicativo deve ser colocado com estardalhaço nas principais plataformas digitais. Aceita o desafio?
Mila ficou eufórica e abalada!
— Aceito. Mas será que não devemos ser discretos? Lançar onde mora o silêncio?
— Onde mora o silêncio? — Dr. Lee perguntou curioso.
— Dentro de nós. O lugar onde podemos nos ouvir e descobrir nosso propósito de vida.
— Muito interessante. O silêncio é fundamental para nos escutarmos, mas os jovens precisam te ouvir. Se há milhões deles se autodestruindo, você não pode ser discreta! Tem de ser inteligente, mas corajosa, assim como você me abalou. Como vai chamar seu aplicativo?

— ME CHAMO MILAGRE. Nunca desistirei da minha vida e dos meus sonhos!

— Surpreendente — disse Dr. Lee. — Que seus dias sejam felizes e que você seja muito corajosa, aplicada e criativa.

E assim encerrou o emocionante diálogo entre um multibilionário e uma jovem muito pobre financeiramente, mas riquíssima intelectual e emocionalmente. Seis meses depois ocorreu finalmente o grande encontro do Dr. John Lee com Mila num enorme anfiteatro com mil pessoas em Los Angeles, a capital de Hollywood. No local havia uma centena de jornalistas das mais diversas mídias. Mas mais de dois terços da plateia era constituída de jovens universitários, adolescentes e pré-adolescentes, que eram o público-alvo do projeto de Mila! Também havia autoridades políticas estaduais e nacionais.

Mila entrou de braços dados com sua avó. A professora Amélia andava lentamente e seu pai. Gladiador não estava com vestes esfarrapadas, mas trajava veste simples e colorida, do jeito que ele era. Gladiador ficou emocionado ao ver todas aquelas pessoas, algumas ricamente trajadas. Lembrou-se dos tempos em que brilhava nos palcos de um circo com plateias de pais e filhos que o ovacionavam. Mas ao mesmo tempo recordou o dia em que foi expulso dos palcos por gritar dramaticamente que a lona estava pegando fogo e tudo poderia desabar. Começou a ficar estressado por tais lembranças e, por isso, manifestou um pouco mais seus tiques, movimentando a cabeça e pronunciando algumas palavras para ele mesmo. Ao vê-lo passar pelo imenso corredor, não poucos cochichavam preconceituosamente:

— Quem é o maluco?

Alguns jovens, sem saber que Mila era a convidada especial, diziam mais abertamente:

— E quem é a bela garota conduzida pelo doido?

Mila olhou para eles meneando a cabeça e mexendo os lábios:

— Tenho dó de vocês. — Em seguida, falou para seu pai: — Calma, papi, vai dar tudo certo.

— O que está acontecendo? Não vejo nada, mas ouço um zunzum. Parece que tem muita gente.

— Vovozita, o anfiteatro está lotado. Não cabe uma mosca a mais. Estou preocupada.

— Minha netinha, saia dos ruídos da plateia, ouça seu coração.

Ao chegar na fileira da frente, Dr. Lee a esperava. Ele, apesar de ter alguns assessores e assessoras no local, fez questão de ir ao encontro de Mila e deu-lhe um beijo na testa.

— Há quanto tempo, Mila. A menina que conheci no restaurante se tornou uma mulher linda!

— Mais de uma década. Esta menina que o senhor conheceu continua à procura da beleza interior.

Depois de cumprimentar seu pai e sua avó, os conduziu a se sentarem. Mila se sentou no meio deles. Antes de se sentar, Mila perguntou:

— E sua esposa?

Dr. Lee parou por alguns instantes. Respirou e depois contou brevemente o capítulo mais amargo de sua vida:

— Nunca mais se recuperou depois de uma perda que sofremos. Aliás, eu também jamais fui o mesmo. Trabalho muito para esquecer...

— O senhor me falou sobre a perda de seu sobrinho.

— Outra perda, minha filha. Outra perda inexprimível...

— Me desculpa, eu não sabia.

E Dr. Lee completou:

— Mas minha esposa, Rosemary, fez questão de vir. Infelizmente, como não tem autocontrole emocional, está no fundo do anfiteatro acompanhada por seu médico. Mas hoje é seu dia. Quero que se alegre e fale com toda a força da sua mente e do seu coração sobre seu projeto. — Ele foi se sentar.

Houve uma apresentação musical. Em seguida, o mestre de cerimonial apresentou Dr. Lee.

— Dr. Jonh Lee saiu com dezoito anos da China Continental, veio estudar em Stanford, no Vale do Silício, e se tornou um dos seus alunos mais ilustres. Timidez e ousadia faziam parte da mesma alma. De colaborador, se tornou sócio, de sócio se tornou pouco a pouco um grande empresário de empresa de tecnologia. E como empresário começou a investir em muitas empresas, que hoje empregam diretamente mais de cinquenta mil colaboradores. Mas o mais importante é que este ilustre chinês de cidadania americana é um grande filantropo, usa parte dos lucros das suas empresas em projetos sociais. Eis o objetivo de estarmos aqui. — E o chamou para o palco para se sentar em uma das duas poltronas que estavam à frente da plateia.

Foi muito ovacionado. Em seguida, começou a anunciar Mila. Mas estranhamente não havia muito o que dizer sobre ela em seu currículo. O mestre de cerimônia apenas comentou:

— É estranho, mas nossa convidada, que apenas quis ser chamada de "Mila, a garota Milagre", fez questão de que seu currículo não fosse anunciado para a plateia. Apenas disse que o seu projeto, no qual Dr. John Lee investiu com entusiasmo, está ligado a sua história de vida. Tentei investigar sua vida para descrevê-la um pouco mais, mas a única coisa que descobri é que ela lê clássicos de filosofia, era o terror de alguns professores, virava sua escola de cabeça para baixo e sempre foi muito, mas muito mesmo, fora da curva...

A plateia deu risada e se alvoroçou. Nunca vira uma menina que se recusou a ser exaltada ao ser homenageada. Ela subiu ao palco, não foi muito aplaudida e se sentou ao lado do famoso Dr. Lee. Este tomou a palavra e disse:

— Bom, hoje não é o dia de expressar minhas ideias, mas as de Mila. Seu projeto me emocionou demais, pois todos nós, em especial os jovens, vivemos momentos em que não temos mais forças para caminhar. — E capturou, no fundo da plateia, o olhar triste de sua esposa. Depois de uma breve pausa, acrescentou: — A vida é brevíssima para se viver e longuíssima para se perder. Eu e minha esposa perdemos alguém que eu daria todo o dinheiro, todo o sucesso, toda a fama que conquistei para trazer de volta à vida. Tornar-me-ia um miserável só para tê-la em meus braços por mais um dia. — Olhou para o pai de Mila e, depois de uma pausa, lhe disse: — Você é um privilegiado... — E não conseguiu falar mais nada. Passou o microfone para Mila.

Mila fixou-se em Dr. John Lee. Em seguida, passou seus olhos pela plateia e subitamente se levantou de sua poltrona e chamou seu pai ao palco.

— Papi, suba ao palco — disse, não tendo vergonha do pai, como muitos jovens têm; ao contrário, tendo orgulho dele. E completou: — Com vocês, Spartacus, cujo apelido não podia ser mais apropriado, Gladiador, o homem que sempre lutou pelo que acreditava.

Gladiador não sabia que seria homenageado por Mila. Por ter comportamentos e nome estranhos, de início recebeu poucos aplausos. Em seguida, Mila chamou uma dupla de músicos, um pianista e um violinista. E pediu que eles tocassem uma música. Era a música que ela e seu pai amavam cantar, "We Are the World". Deu o microfone a seu pai, que imitava alguns cantores, e ela, algumas cantoras originais:

Chega uma hora
Quando atendemos a certo chamado
Quando o mundo deve se unir como um só
Há pessoas morrendo
Ah, é hora de dar uma mão à vida
O maior presente de todos
Não podemos continuar
Fingindo dia após dia
Que alguém, em algum lugar, logo faça uma mudança
Somos todos parte da grande família de Deus
E a verdade, você sabe, o amor é tudo que precisamos
Nós somos o mundo

Nós somos as crianças
Somos nós que fazemos um dia mais brilhante*

A plateia ficou emudecida com a voz deles. A letra tinha tudo com o projeto de Mila. Ao término, muitos se levantaram e ovacionaram. Os jovens que zombaram de Gladiador, ao vê-lo abraçado com Mila, engoliram em seco por sua capacidade incrível de imitar Michael Jackson, Lionel Richie, Bob Dylan, Ray Charles, Stevie Wonder. Em seguida, ela beijou seu pai na testa e pediu-lhe que retornasse a sua poltrona dizendo-lhe:

— Nós somos o mundo, nós somos as crianças, nós somos apaixonados pela vida. Te amo até o infinito.

Mas eis que ele pegou o microfone de Mila, olhou para a plateia e, apesar de seus rituais, falou de forma impactante:

— Eu sou um doente mental. Eu experimentei dia e noite o paladar do desprezo, o sabor da rejeição e o gosto amargo da exclusão. Mas a pior dor de um ser humano é a construída em nossa mente. Fui eu que a criei. Eu li e reli pelo menos cinco vezes o livro do autor irlandês Bram Stoker, que em 1887 descreveu pela primeira vez os vampiros em seu romance de terror. Não há vampiros que sugam o sangue humano, eu sei, mas há vampiros que sugam nossa saúde mental e nosso prazer de viver. Quantas vozes brotaram nos escombros escuros da minha mente? Quantas batalhas eu tive tentando destruir um inimigo invisível? Quantas noite de insônias tentando fugir dos perseguidores que só existiam em minha cabeça? Você consegue fugir de qualquer inimigo, mas não do que está dentro de você.

As pessoas estavam perplexas com a honestidade de Gladiador e a inteligência dele. Neste momento ele parou de falar para a plateia e começou a falar consigo. E, aflito, o fez em voz alta:

— Quem quer me assassinar agora? Onde? Não é possível.

---

* "We Are the World". Composição de Lionel Richie e Michael Jackson.

A plateia, emudecida, não entendia o que estava acontecendo. E tenso, fazendo gestos involuntários com sua cabeça, fez uma pausa; depois, ele retomou sua fala e disse para as pessoas no anfiteatro:

— Acabei de ouvir mais uma voz poderosa que saiu dos porões da minha mente e que me disse que alguém nesta plateia está com uma arma querendo me matar... — Pausa. — Mas hoje eu consigo lutar contra esses fantasmas que me aterrorizam. Todavia, saibam que os delírios dos psicóticos afetam em destaque a eles mesmos, mas os delírios dos que se consideram normais ou saudáveis destroem a sociedade. O delírio de grandeza dos políticos que querem se perpetuar no poder, a loucura dos que gritam quando deveriam se silenciar para poderem se ouvir ou até mesmo a loucura dos que fazem o silêncio quando deveriam gritar contra as injustiças para não se omitirem.

E depois de uma pausa para um longo suspiro, completou:

— Eu fui considerado louco dos loucos por alguns. Mas quero agradecer ao Autor da existência, pois, apesar de toda a minha psicose, sou um privilegiado por ter meus surtos, pois só um ser humano pode perder os parâmetros da realidade, só um ser humano pode sentir medo, solidão, angústias. A Inteligência Artificial, por mais avançada que seja, não terá esses privilégios emocionais. Será escrava da lógica, morrerá em eterna inconsciência.

As pessoas o aplaudiram de pé com entusiasmo. E depois disso Gladiador finalizou com alguns agradecimentos:

— Obrigado, filha, por dar sentido de vida a este louco e me ensinar a lutar contra tudo que me controla. Te amo até o impensável. Obrigada, mamã, por me ensinar criticamente e nunca desistir de mim, mesmo quando desistia de você. E muito obrigado a esta plateia por ouvir este psicótico. — E bem-humorado comentou: — Mas não esqueçam que, segundo as estatísticas psiquiátricas, uma em cada duas pessoas vai desenvolver um transtorno mental. — E recomendou:

— Olhem para quem está do seu lado; se não for você, será ele ou ela. E, se você apontou seu dedo para o outro, a tendência é ser você... — Todos deram risada.

Depois, Mila mais uma vez abraçou seu pai carinhosamente e lhe disse:

— Pai, você é surpreendente.

Assim, Gladiador foi se sentar. E Mila começou a falar do seu grande sonho:

— A música que eu e meu pai interpretamos, "We Are the World", foi originalmente lançada em 1985 e cantada por notáveis artistas da sua época para arrecadar fundos para as crianças famintas da África. Um gesto muitíssimo nobre. Mas ainda há centenas de milhões de famintos no mundo, o que é tristíssimo. Mas o que ninguém fala é que hoje há bilhões de famintos emocionais mendigando o prazer de viver, em destaque jovens nos países desenvolvidos, intoxicados digitalmente, inclusive morando em belas casas e apartamentos. E um dos sintomas dos mendigos emocionais é a aversão ao tédio e à solidão, sem saber que sem o tédio e a solidão não nos procuramos, não nos interiorizamos, nos abandonamos. E por falar em ser abandonada, a minha vida era improvável, dificílima para dar certo, tinha tudo para não sobreviver. Roubaram a minha infância. Fui sequestrada quando bebê, corri risco de ser alvejada por balas, sofri acidentes, e, por fim, abandonada como um objeto num lugar escuro, fétido, como se não tivesse pais. E eu não tinha um ano de idade.

A plateia ficou impressionada com essas informações iniciais. Mila continuou sua emocionante narrativa:

— Mas neste ambiente morava um ser humano que cantou e encantou vocês aqui neste palco. Mas este ser humano também foi abandonado quando criança. O único membro de sua família, a sua fascinante mãe, Bia, desenvolveu uma grave doença. Bia era extremamente pobre, vendia seu corpo para sobreviver. Mas o amava intensamente. Em lágrimas, ela o deixou num orfanato e foi se tratar quando ele tinha cinco anos.

E Gladiador já tinha de lutar para sobreviver. Olhava todos os dias pelas janelas esperando sua mãe, mas ela nunca mais voltou. A solidão foi sua companheira dia e noite. Quando entrou para a escola, começou a ter comportamentos compulsivos, batia na cabeça, movimentava o pescoço de forma estranha, falava sozinho, o que fez dele alvo o palhaço da escola. Sofria bullying com frequência. Apesar de ser inteligentíssimo, ter memória fotográfica, ler um livro por semana, quase todos os dias era chamado de louco, maluco, doido. Inclusive alguns debocharam dele enquanto ele entrou abraçado comigo neste anfiteatro. Rejeitado por tudo e por todos, este garoto fugiu do orfanato e foi morar nas ruas, depois foi trabalhar num circo, removendo fezes de animais e comendo restos de comida. E, contra todas as probabilidades, se tornou o palhaço oficial do circo, o mais brilhante, o mais divertido. Mas ele não se curvou a sua dor. Vejam.

Mila passou num telão as imagens que recolheu de seu pai, e que estavam guardadas com Marquito. Marquito, neste momento, entrou também no teatro e foi caminhando na direção de Gladiador. Ao vê-lo, o abraçou afetivamente. Gladiador chorou. E no filme Marquito narrava:

— Respeitável público, eis o maluco dos malucos, o palhaço dos palhaços: Gladiadooorrr. — E passou algumas piadas muito engraçadas quando Gladiador atuava. E contou uma delas que as crianças amaram.

— Chegou um homem muito simples a um médico muito bem-vestido e disse que não conseguia ir ao banheiro fazia cinco dias. O médico rapidamente disse: "Tome este remédio que até um leão consegue". Três dias depois o paciente voltou. O médico perguntou: "Evacuou, meu filho?". O paciente meio pálido disse: "Não, doutor". "Não é possível!", exclamou o médico. "Tome esse remédio que até um búfalo consegue." Três dias depois o paciente chegou mais pálido ainda. O médico perguntou ansioso: "Evacuou, meu filho?". "Não, doutor." "Como é possível!? Vou te dar um remédio que até elefante evacua." Mais alguns dias, o paciente voltou cambaleante. E o médico perguntou sem demora: "Evacuou?". Mas o paciente disse quase sem voz: "Não, doutor, evacuar não evacuei, não". "O que que é isso? Tem algo errado no seu meio ambiente que está travando seu sistema gastrointestinal. Onde você mora?" E o paciente comentou: "Siga reto por dez quadras, suba uma ladeira, vire à esquerda e desça mais oito quadras. No final, quando o senhor encontrar um monte de merda, é lá que eu moro".

A plateia que viu a filmagem também libertou seu lado bem-humorado e morreu de dar risada. E Mila comentou sobre a piada:

— Moral da história, "quem não sabe se comunicar, vai acidentar". O paciente não sabia o que era evacuar, indicando que o problema de comunicação, algo tão comum, causou graves acidentes na relação entre médicos e pacientes.

E Mila continuou sua narrativa sobre Gladiador:

— Este é meu pai do coração, um encantador de crianças. Tinha tudo para ser infeliz, depressivo, pessimista, pois não apenas sofreu muitas perdas de sua mãe, dos seus amigos, da sociedade, e, como ele disse, desenvolveu uma grave psicose. Foi rejeitado pelos empresários do circo, despedido, e por fim voltou para as ruas e foi um cidadão sem teto, um mendigo. Não tinha família, nem emprego, nem amparo social ou seguro-saúde, lutando contra os monstros que criava em sua mente e o monstro da fome. Por fim, foi morar num porão, sem água encanada, sem chuveiro, aquecedor, sem cama, apenas um colchão no chão todo empoeirado. E foi nesse lugar que eu encontrei um lar. Foi nesse lugar que encontrei um ser humano que, contra todas as probabilidades do mundo, se tornou o pai mais fascinante do mundo. E uma avó sábia, que mal enxergava, mas via o invisível. Meu pai mal sabia cuidar de si, se embriagava às vezes, não sabia cozinhar, preparar uma mamadeira, inclusive comprava fraldas do seu tamanho para mim. E detestava psiquiatras. Mas porque me amou ele aprendeu a se amar e, assim, começou a se tratar e fazer peripécias para ganhar dinheiro para me alimentar. Mas por que meu pai não me entregava para um orfanato ou para um hospital ou para a polícia? Por que dia e noite havia criminosos vigiando-o para impedir que não ele fizesse isto, pois morreria se me entregasse. Vivíamos sob ameaças. Uma história longa, cheia de mistérios.

Os olhos de Mila lacrimejaram. Ela capturou os olhares da plateia e comentou:

— Estou lançando meu aplicativo de gestão da emoção "ME CHAMO MILAGRE", porque eu sou um milagre. Era para não estar viva, era para odiar a existência e reclamar de tudo, mas eu sou felicíssima, estou de pé aplaudindo a vida como espetáculo único e insubstituível. Qual o objetivo desse projeto? Disponibilizar técnicas ou ferramentas para que jovens de todos os povos não se curvem a sua dor, as suas perdas, a ditadura da beleza, a síndrome comparativa, e protejam sua mente para prevenir transtornos emocionais. Nesse projeto meu sonho é que jovens americanos, chineses, coreanos, africanos não sejam frágeis; que a primeira ferramenta é ter plena consciência de que a vida é um contrato de risco, não há céus sem tempestades; a segunda é entender que a mente "mente": mente que você deve sofrer pelo futuro, cobrar demais de si, que é incapaz, que não é belo ou bela, que deve viver em função da opinião dos outros etc. Ninguém pode te trair, te asfixiar, te mutilar mais do que a própria mente.

A plateia se levantou e aplaudiu de pé a menina financeiramente pobre, mas rica emocionalmente; sem privilégios sociais, mas forte intelectualmente; abandonada, mas que se encontrou consigo mesma. E Mila continuou do seu aplicativo:

— Nunca recebi um brinquedo novo, uma boneca que não estivesse desbotada, quebrada, ou roupas que não fossem rasgadas ou usadas, mas não reclamava, curtia. Em meu projeto "ME CHAMO MILAGRE", a terceira ferramenta é que ser feliz não é ter muito, mas treinar seu Eu, que representa sua capacidade de escolha, a fazer muito do pouco, a contemplar o belo para se encantar com as pequenas coisas. A quarta técnica é entender que o maior milagre não é o sobrenatural, mas aprender a ser autor da própria história. Vocês são? E a sexta? Eu não tinha nada, mas tinha tudo. Meu pai não tinha nada material, mas me dava aquilo que jamais o dinheiro pode comprar; ele me falava das suas lágrimas para que eu aprendesse a chorar as minhas, me falava dos seus desafios para que eu não tivesse medo da vida. Ele falava sozinho em seus delírios e, sem perceber, me ensinou a sétima ferramenta, algo raramente praticado, aprender a conversar comigo e criticar meus fantasmas mentais. Se vocês falam com seus fantasmas mentais, levantem as mãos. Se reciclam o lixo da sua mente, ergam os braços.

Ninguém levantou, nem adultos, inclusive jornalistas. Era quase inacreditável, uma garota que conviveu com um doente mental estava diante de uma plateia de doentes emocionais, que taxava de loucos os que falavam consigo, mas não sabia que a maior loucura era se calar diante dos seus pensamentos perturbadores.

— Quantos se mutilam nos banheiros das escolas? Quantos são infelizes, sempre buscando o que não têm e não valorizando o que têm? Quantos são mendigos emocionais, precisando de aplausos e aprovações para fagulhas de alegria? Quantos são carrascos de sua saúde mental, pois cobram demais de si?

Começaram a ficar fascinados pelo projeto de Mila, pois nunca ninguém lhes falou que a mente mal gerida pelo Eu é o pior inimigo do próprio ser humano. Mila fez uma pausa longa para respirar. Os olhos de alguns na plateia lacrimejavam. Depois, ela continuou:

— Não tínhamos aparelhos digitais em casa. Minha avó do coração me ensinou não apenas a ler livros, mas a "comer" livros e a debater ideias. Estudamos a inteligência de Jesus Cristo, as teses de Sócrates, Platão, René Descartes,

Rousseau, Voltaire, dos existencialistas, e muitos outros. Líamos e debatíamos Shakespeare, Émile Zola, Dostoiévski. Em nossa mesa não havia comida francesa, italiana, japonesa, mas tinha nutrientes que nos tornavam fortes, resilientes, apaixonados pela vida e ansiosos para viajar para dentro de nós mesmos.

A plateia ficou impressionada. Dr. John Lee também, não sabia que eles eram tão cultos, embora fosse perceptível a capacidade intelectual de Mila.

— Mas não pensem que minha cultura e capacidade de debater ideias criou um oásis na escola clássica, racional cartesiana. O pensamento popular "em terra de cegos, quem tem um olho é rei" está errado; "em terra de cegos, quem tem um olho é rejeitado, ferido, excluído". O mestre de cerimônia acertou em dizer que eu era rebelde na escola. Para mim a escola era a fonte das perguntas, mas na escola clássica era uma fonte de respostas prontas. Para mim, as provas escolares eram fonte para libertar minha criatividade e imaginação, mas as provas clássicas eram uma fonte de informações exatas, tal qual a Inteligência Artificial oferece. Eu questionava, indagava, perguntava muito... — Fez uma pausa para deixar a emoção fluir pela sua respiração. — Não sofri bullying, mas uma tempestade de bullying. Fui chamada sistematicamente de atrevida, insuportável, louca, filha de esquizofrênico, só para enumerar alguns. Mas o que fazer, me lamentar e me autodestruir? Não! Usar mais uma das técnicas de gestão emocional que comento em meu aplicativo: minha paz é inegociável, vale ouro, o resto é lixo! Minha saúde emocional é inegociável.

A plateia se levantou novamente em massa para ovacioná-la. A garota "sem currículo" que impactou jovens e adultos.

— Uma das técnicas que mais usei foi: minhas dores ou me constroem ou me destroem, e eu opto por me construir. Essa é uma escolha fatal do meu Eu. Optei e treinei que as dores e rejeições me tornariam mais humana e muito mais poderosa. Decidi não ser prisioneira pelo que os outros dizem que eu sou, mas livre pelo que sei que eu sou... As principais decisões humanas são solitárias, não podem depender da plateia. Nenhum psiquiatra ou psicólogo pode tomá-las por você.

Muitos jovens presentes começaram a perceber que realmente eram frágeis, tímidos, inseguros, incapazes de liderar a própria mente. Eram liderados pelos seus conflitos.

— Éramos talvez a família mais pobre e rejeitada das cidades em que vivemos, mas a mais teimosa e com gana de viver. Goteiras no teto, buracos na parede, torneira vazando, banheiro fora de casa, tudo era difícil, mas, ao mesmo tempo, era uma festa para esta família improvável. Sim, vivemos em várias cidades, pois éramos perseguidos por criminosos dia e noite, sem termos cometido crimes. Mas nem vou lhes contar essa história, pois precisaria de dias.

A plateia sorriu.

— Mas as flores nascem na dor dos invernos e desabrocham no clima ameno das primaveras. Se tiverem medo dos invernos, estão fora das primaveras.

Depois de uma pausa, comentou emocionada:

— Depois de muitas fugas, o pior ainda aconteceu. Infelizmente meu pai e minha avó, incapazes de fazerem mal a uma mosca, foram presos. E sabem por qual motivo? Tráfico de crianças. E eu era a criança traficada... O tráfico de crianças é gravíssimo em todo o mundo, mas eu era a menina mais livre e acolhida do mundo.

Mila olhou para sua avó e lhe disse:

— Vovó, você não enxerga muito, mas vê o invisível. Eu entrei na sua vida inesperadamente e baguncei sua história e sua filosofia. Muito obrigada por existir e ser tão incrível.

Toda a plateia se levantou para aplaudir as palavras de Mila, magnetizada pela sua história. Dr. Lee também se levantou e a aplaudiu com entusiasmo. Nunca vira uma jovem tão decidida e segura. Rosemary, sua esposa, que estava sob efeito de tranquilizantes, acendeu seu ânimo ao ouvir a história de Mila. Queria se aproximar dela de qualquer maneira, mas seu médico e os seguranças a impediram.

— Eu me chamo Milagre, mas meu pai me chamou de Mila. Vocês conheceram uma pequena parte dos imensos desafios da minha história, mas cada um de vocês viveu riscos e desafios gigantescos desde quando a vida começou a pulsar. A minha probabilidade de sobreviver e também a sua era próxima de zero. Duvidam?

Ninguém levantou as mãos.

— Vou lhes provar que não estou ficando louca. Você, por favor, qual é o seu nome?

Havia algumas pessoas com microfone passando o bastão para as pessoas com quem Mila conversava. Ela respondeu:

— Mary.

Era uma garota de dezoito anos que estava no primeiro ano do curso de medicina.

— Mary, você sabia que você foi a maior nadadora do mundo?

— Impossível. Tenho pavor de água, pois quando criança quase me afoguei.

Depois perguntou o nome de um garoto de doze anos que estava numa cadeira de rodas:

— Seu nome.

— David.

— David, você sabia que você foi o maior maratonista que já existiu?

— Eu sou paraplégico desde os cinco anos, quando mergulhei numa piscina rasa — falou condoído.

— Eu sei, eu sei. Mas veja. Apesar de estar hoje paraplégico, você correu insanamente e venceu a maior corrida de todos os tempos. Espere e eu lhe revelarei quando.

Mila perguntou para outra jovem, que tinha dezoito anos. Seu nome era Bárbara.

— Você já escalou um edifício de dez andares?

— Nem de um andar. Tenho acrofobia, pavor de alturas.

— Mas na realidade escalou várias vezes o Monte Everest, o mais alto do mundo.

— Como isso é possível? — indagou Bárbara.

Mila brincou, mas dizendo a verdade:

— Quando você foi o mais teimoso dos concorrentes: um espermatozoide vencedor. Uma célula que tinha metade do DNA, mas contra todas as probabilidades foi o maior nadador, o maior maratonista e o maior alpinista de todos os tempos para superar com garra mais de quarenta milhões de concorrentes para ter o direito à vida! E se fosse outro espermatozoide, seria outra carga genética, não seria você.

E uma música tocou para os vencedores. As pessoas deram imensas gargalhadas. E a incrível filha do psicótico completou:

— A vida começou com muitos riscos. E continuou com mais riscos ainda, com inúmeras aventuras e gigantescos desafios.

De repente, Bárbara pegou o microfone novamente e comentou em lágrimas:

— Sua história causou algo em minha mente que não sei explicar. Não tinha forças mais para continuar a viver mais um dia. Faço psicoterapia, mas eu sou resistente às mudanças. Sou insuportável, tenho ciúmes do meu namorado. Tenho medo constante de que ele me traia. Não o deixo respirar. — E não conseguiu mais continuar a falar.

Mila interveio:

— Bárbara, gostaria de ter compaixão por você, mas no fundo você é cruel consigo. Toda pessoa que pensa em morrer tem sede e fome de viver. Quer matar a sua dor, e não a vida. E quanto ao ciúme, para a gestão da emoção "ciúme é saudade de mim".

— Como assim? — indagou chocada.

— Ciúme é saudade de você, pois você exige do outro a atenção que não dá para si. Não é isto cruel? Namore a vida antes de namorar alguém.

Bárbara suspirou intensamente e disse para Mila:

— Nunca tinha pensado nisso, mas faz todo o sentido. "Me chamo Milagre", vou treinar namorar a vida e me enxergar nesta revolucionária perspectiva. Muito obrigada mesmo.

Neste momento a esposa do Dr. John Lee, Rosemary, estava incontrolável diante de tudo que ouviu de Mila. Conseguiu escapar do seu médico e dos seguranças e correu até o palco. Gritava literalmente o seu nome:

— Mila, Mila, Mila! É você!

Foi um escândalo. Os seguranças conseguiram contê-la a dez metros do palco.

Dr. Lee, com pena dela, mas constrangido, disse:

— Desculpe, Mila, é minha esposa. Eu lhe disse que ela está mentalmente doente.

Mila fixou seu olhar nela e comentou:

— Qual é o problema? Por ser mentalmente doente, não é ela um ser humano fascinante? Por favor, deixe-a subir ao palco.

— Como? Ela vai estragar o evento.

— O projeto é para ela também.

Foi então que Dr. John Lee, apesar de temeroso com os comportamentos de Rosemary, fez um sinal para permitirem que subisse ao palco. Ela continuava a gritar:

— Mila, Mila, Mila!

No palco, Dr. Lee tentou contê-la.

— Meu bem, se acalme.

— É ela, Lee! É ela, Lee! — repetia as mesmas palavras, que, aos olhos do marido, eram uma alucinação.

— Querida, já sofremos demais a perda da nossa bebê. Não aumente a sua dor e nem a minha, por favor — disse ele em lágrimas.

Foi então que Rosemary teve uma atitude agressiva e inesperada. Ela rasgou a camisa do marido e expôs uma mancha em seu abdômen. Em seguida, rasgou a blusa de Mila, gerando um escândalo na plateia. Mas a abertura expôs a mesma mancha, com a mesma cor e mesmo desenho. Era uma marca genética.

— Veja, as mesmas manchas — falou Rosemary em voz alta.

— O que significam estas manchas? — indagou Mila assustada.

— Não é possível! Não é possível. Quem é você, Mila? — perguntou Dr. Lee, recapitulando rapidamente tudo que a jovem contou sobre os riscos dramáticos que atravessou.

Mila, pasma e quase sem voz, indagou:

— Mary Jones, você a conhece?

— Sim! Sim! É a mãe biológica de minha filha. — Foi então que Jonh Lee caiu completamente em si e exclamou: — Meu Deus, você é minha querida filha que foi tirada de nós.

E Dr. Lee, Rosemary e Mila se abraçaram e choraram por alguns minutos sem dizer nada. Ninguém entendeu o que estava acontecendo.

— Será que tudo isso é parte do projeto Me Chamo Milagre? — as pessoas se perguntavam umas às outras na plateia.

Após esse momento, Dr. Lee pegou o microfone e com a voz embargada disse para a plateia:

— Oh, meu Deus, eu encontrei minha querida Anne... Minha bebê, que foi sequestrada com dez meses... — E olhando para sua esposa pediu mil perdões: — Por que... por que não te ouvi naquele dia no restaurante? Me perdoe, meu amor, me perdoe... — E o megaempresário desabou em lágrimas.

As pessoas não sabiam se riam ou se choravam. Eram aplausos e lágrimas que escorriam pelo anfiteatro. O evento foi encerrado. Gladiador e a professora Amélia estavam também superfelizes, mas, ao mesmo tempo, se entreolharam preocupados, pois temiam pelo seu futuro. Mila era a vida deles. E agora ela poderia partir para sempre.

Foram convidados pelo Dr. Lee para sua mansão. E lá contaram ele e sua esposa o resto da complexa história de Mila que eles não sabiam. Gladiador abraçou sua querida filha, mas achava que iria perdê-la.

— Papai, não chore. Nunca vou te deixar. Mesmo quando você ficar velhinho e chato.

— Mas você achou seu pai, Mila.

— Mas você será meu insubstituível pai do coração.

Dr. Lee rapidamente os consolou:

— O seu projeto, Anne... quer dizer, Mila, não é sobre o milagre da vida? Por que não ter dois pais? Dê a oportunidade de você nos conhecer e te amaremos como seu pai e sua avó do coração.

— Mila, você não é minha filha biológica, mas os meses que fiquei com você, seus beijinhos, seus sorrisos e sua capacidade de se comunicar foram suficientes para te amar até o inimaginável. Fiquei doente pensando em você dia e noite — confessou Rosemary, mais centrada. — Em seguida lhes propôs: — Por que não nos mudemos para um local onde haja um terreno ou uma chácara grande com duas casas? Assim, todos moraremos num mesmo ambiente. Seremos uma família improvável, mas feliz.

A professora Amélia sorriu. Gladiador estava muito alegre também, mas advertiu:

— Eu não sou normal. E sou muito pobre.

Rosemary respondeu:

— Mas quem é normal? Uns têm algemas visíveis, outros presídios em suas mentes.

— E por que você, Rosemary, que não é minha mãe biológica e que ficou comigo apenas oito meses, dos dois aos dez meses de idade, adoeceu tanto mentalmente quando fui sequestrada?

Rosemary encheu os olhos de lágrimas.

— Eu não posso ter filhos. E você foi fruto da traição do meu marido. Quando Mary Jones entregou você ao John, eu te rejeitei no primeiro dia. Mas você olhou para mim e começou a sorrir. Os meses se passaram e você me abraçava, me beijava e, portanto, me atraía como um ímã. Todavia, aos seis meses você pulava tanto que escapou dos meus braços e teve uma queda com traumatismo craniano. — Rosemary pausou para chorar e recordar. — Você ficou um mês internada na

UTI, inclusive foi entubada. Eu me culpava dia e noite por ter tirado a vida da minha única filha. Eu fiquei ao seu lado cada segundo e quase sem dormir.

— Poxa, eu não sabia — comentou Mila, acariciando sua mão emocionada, agora entendendo por que Rosemary adoecera tanto.

— Tinha medo, filha, de que você não voltasse do coma. Os médicos não me davam muitas esperanças. Mas de repente eu olhava para o bip que media as suas pulsações cardíacas. Vi que estavam diminuindo. Tremulei de medo. Ao acariciar seu rosto e chorar sobre seus olhos e face, subitamente você deu um suspiro e voltou do coma. Você disse "Me chamo Milagre", de fato. E a primeira coisa que fez foi levantar os bracinhos e me abraçar. Você não saiu do meu útero, mas saiu de todo o meu coração. E, quando você foi sequestrada, meu mundo desabou.

Após a pausa de Rosemary, John Lee contou o outro lado da incrível história de Anne ou Mila:

— A culpa agora é minha. Eu estava numa praça empurrando seu carrinho com você. E você sorria, balbuciava as palavras sem parar, parecendo querer abraçar o mundo. De repente, recebi uma ligação e por segundos me distraí. Foi quando te sequestraram. Eu gritava como um louco te procurando. Acionei todas as polícias possíveis. Contratei inúmeros investigadores. Foi então que certo dia Mary Jones, usando uma teia digital, pediu um resgate. Fiquei aliviado. Você estava viva. Eu banquei o resgate; pediram mais, eu banquei de novo. E ela subiu mais de dez vezes, até que disse que daria tudo em troca de você.

Mila colocou as mãos em cima da mão direita de John Lee. Todos sofreram muitíssimo. O magnata em lágrimas, o que era raro, completou:

— Foi então que Mary Jones me disse que você não tinha mais preço. E fugiu. Tempos depois foi presa, mas ela negou todos os dias que você estivesse viva. Você não imagina como me torturei. Você não tem ideia de como você fez falta. Os pais sem seus filhos são os mais miseráveis dos homens, mesmo sendo milionários.

Mila se levantou, abraçou John Lee e Rosemary e lhes disse:

— Papai e mamãe, não chorem. Eu voltei para ficar. — E depois foi até Gladiador e a professora Amélia e lhes garantiu: — Nunca sairei de suas vidas.

Em seguida, Mila pegou um papel e comentou:

— Vou ler uma poesia que fiz a noite passada, o dia do reencontro:

Celebridades usaram a fama para se apoderar do amor
Mas o amor proclamou "a fama jamais me conquistará"
Ricos quiseram comprá-lo com seu dinheiro e seu poder
Mas o amor respondeu convictamente "sou invendável"
Jovens disseram para o amor que ele pertence à juventude
Mas o amor disse "não sou refém meninice e ou da velhice"
Depois disto amor visitou todos os humanos e afirmou:
Começo pela emoção e só continuo onde houver admiração

John Lee, Rosemary, Gladiador e a professora Amélia aplaudiram Mila emocionados. Muitos desafios e dificuldades surgiriam pelo caminho para se tornarem admiráveis uns aos outros. Teriam de aprender a abaixar o tom de voz, ser distribuidores de elogios, e não de críticas, apostar uns nos outros quando decepcionados, cobrar menos, ser mais leves, ver um charme nos defeitos uns dos outros... Não era um final feliz, mas uma jornada para se construir uma felicidade inteligente. Desse modo se formou uma das famílias mais incomuns e mais belas de que se tem conhecimento.

O projeto de Mila começou a resgatar milhares de jovens de todos os continentes para entenderem que a mente "mente", para deixarem de ser frágeis vítimas dos seus pensamentos asfixiantes e se tornarem protagonistas do teatro da existência. E assim, nos invernos dos estresses e das loucuras, floresceram algumas primaveras mais fascinantes da saúde mental.

Fim.

Uma nova educação para um novo mundo: nasce um modelo inovador de escola de ensino infantil, fundamental e médio

School of Thinkers (Escola de Pensadores)

Objetivos Notáveis:
1. Formar PENSADORES INTELIGENTES,
2. SERES HUMANOS EXTRAORDINÁRIOS e
3. LÍDERES DE ALTA PERFORMANCE!

By Augusto Cury – desenvolvida pelo psiquiatra mais lido do mundo (mais de 70 países), o escritor mais lido do Brasil neste século e o educador mais lido na América Latina!

Por que é urgente esse novo modelo escolar?

Atualmente, 75% dos alunos apresentam glossofobia (medo de falar em público), 70% sofrem de timidez e insegurança, a automutilação entre jovens aumenta em 21% ao ano no Brasil, a intoxicação digital está asfixiando crianças e adolescentes, gerando ansiedade coletiva e perda do prazer de viver e de aprender!

Sua escola pode aderir ao projeto bilíngue (denominado School of Thinkers), que possui a chancela de uma das melhores universidades do mundo: CAMBRIDGE (2ª no ranking, à frente de Harvard), com 121 prêmios Nobel.

Alternativamente, sua escola pode optar pelo projeto não bilíngue (denominado Escola de Pensadores), que oferece uma metodologia fascinante para transformar os alunos em protagonistas do seu aprendizado, e não em repetidores de informações.

Ao aderir ao projeto, a escola mantém seu nome original, que passa ficar ao lado ou ser um subtítulo, enquanto "School of Thinkers" ou "Escola de Pensadores" é destacado em primeiro plano. A escola herda não apenas o nome, mas também uma metodologia impactante e um material didático inovador que inclui não somente as disciplinas clássicas, mas mesclado a essas matérias receberão também ferramentas de gestão emocional, complementando programas de educação socioemocional. O objetivo é formar mentes livres, saudáveis, seguras, sociáveis e empreendedoras, mais aptas a gerenciar a ansiedade e diferenciar herdeiros de sucessores.

Não demore! Entre em contato o mais rápido. Informe-se! Sua escola terá muito mais atratividade para preservar seus alunos e expandir fortemente para novos. Tenha convicção de que sua escola, seus professores, seus alunos e seus pais nunca mais serão os mesmos!

Contato: schoolofthinkers3000@gmail.com
Instagram: schoolofthinkers_
WhatsApp: (16) 99360-6140

Academia de Saúde Emocional
AME-SE

Primeira Academia Mundial de psiquiatria social e psicologia preventiva, desenvolvida pelo psiquiatra mais lido no mundo, o doutor Augusto Cury (PhD), publicado em mais de 70 países, professor de programa de mestrado e doutorado da USP!

Porque a necessidade vital da academia AME-SE para pais e outros públicos?

Por causa dos dados alarmantes:

1. 200% de aumento no índice de suicídios entre jovens de 10 a 14 anos!

2. 100% de aumento no diagnóstico de depressão em jovens entre 18 e 24 anos – pós-pandemia!

3. 70% dos jovens e adultos apresentam timidez e insegurança!

4. 75% das pessoas têm glossofobia ou medo de falar em público, embora pareçam extrovertidas nas redes sociais!

5. 21% de aumento no índice de automutilação!

6. A intoxicação digital é explosiva! Pais e filhos estão desenvolvendo ansiedade, sofrendo pelo futuro, cobrando demais de si, com insônia, dores de cabeça, etc.!

7. Muitos pais por mais inteligentes que sejam não têm dificuldades de resolver conflitos entre si e na relação com seus filhos etc.!

Objetivos fundamentais da Academia de Saúde Emocional AME-SE:
1. Promover a saúde emocional dos pais e filhos;
2. Prevenir a ansiedade;
3. Prevenir a intoxicação digital;
4. Desenvolver o autocontrole e superar a timidez;
5. Gerenciar o estresse;
6. Aprender as ferramentas de ouro para desenvolver relações saudáveis, como mudar a era do apontamento de falhas para a era da celebração dos acertos;
7. Formar filhos proativos e empáticos;
8. Superar a ditadura da beleza, desenvolvendo a autoestima e autoimagem!

E muito mais!

Do que se constitui a Academia de Saúde Emocional AME-SE?

Constitui-se de um tripé on-line:
1. Quatro lives exclusivas anuais, uma por trimestre, com o próprio Dr. Augusto Cury e seu time de profissionais para todos os participantes!
2. Dois cursos anuais impactantes sobre os mais diversos temas psiquiátricos, psicológicos e psicopedagógicos!
3. Clone de IA do Dr. Augusto Cury para o qual os pais e outros alunos perguntam o que quiserem e quando quiserem sobre depressão, ansiedade, estresse, conflitos familiares, traumas, fobias, armadilhas da memória, programa de Gestão da Emoção etc., contida na sua vasta obra (mais de 60 livros, inúmeros treinamentos e palestras)!

Como aderir ao Programa AME-SE?

Através das escolas, o que é mais acessível, e através do Hotmart!

Reforçamos que o programa AME-SE para pais é de psiquiatria e psicologia e complementa o programa de educação socioemocional que as escolas por ventura tenham na sua grade curricular para seus alunos! As escolas aderem ao programa AME-SE para todos os pais, e os pais que não desejarem participar enviam uma mensagem e automaticamente eles serão desligados! Consideramos difícil os pais não participarem, pois, além de ser um programa importantíssimo, custa cerca de 500 vezes mais barato do que uma mentoria com Dr. Cury!

Este programa será dado gratuitamente para diversas escolas que têm altos índices de violência no Brasil!

Pelo Hotmart! as pessoas, sejam pais ou outros públicos, entram na plataforma e se inscrevem no programa!

Nas sociedades modernas aprende-se a administrar empresas, mas não a administrar a única empresa que não pode falir, a nossa mente. Treina-se a dirigir veículos, mas não o veículo da emoção. Faz-se exercícios físicos em academias, mas não exercícios para ser líderes de si mesmos e protagonistas. O resultado é que Mente "mente", ninguém pode te ferir, te aprisionar ou te trair mais do queria sua própria mente se ela não for gerida e treinada pelo seu Eu!

Bem-vindos a AME-SE, a primeira Academia de Saúde Emocional do mundo! Provavelmente você nunca mais será o mesmo ser humano!

Informe-se o mais rápido através do contato:
academiadesaudeemocional@gmail.com
Instagram: academiadesaudeemocional_amese
WhatsApp: (16) 99364-8443